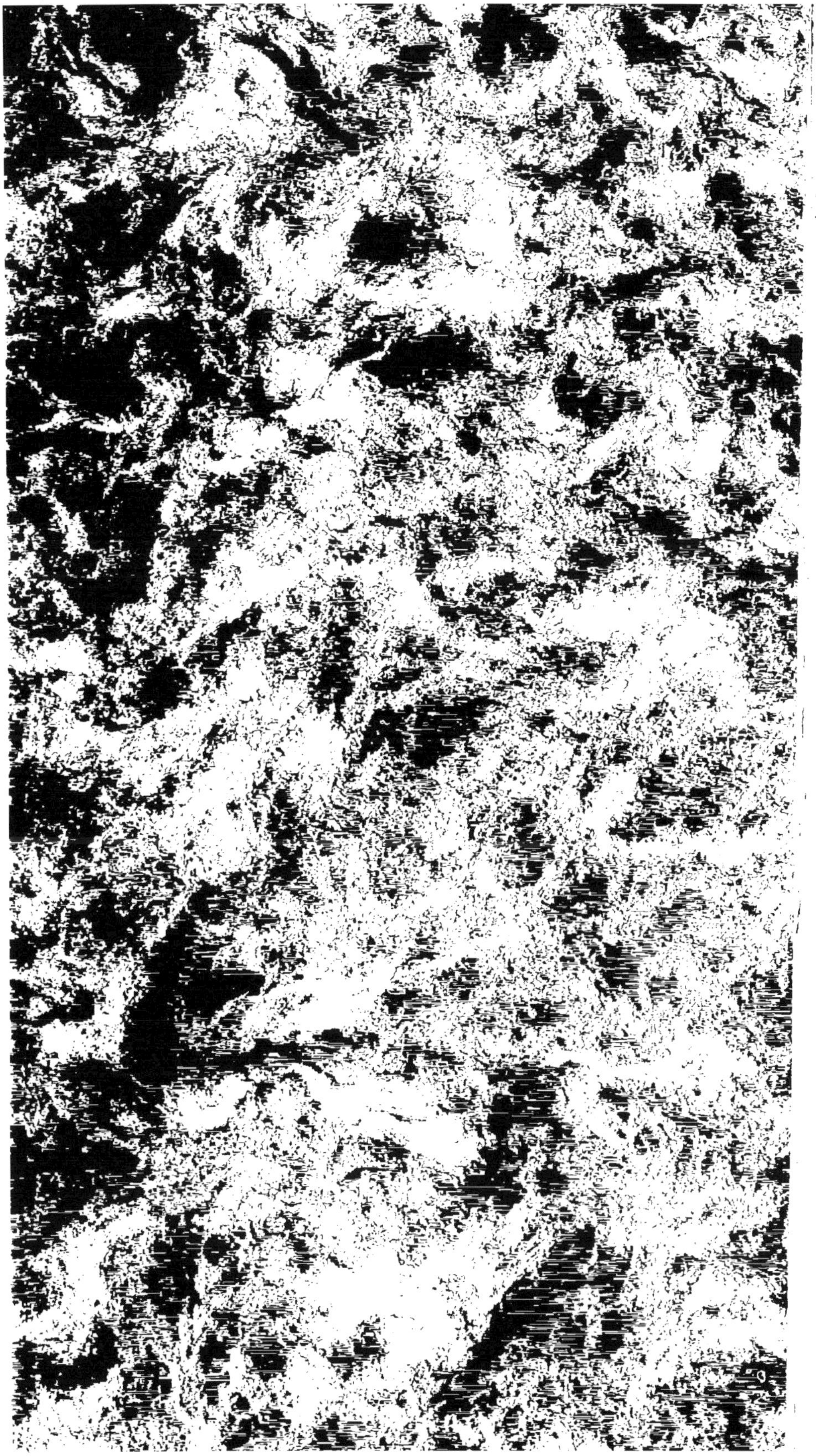

THÉOPHILE GAUTIER

POÉSIES

COMPLÈTES

TOME PREMIER

PREMIÈRES POÉSIES (1830-1832)

ALBERTUS

(1832)

POÉSIES DIVERSES (1833-1838)

PARIS

G. CHARPENTIER ET Cie, ÉDITEURS

13, RUE DE GRENELLE, 13

1884

POÉSIES COMPLÈTES

DE

THÉOPHILE GAUTIER

I

Paris. — Typ. G. Chamerot, 19, rue des Saints-Pères. — 15736.

THÉOPHILE GAUTIER

POÉSIES

COMPLÈTES

TOME PREMIER

PARIS
G. CHARPENTIER ET Cie, ÉDITEURS
13, RUE DE GRENELLE, 13

1884

AVERTISSEMENT

Cette nouvelle édition des poésies complètes de Théophile Gautier, est divisée en trois séries :

1° les deux volumes que nous publions ;

2° les *Émaux et Camées.*

Le poëte ayant donné lui-même, en 1872, une édition définitive des *Émaux et Camées*, nous n'avons pas eu à nous en occuper.

Voici comment nous avons procédé pour les deux premiers volumes.

En principe, nous avons adopté partout l'ordre chronologique.

Le premier volume s'ouvre donc par les : « *Poésies* » parues en 1830, qui se terminaient par la pièce intitulée : *Soleil couchant.* Elles furent remises en vente en 1832, avec adjonction d'une préface, de quelques pièces nouvelles et d'*Albertus ;* en un volume, portant le titre de : *Albertus* ou l'*Ame et le*

Péché. C'est ce volume (daté de 1833) qui nous a servi de modèle. Théophile Gautier y ayant fait quelques corrections, en 1845, lors de la publication de ses *Poésies complètes*, nous avons respecté ces corrections.

Des nécessités typographiques avaient forcé l'éditeur de 1845 à diviser la première partie de l'œuvre en quatre groupes : « Élégies, — Paysages, — Intérieurs, — Fantaisies. » — Par suite de cette disposition, les titres avaient été remplacés par des numéros, les épigraphes et les dédicaces avaient disparu, la préface d'*Albertus* avait été supprimée.

Quelques pièces du recueil de 1832 avaient été omises dans celui de 1845, nous les avons remises à leurs places et réimprimées pour la première fois. Trois autres, au contraire, qui ne figuraient pas parmi celles du volume de 1830-1832 y avaient été mêlées par erreur, nous leur avons rendu leurs places dans le second volume.

En même temps que nous avons restitué aux poëmes leur classement primitif, nous les avons réimprimés tels qu'ils étaient dans l'édition originale, avec leurs titres, leurs dédicaces et leurs épigraphes. Enfin nous avons rétabli la préface d'*Albertus* en tête de la première partie de ce premier volume, lequel se termine par les pièces composées de 1833 à 1838, et qui furent publiées pour la première fois à cette dernière date à la suite de *La Comédie de la Mort*.

Tel est le plan du premier volume.

Le second volume comprend :

1° *La Comédie de la Mort* (1838) ;

2° *España* et *les Poésies diverses* (1838-1845), conformément au texte de l'édition de 1845 ;

3° Toutes les poésies publiées depuis 1831 jusqu'à 1872, restées éparses dans les journaux et les revues et que le poëte n'avait pas pris le soin de réunir ;

4° Enfin, toutes les poésies absolument inédites dont nous avons retrouvé les autographes.

Dans ces deux volumes nous avons daté les morceaux chaque fois qu'il nous a été possible de le faire avec certitude. Un grand nombre de pièces et de fragments avaient disparu lors des diverses réimpressions, nous les avons rétablis.

Pour la publication des *Poésies inédites* et des *Poésies posthumes*, nous avons, après mûre réflexion, adopté une règle inflexible, dont nous devons rendre compte au public lettré.

Nous avions à choisir entre deux méthodes : il nous fallait, ou publier tout, ou faire un choix. Nous nous sommes rappelé que notre mission était de recueillir et non de juger. Il nous a semblé que nul éditeur honnête et respectueux n'avait le droit de dire : « Théophile Gautier aurait publié ce morceau, » ou bien : « Il eût supprimé celui-là. » Nous n'avons donc rien supprimé.

Avons-nous retrouvé toutes les poésies inédites de Théophile Gautier? Nous répondons sans hésiter : — Non.

Nous savons pertinemment qu'il en existe beaucoup d'autres encore. La certitude nous en a été acquise par le grand nombre même des pièces que nous avons découvertes; la preuve incontestable nous en a été fournie à diverses reprises au cours même de nos recherches.

Nous faisons ici appel à tous ceux entre les mains desquels se trouvent des manuscrits de Théophile Gautier, nous les supplions de nous en donner communication. Nous leur rappelons que c'est pour eux un devoir sacré de probité littéraire, de rendre à l'œuvre du poëte tout ce qui lui appartient.

M. D.

Septembre 1875.

PRÉFACE

L'auteur du présent livre est un jeune homme frileux et maladif qui use sa vie en famille avec deux ou trois amis et à peu près autant de chats.

Un espace de quelques pieds où il fait moins froid qu'ailleurs, c'est pour lui l'univers. — Le manteau de la cheminée est son ciel; la plaque, son horizon.

Il n'a vu du monde que ce que l'on en voit par la fenêtre, et il n'a pas eu envie d'en voir davantage. Il n'a aucune couleur politique; il n'est ni rouge, ni blanc, ni même tricolore; il n'est rien, il ne s'aperçoit des révolutions que lorsque les balles cassent les vitres. Il aime mieux être assis que debout, couché qu'assis. — C'est une habitude toute prise quand la mort vient nous coucher pour toujours. — Il fait des vers pour avoir un prétexte de ne rien faire, et ne fait rien sous prétexte qu'il fait des vers.

Cependant, si éloigné qu'il soit des choses de la vie, il sait que le vent ne souffle pas à la poésie; il sent parfaitement toute l'inopportunité d'une pareille publication; pourtant il ne craint pas de jeter entre deux émeutes, peut-être entre deux pestes, un volume purement littéraire; il a pensé que c'était une œuvre pie et méritoire par la prose qui court, qu'une œuvre d'art et de fantaisie où l'on ne fait aucun appel aux passions mauvaises, où l'on n'a exploité aucune turpitude pour le succès.

Il s'est imaginé (a-t-il tort ou raison?) qu'il y avait encore de par la France quelques bonnes gens comme lui qui s'ennuyaient mortellement de toute cette politique hargneuse des grands journaux, et dont le cœur se levait à cette polémique indécente et furibonde de maintenant.

Pour les critiques d'art ou de grammaire qu'on pourra lui adresser, il y souscrit d'avance. — Il connaît très-bien les défauts et les taches de son livre; s'il n'a pas évité les uns et enlevé les autres, c'est qu'ils sont tellement inhérents à sa nature, qu'il ne saurait exister sans eux; du moins c'est l'excuse qu'il donne à sa paresse.

Quant aux utilitaires, utopistes, économistes, saint-simonistes et autres qui lui demanderont à quoi cela rime, — il répondra : Le premier vers rime avec le second quand la rime n'est pas mauvaise, et ainsi de suite.

A quoi cela sert-il? — Cela sert à être beau. — N'est-ce pas assez? comme les fleurs, comme les parfums, comme les oiseaux, comme tout ce que l'homme n'a pu détourner et dépraver à son usage.

En général, dès qu'une chose devient utile, elle cesse d'être belle. — Elle rentre dans la vie positive, de poésie elle devient prose, de libre, esclave. — Tout l'art est là. — L'art, c'est la liberté, le luxe, l'efflorescence, c'est l'épanouissement de l'âme dans l'oisiveté. — La peinture, la sculpture, la musique ne servent absolument à rien. Les bijoux curieusement ciselés, les colifichets rares, les parures singulières, sont de pures superfluités. — Qui voudrait cependant les retrancher? — Le bonheur ne consiste pas à avoir ce qui est indispensable; ne pas souffrir n'est pas jouir, et les objets dont on a le moins besoin sont ceux qui charment le plus. — Il y a et il y aura toujours des âmes artistes à qui les tableaux d'Ingres et de Delacroix, les aquarelles de Boulanger et de Decamps sembleront plus utiles que les chemins de fer et les bateaux à vapeur.

A tout cela si on lui répond : « Fort bien, — mais vos vers ne sont pas beaux. » Il passera condamnation et tâchera de s'amender. — Il espère toutefois qu'on voudra bien lui savoir gré de l'intention.

— Maintenant, deux mots sur ce volume. — Les pièces qu'il renferme ont été composées à de grandes distances les unes des autres, et imprimées au fur et à mesure, sans autre ordre que celui des dates qu'on n'a pas indiquées; l'auteur n'a pas eu la prétention de faire des monuments. Les premières se rattachent presque à son enfance; les dernières, le poëme surtout, le touchent de plus près; les plus anciennes remontent jusqu'en 1826. — Six ans, c'est un siècle aujourd'hui; les plus modernes sont de 1831. — On verra s'il y a progrès.

Ce sont d'abord de petits intérieurs d'un effet doux et calme, de petits paysages à la manière des Flamands, d'une touche tranquille, d'une couleur un peu étouffée, ni grandes montagnes, ni perspectives à perte de vue, ni torrents, ni cataractes. — Des plaines unies avec des lointains de cobalt, d'humbles coteaux rayés où serpente un chemin, une chaumière qui fume, un ruisseau qui gazouille sous les nénuphars, un buisson avec ses baies rouges, une marguerite qui tremble sous la rosée. — Un nuage qui passe jetant son ombre sur les blés, une cigogne qui s'abat sur un donjon gothique. — Voilà tout; et puis, pour animer la scène, une grenouille qui saute dans les joncs, une demoiselle jouant dans un rayon de soleil, quelque lézard qui se chauffe au midi, une alouette qui s'élève d'un sillon, un merle qui siffle sous une haie, une abeille qui picore et bourdonne. — Les souvenirs de six mois passés dans une belle campagne. — Çà et là comme une aube de l'adolescence qui va luire, un désir, une larme, quelques mots d'amour, un profil de jeune fille chastement esquissé, une poésie tout enfantine, toute ronde et potelée où les muscles ne se prononcent pas encore. — A mesure que l'on avance, le dessin devient plus ferme, les méplats se font sentir, les os prennent de la saillie, et l'on aboutit à la légende semi-diabolique, semi-fashionable, qui a nom *Albertus*, et qui donne le titre au volume, comme la pièce la plus importante et la plus actuelle du recueil.

Si ces études franches et consciencieuses peuvent ouvrir la voie à quelques jeunes gens et aider quelques inexpériences, l'auteur ne regrettera pas la peine qu'il a prise. — Si le livre passe inaperçu, il ne la regrettera pas encore; ces vers lui auront usé innocemment quelques heures, et l'art est ce qui console le mieux de vivre.

Octobre 1832.

POÉSIES

1830-1832

Oh ! si je puis un jour !

A. CHÉNIER.

MÉDITATION

. . . Ce monde où les meilleures choses
Ont le pire destin.
MALHERBE.

Virginité du cœur, hélas! sitôt ravie!
Songes riants, projets de bonheur et d'amour,
Fraîches illusions du matin de la vie,
Pourquoi ne pas durer jusqu'à la fin du jour?

Pourquoi?... Ne voit-on pas qu'à midi la rosée
De ses larmes d'argent n'enrichit plus les fleurs,
Que l'anémone frêle, au vent froid exposée,
Avant le soir n'a plus ses brillantes couleurs?

Ne voit-on pas qu'une onde, à sa source limpide,
En passant par la fange y perd sa pureté;
Que d'un ciel d'abord pur un nuage rapide
Bientôt ternit l'éclat et la sérénité?

Le monde est fait ainsi : loi suprême et funeste!
Comme l'ombre d'un songe au bout de peu d'instants
Ce qui charme s'en va, ce qui fait peine reste :
La rose vit une heure et le cyprès cent ans.

MOYEN AGE

> Y ot un grant et vieil chastex
> A messire Yvain qui fut tex ;
> Ot tours, donjons, machecoulis,
> Fossés d'iave nette remplis,
> Murs de fine pierre de taille,
> Couverts d'engins por la bataille.
>
> *Ancien fabliau.*

Quand je vais poursuivant mes courses poétiques,
Je m'arrête surtout aux vieux châteaux gothiques :
J'aime leurs toits d'ardoise aux reflets bleus et gris,
Aux faîtes couronnés d'arbustes rabougris,
Leurs pignons anguleux, leurs tourelles aiguës,
Dans les réseaux de plomb leurs vitres exiguës,
Légendes des vieux temps où les preux et les saints
Se groupent sous l'ogive en fantasques dessins ;
Avec ses minarets moresques, la chapelle
Dont la cloche qui tinte à la prière appelle ;
J'aime leurs murs verdis par l'eau du ciel lavés,
Leurs cours où l'herbe croît à travers les pavés,
Au sommet des donjons leurs girouettes frêles
Que la blanche cigogne effleure de ses ailes ;
Leurs ponts-levis tremblants, leurs portails blasonnés,
De monstres, de griffons, bizarrement ornés,
Leurs larges escaliers aux marches colossales,
Leurs corridors sans fin et leurs immenses salles,
Où comme une voix faible erre et gémit le vent,
Où, recueilli dans moi, je m'égare, rêvant,
Paré de souvenirs d'amour et de féerie,
Le brillant moyen âge et la chevalerie.

ÉLÉGIE I

Dame, d'amer déesse
Pour votre grace avoir,
Vous offre ma jeunesse,
Mes biens et mon avoir.

A. CHARTIER.

Nuit et jour, malgré moi, lorsque je suis loin d'elle,
A ma pensée ardente un souvenir fidèle
La ramène ; — il me semble ouïr sa douce voix
Comme le chant lointain d'un oiseau ; je la vois
Avec son collier d'or, avec sa robe blanche,
Et sa ceinture bleue, et la fraîche pervenche
De son chapeau de paille, et le sourire fin
Qui découvre ses dents de perle, — telle enfin
Que je la vis un soir dans ce bois de vieux ormes
Qui couvrent le chemin de leurs ombres difformes ;
Et je l'aime d'amour profond : car ce n'est pas
Une femme au teint pâle, et mesurant ses pas,
Au regard nuagé de langueur, une Anglaise
Morne comme le ciel de Londres, qui se plaise
La tête sur sa main à rêver longuement,
A lire Grandisson et Werther ; non vraiment :
Mais une belle enfant inconstante et frivole,
Qui ne rêve jamais ; une brune créole
Aux grands sourcils arqués ; aux longs yeux de velours
Dont les regards furtifs vous poursuivent toujours ;
A la taille élancée, à la gorge divine,
Que sous les plis du lin la volupté devine.

PAYSAGE

. . . . omnia plenis
Rura natant fossis.

P. VIRGILIUS MARO.

Pas une feuille qui bouge,
Pas un seul oiseau chantant,
Au bord de l'horizon rouge
Un éclair intermittent ;

D'un côté rares broussailles,
Sillons à demi noyés,
Pans grisâtres de murailles,
Saules noueux et ployés ;

De l'autre, un champ que termine
Un large fossé plein d'eau,
Une vieille qui chemine
Avec un pesant fardeau ,

Et puis la route qui plonge
Dans le flanc des coteaux bleus,
Et comme un ruban s'allonge
En minces plis onduleux.

LA JEUNE FILLE

La vierge est un ange d'amour.
A. GUIRAUD.
Dieu l'a faite une heureuse et belle créature.
Inédit. M*****.

Brune à la taille svelte, aux grands yeux noirs, brillants,
A la lèvre rieuse, aux gestes sémillants;
Blonde aux yeux bleus rêveurs, à la peau rose et blanche,
La jeune fille plaît : ou réservée ou franche,
Mélancolique ou gaie, il n'importe ; le don
De charmer est le sien, autant par l'abandon
Que par la retenue ; en Occident, Sylphide,
En Orient, Péri, vertueuse, perfide,
Sous l'arcade moresque en face d'un ciel bleu,
Sous l'ogive gothique assise auprès du feu,
Ou qui chante, ou qui file, elle plaît ; nos pensées
Et nos heures, pourtant si vite dépensées,
Sont pour elle. Jamais, imprégné de fraîcheur,
Sur nos yeux endormis un rêve de bonheur
Ne passe fugitif, comme l'ombre du cygne
Sur le miroir des lacs, qu'elle n'en soit ; d'un signe
Nous appelant vers elle, et murmurant des mots
Magiques, dont un seul enchante tous nos maux.
Éveillés, sa gaîté dissipe nos alarmes,
Et, lorsque la douleur nous arrache des larmes,
Son baiser à l'instant les tarit dans nos yeux.
La jeune fille ! — elle est un souvenir des cieux,
Au tissu de la vie une fleur d'or brodée,
Un rayon de soleil qui sourit dans l'ondée !

LE MARAIS

A MON AMI ARMAND E***

Ainsi près d'un marais on comtemple voler
Mille oiseaux peinturés.
AMADIS JAMYN.

En chasse, et chasse heureuse.
ALFRED DE MUSSET.

C'est un marais dont l'eau dormante
Croupit, couverte d'une mante
Par les nénuphars et les joncs :
Chaque bruit sous leurs nappes glauques
Fait au chœur des grenouilles rauques
Exécuter mille plongeons ;

La bécassine noire et grise
Y vole quand souffle la bise
De novembre aux matins glacés ;
Souvent, du haut des sombres nues
Pluviers, vanneaux, courlis et grues
Y tombent, d'un long vol lassés.

Sous les lentilles d'eau qui rampent,
Les canards sauvages y trempent
Leurs cous de saphir glacés d'or ;
La sarcelle à l'aube s'y baigne,
Et, quand le crépuscule règne,
S'y pose entre deux joncs, et dort.

La cigogne dont le bec claque,
L'œil tourné vers le ciel opaque,
Attend là l'instant du départ.
Et le héron aux jambes grêles,
Lustrant les plumes de ses ailes,
Y traîne sa vie à l'écart.

Ami, quand la brume d'automne
Étend son voile monotone
Sur le front obscurci des cieux,
Quand à la ville tout sommeille
Et qu'à peine le jour s'éveille
A l'horizon silencieux,

Toi dont le plomb à l'hirondelle
Toujours porte une mort fidèle,
Toi qui jamais à trente pas
N'as manqué le lièvre rapide,
Ami, toi, chasseur intrépide,
Qu'un long chemin n'arrête pas;

Avec Rasko, ton chien qui saute
A ta suite dans l'herbe haute,
Avec ton bon fusil bronzé,
Ta blouse et tout ton équipage,
Viens t'y cacher près du rivage,
Derrière un tronc d'arbre brisé.

Ta chasse sera meurtrière;
Aux mailles de ta carnassière
Bien des pieds d'oiseaux passeront,
Et tu reviendras de bonne heure,
Avant le soir, en ta demeure,
La joie au cœur, l'orgueil au front.

SONNET I

> Aux seuls ressouvenirs
> Nos rapides pensers volent dans les étoiles.
>
> THÉOPHILE.

Aux vitraux diaprés des sombres basiliques,
Les flammes du couchant s'éteignent tour à tour;
D'un âge qui n'est plus précieuses reliques,
Leurs dômes dans l'azur tracent un noir contour;

Et la lune paraît, de ses rayons obliques
Argentant à demi l'aiguille de la tour,
Et les derniers rameaux des pins mélancoliques
Dont l'ombre se balance et s'étend alentour.

Alors les vibrements de la cloche qui tinte,
D'un monde aérien semblent la voix éteinte,
Qui par le vent portée en ce monde parvient;

Et le poëte, assis près des flots, sur la grève,
Écoute ces accents fugitifs comme un rêve,
Lève les yeux au ciel, et triste se souvient.

SERMENT

L'on ne seust en nule terre
Nul plus bel cors de fame querre.
Roman de la Rose.

Par tes yeux si beaux sous les voiles
De leurs franges de longs cils noirs,
Soleils jumeaux, doubles étoiles,
D'un cœur ardent ardents miroirs ;

Par ton front aux pâleurs d'albâtre,
Que couronnent des cheveux bruns,
Où l'haleine du vent folâtre
Parmi la soie et les parfums ;

Par tes lèvres, fraîche églantine,
Grenade en fleur, riant corail
D'où sort une voix argentine
A travers la nacre et l'émail ;

Par ton sein rétif qui s'agite
Et bat sa prison de satin,
Par ta main étroite et petite,
Par l'éclat vermeil de ton teint ;

Par ton doux accent d'Espagnole,
Par l'aube de tes dix-sept ans,
Je t'aimerai, ma jeune folle,
Un peu plus que toujours, — longtemps !

LES SOUHAITS

. . . Quelque bonne fée Urgèl
Promettant palais et trésors
Au filleul mis sous sa tutelle,
Pour te promener t'aurait-elle
Ravi sur son nuage d'or.

JOSEPH DELORME.

Si quelque jeune fée à l'aile de saphir,
Sous une sombre et fraîche arcade,
Blanche comme un reflet de la perle d'Ophir,
Surgissait à mes yeux, au doux bruit du zéphyr
De l'écume de la cascade,

Me disant : Que veux-tu? larges coffres pleins d'or,
Palais immenses, pierreries?
Parle ; mon art est grand : te faut-il plus encor?
Je te le donnerai ; je puis faire un trésor
D'un vil monceau d'herbes flétries ;

Je lui dirais : Je veux un ciel riant et pur
Réfléchi par un lac limpide,
Je veux un beau soleil qui luise dans l'azur,
Sans que jamais brouillard, vapeur, nuage obscur
Ne voilent son orbe splendide ;

Et pour bondir sous moi je veux un cheval blanc,
Enfant léger de l'Arabie,
A la crinière longue, à l'œil étincelant,
Et, comme l'hippogriffe, en une heure volant
De la Norwége à la Nubie ;

Je veux un kiosque rouge, aux minarets dorés,
Aux minces colonnes d'albâtre,
Aux fantasques arceaux, d'œufs pendant décorés,
Aux murs de mosaïque, aux vitraux colorés
Par où se glisse un jour bleuâtre ;

Et quand il fera chaud, je veux un bois mouvant
De sycomores et d'yeuses,
Qui me suive partout au souffle d'un doux vent,
Comme un grand éventail sans cesse soulevant
Ses masses de feuilles soyeuses.

Je veux une tartane avec ses matelots,
Ses cordages, ses blanches voiles
Et son corset de cuivre où se brisent les flots,
Qui me berce le long de verdoyants îlots
Aux molles lueurs des étoiles.

Je veux soir et matin m'éveiller, m'endormir
Au son de voix italiennes,
Et pendant tout le jour entendre au loin frémir
Le murmure plaintif des eaux du Bendemir,
Ou des harpes éoliennes ;

Et je veux, les seins nus, une Almée agitant
Son écharpe de cachemire
Au-dessus de son front de rubis éclatant,
Des spahis, un harem, comme un riche sultan
Ou de Bagdad ou de Palmyre.

Je veux un sabre turc, un poignard indien
Dont le manche de saphirs brille ;
Mais surtout je voudrais un cœur fait pour le mien,
Qui le sentît, l'aimât, et qui le comprît bien,
Un cœur naïf de jeune fille !

LE LUXEMBOURG

Enfant, dans les ébats de l'enfance joueuse.
J. DELORME.

Au Luxembourg souvent lorsque dans les allées
Gazouillaient des moineaux les joyeuses volées,
Qu'aux baisers d'un vent doux, sous les abîmes bleus
D'un ciel tiède et riant, les orangers frileux
Hasardaient leurs rameaux parfumés, et qu'en gerbes
Les fleurs pendaient du front des marronniers superbes
Toute petite fille, elle allait du beau temps
A son aise jouir et folâtrer longtemps,
Longtemps, car elle aimait à l'ombre des feuillages
Fouler le sable d'or, chercher des coquillages,
Admirer du jet d'eau l'arc au reflet changeant,
Et le poisson de pourpre, hôte d'une eau d'argent;
Ou bien encor partir, folle et légère tête,
Et, trompant les regards de sa mère inquiète,
Au risque de brunir un teint frais et vermeil,
Livrer sa joue en fleur aux baisers du soleil!

LE SENTIER

> En une sente me vins rendre
> Longue et estroite, où l'herbe tendre
> Croissait très-drue.
> *Le livre des quatre Dames.*
>
> Un petit sentier vert, je le pris...
> ALFRED DE MUSSET.

Il est un sentier creux dans la vallée étroite,
Qui ne sait trop s'il marche à gauche ou bien à droite.
— C'est plaisir d'y passer, lorsque Mai sur ses bords,
Comme un jeune prodigue, égrène ses trésors;
L'aubépine fleurit; les frêles pâquerettes,
Pour fêter le printemps, ont mis leurs collerettes.
La pâle violette, en son réduit obscur,
Timide, essaie au jour son doux regard d'azur,
Et le gai bouton d'or, lumineuse parcelle,
Pique le gazon vert de sa jaune étincelle.
Le muguet, tout joyeux, agite ses grelots,
Et les sureaux sont blancs de bouquets frais éclos;
Les fossés ont des fleurs à remplir vingt corbeilles,
A rendre riche en miel tout un peuple d'abeilles.
Sous la haie embaumée un mince filet d'eau
Jase et fait frissonner le verdoyant rideau
Du cresson. — Ce sentier, tel qu'il est, moi je l'aime
Plus que tous les sentiers où se trouvent de même
Une source, une haie et des fleurs; car c'est lui,
Qui, lorsqu'au ciel laiteux la lune pâle a lui,
A la brèche du mur, rendez-vous solitaire
Où l'amour s'embellit des charmes du mystère,
Sous les grands châtaigniers aux bercements plaintifs,
Sans les tromper jamais conduit mes pas furtifs.

CAUCHEMAR

Bizoy quen ne consquaff a maru garu ne marnaff.
Ancien proverbe breton.

Jamais je ne dors que je ne meure de mort amère.

Les goules de l'abyme
Attendant leur victime,
Ont faim :
Leur ongle ardent s'allonge,
Leur dent en espoir ronge
Ton sein.

Avec ses nerfs rompus, une main écorchée
Qui marche sans le corps dont elle est arrachée,
Crispe ses doigts crochus armés d'ongles de fer
Pour me saisir: des feux pareils aux feux d'enfer
Se croisent devant moi; dans l'ombre des yeux fauves
Rayonnent; des vautours à cous rouges et chauves,
Battent mon front de l'aile en poussant des cris sourds:
En vain pour me sauver je lève mes pieds lourds,
Des flots de plomb fondu subitement les baignent,
A des pointes d'acier ils se heurtent et saignent,
Meurtris et disloqués; et mon dos cependant
Ruisselant de sueur, frissonne au souffle ardent
De naseaux enflammés, de gueules haletantes :
Les voilà, les voilà! dans mes chairs palpitantes
Je sens des becs d'oiseaux avides se plonger,
Fouiller profondément, jusqu'aux os me ronger,
Et puis des dents de loups et de serpents qui mordent
Comme une scie aiguë, et des pinces qui tordent;
Ensuite le sol manque à mes pas chancelants:

Un gouffre me reçoit ; sur des rochers brûlants,
Sur des pics anguleux que la lune reflète,
Tremblant je roule, roule, et j'arrive squelette
Dans un marais de sang ; bientôt, spectres hideux,
Des morts au teint bleuâtre en sortent deux à deux,
Et se penchant vers moi m'apprennent les mystères
Que le trépas révèle aux pâles feudataires
De son empire ; alors, étrange enchantement,
Ce qui fut moi s'envole, et passe lentement
A travers un brouillard couvrant les flèches grêles
D'une église gothique aux moresques dentelles.
Déchirant une proie enlevée au tombeau,
En me voyant venir, tout joyeux, un corbeau
Croasse, et s'envolant aux steppes de l'Ukraine,
Par un pouvoir magique à sa suite m'entraîne,
Et j'aperçois bientôt, non loin d'un vieux manoir,
A l'angle d'un taillis, surgir un gibet noir
Soutenant un pendu ; d'effroyables sorcières
Dansent autour, et moi, de fureurs carnassières
Agité, je ressens un immense désir
De broyer sous mes dents sa chair, et de saisir,
Avec quelque lambeau de sa peau bleue et verte,
Son cœur demi pourri dans sa poitrine ouverte.

LA DEMOISELLE

À MON AMI ALPHONSE B***

. . . . . insectes agiles
Cuirassés d'or.
AM. TASTU.

Là de bleuâtres demoiselles
Fêtant du nénuphar les hôtes bienheureux
Éventails animés, se balancent sur eux
Avec leurs frémissantes ailes.
SAINTINE.

Sur la bruyère arrosée
De rosée ;
Sur le buisson d'églantier ;
Sur les ombreuses futaies ;
Sur les haies
Croissant au bord du sentier ;

Sur la modeste et petite
Marguerite,
Qui penche son front rêvant ;
Sur le seigle, verte houle
Que déroule
Le caprice ailé du vent ;

Sur les prés, sur la colline
Qui s'incline
Vers le champ bariolé
De pittoresques guirlandes ;

Sur les landes,
Sur le grand orme isolé;

La demoiselle se berce;
Et s'il perce
Dans la brume, au bord du ciel,
Un rayon d'or qui scintille,
Elle brille
Comme un regard d'Ariel.

Traversant près des charmilles,
Les familles
Des bourdonnants moucherons,
Elle se mêle à leur ronde
Vagabonde,
Et comme eux décrit des ronds.

Bientôt elle vole et joue
Sous la roue
Du jet d'eau qui, s'élançant
Dans les airs, retombe, roule
Et s'écoule
En un ruisseau bruissant.

Plus rapide que la brise,
Elle frise,
Dans son vol capricieux,
L'eau transparente où se mire
Et s'admire
Le saule au front soucieux;

Où, s'entr'ouvrant blancs et jaunes,
Près des aunes,
Les deux nénuphars en fleurs,

Au gré du flot qui gazouille
    Et les mouille,
Étalent leurs deux couleurs;

Où se baigne le nuage,
    Où voyage
Le ciel d'été souriant;
Où le soleil plonge, tremble,
    Et ressemble
Au beau soleil d'Orient.

Et quand la grise hirondelle
    Auprès d'elle
Passe, et ride à plis d'azur,
Dans sa chasse circulaire,
    L'onde claire,
Elle s'enfuit d'un vol sûr.

Bois qui chantent, fraiches plaines
    D'odeurs pleines,
Lacs de moire, coteaux bleus,
Ciel où le nuage passe,
    Large espace,
Monts aux rochers anguleux;

Voilà l'immense domaine
    Où promène
Ses caprices, fleur des airs,
La demoiselle nacrée,
    Diaprée
De reflets roses et verts.

Dans son étroite famille,
    Quelle fille

N'a pas vingt fois souhaité,
Rêveuse, d'être comme elle
Demoiselle,
Demoiselle en liberté ?

1830.

LES DEUX AGES

La petite fille est devenue jeune fille,
VICTOR HUGO.

Ce n'était, l'an passé, qu'une enfant blanche et blonde
Dont l'œil bleu, transparent et calme comme l'onde
Du lac qui réfléchit le ciel riant d'été,
N'exprimait que bonheur et naïve gaîté.

Que j'aimais dans le parc la voir sur la pelouse
Parmi ses jeunes sœurs courir, voler, jalouse
D'arriver la première ! Avec grâce les vents
Berçaient de ses cheveux les longs anneaux mouvants;
Son écharpe d'azur se jouait autour d'elle
Par la course agitée, et, souvent infidèle,
Trahissait une épaule aux contours gracieux,
Un sein déjà gonflé, trésor mystérieux,
Un col éblouissant de fraîcheur, dont l'albâtre
Sous la peau laisse voir une veine bleuâtre.
— Dans son petit jardin que j'aimais à la voir
A grand'peine portant un léger arrosoir,
Distribuer en pluie, à ses fleurs desséchées
Par la chaleur du jour, et vers le sol penchées,
Une eau douce et limpide ; à ses oiseaux ravis,
Des tiges de plantain, des grains de chènevis !...

C'est une jeune fille à présent blanche et blonde,
La même ; mais l'œil bleu, jadis pur comme l'onde
Du lac qui réfléchit le ciel riant d'été,
N'exprime plus bonheur et naïve gaîté.

FAR NIENTE

> Quant à son temps bien le sut disposer :
> Deux parts en fit dont il souloit passer
> L'une à dormir et l'autre à ne rien faire.
>
> JEAN DE LA FONTAINE.

Quand je n'ai rien à faire, et qu'à peine un nuage
Dans les champs bleus du ciel, flocon de laine, nage,
J'aime à m'écouter vivre, et libre de soucis,
Loin des chemins poudreux, à demeurer assis
Sur un moelleux tapis de fougère et de mousse,
Au bord des bois touffus où la chaleur s'émousse ;
Là, pour tuer le temps, j'observe la fourmi
Qui, pensant au retour de l'hiver ennemi,
Pour son grenier dérobe un grain d'orge à la gerbe.
Le puceron qui grimpe et se pend au brin d'herbe,
La chenille traînant ses anneaux veloutés,
La limace baveuse aux sillons argentés,
Et le frais papillon qui de fleurs en fleurs vole.
Ensuite je regarde, amusement frivole,
La lumière brisant dans chacun de mes cils,
Palissade opposée à ses rayons subtils,
Les sept couleurs du prisme, ou le duvet qui flotte
En l'air, comme sur l'onde un vaisseau sans pilote ;
Et lorsque je suis las je me laisse endormir
Au murmure de l'eau qu'un caillou fait gémir,
Ou j'écoute chanter près de moi la fauvette,
Et là-haut dans l'azur gazouiller l'alouette.

STANCES

La jeune fille rieuse.
VICTOR HUGO.

Vous ne connaissez pas les molles rêveries
Où l'âme se complaît et s'arrête longtemps,
De même que l'abeille, en un soir de printemps,
Sur quelque bouton d'or, étoile des prairies ;

Vous ne connaissez pas cet inquiet désir
Qui fait rougir souvent une joue ingénue,
Ce besoin d'habiter une sphère inconnue,
D'embrasser un fantôme impossible à saisir ;

Ces attendrissements, ces soupirs et ces larmes
Sans cause, qu'on voudrait, mais en vain, réprimer,
Cette vague langueur et ce doux mal d'aimer,
Pour un objet chéri ces mortelles alarmes ;

Vous ne connaissez rien, rien que folle gaîté ;
Sur votre lèvre rose un frais sourire vole ;
Votre entretien naïf, sérieux ou frivole,
Est égal et serein comme un beau jour d'été.

Sur votre main jamais votre front ne se pose,
Brûlant, chargé d'ennuis, ne pouvant soutenir
Le poids d'un douloureux et cruel souvenir ;
Votre cœur virginal en lui-même repose.

Avenir et présent, tout rit dans vos destins ;
Vous n'avez pas encore aimé sans être aimée,
Ni, retenant à peine une larme enflammée,
Épié d'un regard les aveux incertains.

Jeune fille, vos yeux ignorent l'insomnie ;
Une pensée ardente et qui revient toujours
Ne trouble pas vos nuits tristes comme vos jours ;
Votre vie en sa fleur n'a pas été ternie.

Ainsi qu'un ruisseau clair où se mirent les cieux,
Dont le cours lentement par les prés se déroule,
Votre existence pure et limpide s'écoule,
Heureuse d'un bonheur calme et silencieux.

PROMENADE NOCTURNE

Allons, la belle nuit d'été,
ALFRED DE MUSSET.

C'était par un beau soir, par un des soirs que rêve
Au murmure lointain d'un invisible accord
Le poète qui veille ou l'amante qui dort.
VICTOR PAVIE.

La rosée arrondie en perles
Scintille aux pointes du gazon,
Les chardonnerets et les merles
Chantent à l'envi leur chanson.

Les fleurs de leurs paillettes blanches
Brodent le bord vert du chemin ;
Un vent léger courbe les branches
Du chèvrefeuille et du jasmin ;

Et la lune, vaisseau d'agate,
Sur les vagues des rochers bleus
S'avance comme la frégate
Au dos de l'Océan houleux.

Jamais la nuit de plus d'étoiles
N'a semé son manteau d'azur,
Ni du doigt, entr'ouvrant ses voiles,
Mieux fait voir Dieu dans le ciel pur.

Prends mon bras, ô ma bien-aimée,
Et nous irons, à deux, jouir
De la solitude embaumée,
Et, couchés sur la mousse, ouïr

Ce que tout bas, dans la ravine
Où brillent ses moites réseaux,
En babillant l'eau qui chemine
Conte à l'oreille des roseaux.

SONNET II

> Amour tant vous hai servit
> Senz pecas et senz failhimen,
> Et vous sabez quant petit
> Hai avut de jauzimen.
>
> PEYROLS.
>
> Ne sais tu pas que je n'eus onc
> D'elle plaisir ny un seul bien.
>
> MAROT.

Ne vous détournez pas, car ce n'est point d'amour
Que je veux vous parler ; que le passé, madame,
Soit pour nous comme un songe envolé sans retour,
Oubliez une erreur que moi-même je blâme.

Mais vous êtes si belle, et sous le fin contour
De vos sourcils arqués luit un regard de flamme
Si perçant, qu'on ne peut vous avoir vue un jour
Sans porter à jamais votre image en son âme.

Moi, mes traits soucieux sont couverts de pâleur ;
Car, dès mes premiers ans souffrant et solitaire,
Dans mon cœur je nourris une pensée austère,

Et mon front avant l'âge a perdu cette fleur
Qui s'entr'ouvre vermeille au printemps de la vie,
Et qui ne revient plus alors qu'elle est ravie.

LA BASILIQUE

The pillared arches were over their head
And beneath their feet were the bones of the dead.

The lay of last minstrel.

On voit des figures de chevaliers à genoux sur un tombeau, les mains jointes... les arcades obscures de l'église couvrent de leurs ombres ceux qui reposent.

GŒRRES.

Il est une basilique
Aux murs moussus et noircis,
Du vieux temps noble relique,
Où l'âme mélancolique
Flotte en pensers indécis.

Des losanges de plomb ceignent
Les vitraux coloriés,
Où les feux du soleil teignent
Les reflets errants qui baignent
Les plafonds armoriés.

Cent colonnes découpées
Par de bizarres ciseaux,
Comme des faisceaux d'épées
Au long de la nef groupées
Portent les sveltes arceaux.

La fantastique arabesque
Courbe ses légers dessins

Autour du trèfle moresque,
De l'arcade gigantesque
Et de la niche des saints.

Dans leurs armes féodales,
Vidames et chevaliers,
Sont là, couchés sur les dalles
Des chapelles sépulcrales,
Ou debout près des piliers.

Des escaliers en dentelles
Montent avec cent détours
Aux voûtes hautes et frêles,
Mais fortes comme les ailes
Des aigles ou des vautours.

Sur l'autel, riche merveille,
Ainsi qu'une étoile d'or,
Reluit la lampe qui veille,
La lampe qui ne s'éveille
Qu'au moment où tout s'endort.

Que la prière est fervente
Sous ces voûtes, lorsqu'en feu
Le ciel éclate, qu'il vente,
Et qu'en proie à l'épouvante,
Dans chaque éclair on voit Dieu;

Ou qu'à l'autel de Marie,
A genoux sur le pavé,
Pour une vierge chérie
Qu'un mal cruel a flétrie,
En pleurant l'on dit : *Ave.*

Mais chaque jour qui s'écoule
Ébranle ce vieux vaisseau,
Déjà plus d'un mur s'écroule,
Et plus d'une pierre roule,
Large fragment d'un arceau.

Dans la grande tour, la cloche
Craint de sonner l'*Angelus :*
Partout le lierre s'accroche,
Hélas ! et le jour approche
Où je ne vous dirai plus :

Il est une basilique
Aux murs moussus et noircis,
Du vieux temps noble relique,
Où l'âme mélancolique
Flotte en pensers indécis.

L'OISEAU CAPTIF

> Car quand il pleut et le soleil des cieux
> Ne reluit point, tout homme est soucieux.
>
> CLÉMENT MAROT.

> . . . . . yet shall reascend
> Self raised, and repossess its native seat.
>
> LORD BYRON.

Depuis de si longs jours prisonnier, tu t'ennuies,
Pauvre oiseau, de ne voir qu'intarissables pluies,
De filets gris rayant un ciel noir et brumeux,
Que toits aigus baignés de nuages fumeux.
Aux gémissements sourds du vent d'hiver qui passe
Promenant la tourmente au milieu de l'espace,
Tu n'oses plus chanter : mais vienne le printemps
Avec son soleil d'or aux rayons éclatants,
Qui d'un regard bleuit l'émail du ciel limpide,
Ramène d'outre-mer l'hirondelle rapide,
Et jette sur les bois son manteau velouté,
Alors tu reprendras ta voix et ta gaîté ;
Et si, toujours constant à ta douleur austère,
Tu regrettais encor la forêt solitaire,
L'orme du grand chemin, le rocher, le buisson,
La campagne que dore une jaune moisson,
La rivière, le lac aux ondes transparentes,
Que plissent en passant les brises odorantes,
Je t'abandonnerais à ton joyeux essor.
Tous les deux cependant nous avons même sort,
Mon âme est comme toi : de sa cage mortelle

Elle s'ennuie, hélas ! et souffre, et bat de l'aile,
Elle voudrait planer dans l'océan du ciel,
Ange elle-même, suivre un ange Ithuriel,
S'enivrer d'infini, d'amour et de lumière,
Et remonter enfin à la cause première ;
Mais, grand Dieu ! quelle main ouvrira sa prison,
Quelle main à son vol livrera l'horizon ?

RÊVE

Et nous voulons mourir quand le rêve finit.
A. GUIRAUD.

Tout la nuict je ne pense qu'en celle
Qui ha le cors plus gent qu'une pucelle
De quatorze ans.
MAITRE CLÉMENT MAROT.

Voici ce que j'ai vu naguère en mon sommeil :
Le couchant enflammait à l'horizon vermeil
Les carreaux de la ville ; et moi, sous les arcades
D'un bois profond, au bruit du vent et des cascades,
Aux chansons des oiseaux, j'allais, foulant des fleurs
Qu'un arc-en-ciel teignait de changeantes couleurs.
Soudain des pas légers froissent l'herbe ; une femme,
Que j'aime dès longtemps du profond de mon âme,
Comme une jeune fée accourt vers moi ; ses yeux
A travers ses longs cils luisent de plus de feux
Que les astres du ciel ; et sur la verte mousse
A mes lèvres d'amant livrant une main douce,
Elle rit, et bientôt enlacée à mes bras
Me dit, le front brûlant et rouge d'embarras,
Ce mot mystérieux qui jamais ne s'achève : —
O nuit trompeuse ! — Hélas ! pourquoi n'est-ce qu'un rêve ?

PENSÉES D'AUTOMNE

La rica autouna s'es passada.
L'hiver suz un cari tourat
S'en ven la capa ementoulada
D'un veü neblouz enjalibrat.
Son autounous.

J'entends siffler la bise aux branchages rouillés
Des saules qui là-bas se balancent mouillés.
AUGUSTE M.

L'automne va finir ; au milieu du ciel terne,
Dans un cercle blafard et livide que cerne
Un nuage plombé, le soleil dort : du fond
Des étangs remplis d'eau monte un brouillard qui fond
Collines, champs, hameaux dans une même teinte.
Sur les carreaux la pluie en larges gouttes tinte ;
La froide bise siffle ; un sourd frémissement
Sort du sein des forêts ; les oiseaux tristement,
Mêlant leurs cris plaintifs aux cris des bêtes fauves,
Sautent de branche en branche à travers les bois chauves,
Et semblent aux beaux jours envolés dire adieu.
Le pauvre paysan se recommande à Dieu,
Craignant un hiver rude ; et moi, dans les vallées,
Quand je vois le gazon sous les blanches gelées
Disparaître et mourir, je reviens à pas lents
M'asseoir le cœur navré près des tisons brûlants,
Et là je me souviens du soleil de septembre
Qui donnait à la grappe un jaune reflet d'ambre,
Des pommiers du chemin pliant sous leur fardeau,

Et du trèfle fleuri, pittoresque rideau
S'étendant à longs plis sur la plaine rayée,
Et de la route étroite en son milieu frayée,
Et surtout des bleuets et des coquelicots,
Points de pourpre et d'azur dans l'or des blés égaux.

INFIDÉLITE

Bandiera d'ogni vento
Conosco que sei tu.
Chanson italienne.

La volonté de l'ingrate est changée.
ANTOINE DE BAÏF.

Voici l'orme qui balance
Son ombre sur le sentier;
Voici le jeune églantier,
Le bois où dort le silence;
Le banc de pierre où le soir
Nous aimions à nous asseoir.

Voici la voûte embaumée
D'ébéniers et de lilas,
Où, lorsque nous étions las,
Ensemble, ô ma bien-aimée!
Sous des guirlandes de fleurs,
Nous laissions fuir les chaleurs.

Voici le marais que ride
Le saut du poisson d'argent;
Dont la grenouille en nageant
Trouble le miroir humide;
Comme autrefois, les roseaux
Baignent leurs pieds dans ses eaux.

Comme autrefois, la pervenche,
Sur le velours vert des prés
Par le printemps diaprés,
Aux baisers du soleil penche
A moitié rempli de miel
Son calice bleu de ciel.

Comme autrefois, l'hirondelle
Rase en passant les donjons,
Et le cygne dans les joncs
Se joue et lustre son aile;
L'air est pur, le gazon doux....
Rien n'a donc changé que vous.

A MON AMI AUGUSTE M***

For yonder faithless phantom flie
To lure thee to thy doom.

GOLDSMITH.

C'est, dit-il, d'autant que j'ay veu plusieurs bouteilles qui auoient la robe toute neufve et le verre estoit cassé dedans ; et plusieurs pommes desquelles l'écorce estoit vermeille et reluisante dont le dedans estoit mangé de vers et tout pourry.

Le Vagabond.

Par une nuit d'été, quand le ciel est d'azur,
Souvent un feu follet sort du marais impur;
Le passant qui le voit le prend pour la lumière
Qui scintille aux carreaux lointains d'une chaumière;
Vers le fanal perfide il s'avance à grands pas,
Tout joyeux; et bientôt, ne s'apercevant pas
Qu'un abîme est ouvert à ses pieds, il y tombe,
Et son corps reste là sans prière et sans tombe.
Aux lieux où fut Gomorrhe autrefois, et que Dieu
En courroux inonda d'un déluge de feu,
Sur la grève brûlée, asile frais et sombre,
Des orangers touffus s'élèvent en grand nombre,
Chargés de fruits riants dont la tunique d'or
Ne livre que poussière à la dent qui les mord :
Dans ma pensée, ami, je trouve qu'une femme
Qui sous de beaux semblants cache une vilaine âme,
Pour ceux que sa beauté décevante a séduits,
Pareille au feu follet, l'est encore à ces fruits.

ÉLÉGIE II

> Ingrate... pour t'avoir bien servie
> Adorant ta beauté,
> Je vois bien qu'à la fin tu m'osteras la vie
> Après la liberté.
>
> DE LINGENDE.
>
> . . je l'adore et meurs de trop aimer.
>
> PHILIPPES DESPORTES.

Je voudrais l'oublier ou ne pas la connaître...
Oh, si j'avais pensé que dans mon cœur dût naître
Ce feu qui le dévore et qui ne s'éteint pas,
Loin d'elle encor à temps j'aurais porté mes pas...
Mais non, il le fallait; c'était ma destinée!
Contre elle vainement, dans mon âme indignée
Je crie et me révolte; il le fallait. Le soir,
A l'ombre des tilleuls elle venait s'asseoir,
Je la voyais. Son front candide où ses pensées
D'une rougeur pudique arrivent nuancées,
Sous l'arc d'un sourcil brun son œil étincelant,
Par un éclair rapide en silence parlant,
Et ses propos naïfs, et sa grâce enfantine,
Et parfois dans nos jeux sa colère mutine,
Tout en elle d'amour et d'espoir m'enivrait.
A des songes dorés mon âme se livrait,
Elle était tout pour moi qui ne suis rien pour elle!
De ses affections ombre et miroir fidèle,
Je riais, je pleurais, à son rire, à ses pleurs,
Lorsqu'elle me contait sa joie ou ses douleurs.

Sa vie était la mienne; une espérance folle
Me flattait de toucher un jour ce cœur frivole;
Mais elle, à tant d'amour qu'elle n'a pas compris,
N'a jamais répondu que par le froid mépris,
La vague indifférence, et la haine peut-être!...
Je voudrais l'oublier ou ne pas la connaître.

VEILLÉE

Je lis les faits joyeux du bon Pentagruel,
Je sais presque par cœur l'histoire véritable
Des quatre fils Aymon et de Robert-le-Diable.
GRANDVAL, *le Vice puni.*

Lorsque le lambris craque, ébranlé sourdement,
Que de la cheminée il jaillit par moment
Des sons surnaturels, qu'avec un bruit étrange
Petillent les tisons, entourés d'une frange
D'un feu blafard et pâle, et que des vieux portraits
De bizarres lueurs font grimacer les traits;
Seul, assis, loin du bruit, du récit des merveilles
D'autrefois aimez-vous bercer vos longues veilles?
C'est mon plaisir à moi : si, dans un vieux château,
J'ai trouvé par hasard quelque lourd in-quarto,
Sur les rayons poudreux d'une armoire gothique
Dès longtemps oublié, mais dont la marge antique,
Couverte d'ornements, de fantastiques fleurs,
Brille, comme un vitrail, des plus vives couleurs,
Je ne puis le quitter. Lais, virelais, ballades,
Légendes de béats guérissant les malades,
Les possédés du diable, et les pauvres lépreux,
Par un signe de croix; chroniques d'anciens preux,
Mes yeux dévorent tout; c'est en vain que l'horloge
Tinte par douze fois, que le hibou déloge
En glapissant, blessé des rayons du flambeau
Qui m'éclaire; je lis : sur la table à tombeau,

Le long du chandelier, cependant la bougie
En larges nappes coule, et la vitre rougie
Laisse voir dans le ciel, au bord de l'orient,
Le soleil qui se lève avec un front riant.

ÉLÉGIE III

Soccoreys ojos con aqua que el coraçon
La demanda.
Chanson espagnole.

Fare thee well.
LORD BYRON.

Elle est morte pour moi, dans la tombe glacée
Comme si le trépas l'avait déjà placée ;
Elle vit cependant, ange exilé des cieux,
Vrai rêve de poëte, étrange et gracieux ;
C'est bien elle toujours, elle que j'ai connue
Au sortir de l'enfance, à quinze ans, ingénue,
Folâtre, insouciante, ignorant sa beauté,
S'ignorant elle-même, et jetant de côté,
De peur qu'une pensée amère ne s'éveille,
Souci du lendemain, souvenir de la veille.
Mais je ne verrai plus ses grands yeux expressifs
Vers les miens s'élever et s'abaisser pensifs !...
Mais je ne pourrai plus, sous la croisée, entendre
De sa voix douce au cœur le son léger et tendre
S'échapper de sa lèvre, ainsi qu'un chant divin
D'une harpe magique. Hélas ! et c'est en vain
Qu'en longs transports d'amour, en vifs élans de flamme,
J'ai dépensé pour elle et mes jours et mon âme !

CLÉMENCE

O peu durables fleurs de la beauté mortelle !
PHILIPPE DESPORTES.

D'Isabelle l'ame ait paradis.
Épitaphe gothique.

Un monument sur ta cendre chérie
Ne pèse pas,
Pauvre Clémence, à ton matin flétrie
Par le trépas.

Tu dors sans faste, au pied de la colline,
Au dernier rang,
Et sur ta fosse un saule pâle incline
Son front pleurant.

Ton nom déjà par la nuit et la neige
Est effacé
Sur le bois noir de la croix qui protége
Ton lit glacé.

Mais l'amitié qui se souvient, fidèle,
Avec des fleurs,
Vient, à l'endroit seulement connu d'elle,
Verser des pleurs.

VOYAGE

Il me faut du nouveau n'en fût-il plus au monde.
JEAN DE LA FONTAINE.

Jam mens prætrepidans avet vagari,
Jam læti studio pedes vigescunt.
CATULLE.

Au travers de la vitre blanche
Le soleil rit, et sur les murs
Traçant de grands angles, épanche
Ses rayons splendides et purs :
Par un si beau temps, à la ville
Rester parmi la foule vile!
Je veux voir des sites nouveaux :
Postillons, sellez vos chevaux.

Au sein d'un nuage de poudre,
Par un galop précipité,
Aussi promptement que la foudre
Comme il est doux d'être emporté!
Le sable bruit sous la roue,
Le vent autour de vous se joue;
Je veux voir des sites nouveaux :
Postillons, pressez vos chevaux.

Les arbres qui bordent la route
Paraissent fuir rapidement,
Leur forme obscure dont l'œil doute
Ne se dessine qu'un moment;

Le ciel, tel qu'une banderole,
Par-dessus les bois roule et vole;
Je veux voir des sites nouveaux :
Postillons, pressez vos chevaux.

Chaumières, fermes isolées,
Vieux châteaux que flanque une tour,
Monts arides, fraîches vallées,
Forêts se suivent tour à tour;
Parfois au milieu d'une brume,
Un ruisseau dont la chute écume;
Je veux voir des sites nouveaux :
Postillons, pressez vos chevaux.

Puis, une hirondelle qui passe,
Rasant la grève au sable d'or,
Puis, semés dans un large espace,
Les moutons d'un berger qui dort,
De grandes perspectives bleues,
Larges et longues de vingt lieues;
Je veux voir des sites nouveaux :
Postillons, pressez vos chevaux

Une montagne : l'on enraye,
Au bord du rapide penchant
D'un mont dont la hauteur effraye :
Les chevaux glissent en marchant,
L'essieu grince, le pavé fume,
Et la roue un instant s'allume;
Je veux voir des sites nouveaux :
Postillons, pressez vos chevaux.

La côte raide est descendue.
Recouverte de sable fin,

La route, à chaque instant perdue,
S'étend comme un ruban sans fin.
Que cette plaine est monotone!
On dirait un matin d'automne,
Je veux voir des sites nouveaux :
Postillons, pressez vos chevaux.

Une ville d'un aspect sombre,
Avec ses tours et ses clochers
Qui montent dans les airs, sans nombre,
Comme des mâts ou des rochers,
Où mille lumières flamboient
Au sein des ombres qui la noient;
Je veux voir des sites nouveaux :
Postillons, pressez vos chevaux!

Mais ils sont las, et leurs narines,
Rouges de sang, soufflent du feu;
L'écume inonde leurs poitrines
Il faut nous arrêter un peu.
Halte! demain, plus vite encore,
Aussitôt que poindra l'aurore,
Postillons, pressez vos chevaux,
Je veux voir des sites nouveaux.

LE COIN DU FEU

Blow, blow, winter's wind.
SHAKSPEARE.

Vente, gelle, gresle, j'ay mon pain cuict.
VILLON.

Around in sympathetic mirth,
Its tricks the kitten tries;
The cricket chirrups in the hearth,
The crackling faggot flies.
GOLDSMITH.

Quam juvat immites ventos audire cubantem.
TIBULLE.

Que la pluie à déluge au long des toits ruisselle!
Que l'orme du chemin penche, craque et chancelle
Au gré du tourbillon dont il reçoit le choc!
Que du haut des glaciers l'avalanche s'écroule!
Que le torrent aboie au fond du gouffre, et roule
Avec ses flots fangeux de lourds quartiers de roc!

Qu'il gèle! et qu'à grand bruit, sans relâche, la grêle
De grains rebondissants fouette la vitre frêle!
Que la bise d'hiver se fatigue à gémir!
Qu'importe? n'ai-je pas un feu clair dans mon âtre,
Sur mes genoux un chat qui se joue et folâtre,
Un livre pour veiller, un fauteuil pour dormir?

LA TÊTE DE MORT

Ton test n'aura plus de peau,
Et ton visage si beau
N'aura veines ni artères,
Tu n'auras plus que des dents
Telles qu'on les voit dedans
Les têtes des cimetières.
PIERRE RONSARD.

La mort nous fait dormir une éternelle nuit.
JOACHIM DU BELLAY.

Personne ne voulait aller dans cette chambre,
Surtout pendant les nuits si tristes de décembre,
Quand la bise gémit et pousse des sanglots,
Et que du ciel obscur tombe la pluie à flots.
Car c'était une chambre antique, inhabitée,
A minuit, disait-on, de revenants hantée,
Une chambre où les ais du parquet désuni
S'agitent sous vos pieds, où le plafond jauni
Se partage et s'écroule, où la tapisserie
A personnages tremble, et sur la boiserie
Ondule à plis poudreux au moindre ébranlement.
On en avait ôté les meubles; seulement,
Entre de vieux portraits, un crucifix d'ivoire,
Avec du buis bénit, sur une étoffe noire,
Pendait du mur : au bas, en guise de support,
On avait mis jadis une tête de mort;
Et me ressouvenant des fables qu'on débite,
Enfant, je croyais voir au fond de cet orbite
Que l'œil n'anime plus, de blafardes lueurs;

Et, quand il me fallait passer là, des sueurs
M'inondaient, tour à tour brûlantes et glacées :
J'aurais fait le serment que les dents déchaussées
De cet épouvantail en ricanant grinçaient,
Et que confusément des mots s'en élançaient.
A présent jeune encor, mais certain que notre âme,
Inexplicable essence, insaisissable flamme,
Une fois exhalée, en nous tout est néant,
Et que rien ne ressort de l'abîme béant
Où vont, tristes jouets du temps, nos destinées,
Comme au cours des ruisseaux les feuilles entraînées,
Sans peur je la regarde, et je dis : Quelques ans,
Que sais-je! quelques mois, un espace de temps
Beaucoup plus court, demain, après-demain peut-être,
Les yeux de mes amis ne pourront me connaître,
Tête de mort livide à mon tour. — Celle-ci
Est celle d'une femme autrefois morte ici,
Dont voilà le portrait qui, dans son cadre, semble
Vous regarder, sourire et remuer; l'ensemble
De ses traits ingénus, de fraîcheur éclatants,
Montre qu'elle touchait à peine à son printemps.
Pourtant elle mourut; bien des larmes coulèrent
Sans doute à son convoi, bien des fleurs s'effeuillèrent
Sur sa tombe, tributs de pieuses douleurs
Sans doute. — Mais le temps sait arrêter les pleurs,
Et, des premiers chagrins l'amertume passée,
Bientôt l'on oublia la belle trépassée.
— Belle, qui le dirait? où sont ces cheveux blonds,
Qui roulent vers son col si soyeux et si longs;
Cette joue aux contours ondoyants, aussi fraîche
Qu'au beau soleil d'été le duvet d'une pêche,
Ces lèvres de corail au sourire enfantin,
Ce front charmant à voir, cette peau de satin,
Où comme un fil d'azur transparaît chaque veine,

Ces yeux bleus que l'amour, passion creuse et vaine,
N'a jamais fait pleurer? — Un crâne blanc et nu,
Deux trous noirs et profonds où l'œil fut contenu,
Une face sans nez, informe et grimaçante,
Du sort qui nous attend image menaçante;
Voilà ce qu'il en reste avec un souvenir
Qui s'éteindra bientôt dans le vaste avenir.

BALLADE[1]

Regarder les ondes de l'air
. . . .
Puis admirant sur les sillons
Les ailes des gais papillons
De mille couleurs parsemées,
Les croire des fleurs animées.

SAINT-AMAND.

See! moats and bridges wals and castles rid

CRABBE.

Sonne, sonne, ami Dampierre.

Ballade des chasseurs.

Un peu plus loin considérez cette alouette qui s'élève peu à peu du milieu des blés, en voltigeant en haut, elle chante si mélodieusement qu'il ne se peut mieux, vous diriez qu'elle va en chantant boire dans les nuées.

Le Confiteor de l'infidèle éprouvé.

Quand à peine un nuage,
Flocon de laine, nage
Dans les champs du ciel bleu,
Et que la moisson mûre,
Sans vagues ni murmure,
Dort sous le ciel en feu ;

Quand les couleuvres souples
Se promènent par couples
Dans les fossés taris ;

[1] Le sujet de cette ballade est le même que celui de la pièce intitulée: *Far-niente;* mais le rhythme en est si dissemblable, que j'ai cru pouvoir la conserver sans inconvénient.

(*Note de l'auteur*, 1830)

Quand les grenouilles vertes,
Par les roseaux couvertes,
Troublent l'air de leurs cris;

Aux fentes des murailles
Quand luisent les écailles
Et les yeux du lézard,
Et que les taupes fouillent
Les prés, où s'agenouillent
Les grands bœufs à l'écart;

Qu'il fait bon ne rien faire,
Libre de toute affaire,
Libre de tous soucis,
Et sur la mousse tendre
Nonchalamment s'étendre,
Ou demeurer assis;

Et suivre l'araignée,
De lumière baignée,
Allant au bout d'un fil
A la branche d'un chêne
Nouer la double chaîne
De son réseau subtil;

Ou le duvet qui flotte,
Et qu'un souffle ballotte
Comme un grand ouragan;
Et la fourmi qui passe
Dans l'herbe, et se ramasse
Des vivres pour un an;

Le papillon frivole,
Qui de fleurs en fleurs vole,

Tel qu'un page galant ;
Le puceron qui grimpe
A l'odorant olympe
D'un brin d'herbe tremblant ;

Et puis s'écouter vivre,
Et feuilleter un livre,
Et rêver au passé,
En évoquant les ombres
Ou riantes ou sombres
D'un long rêve effacé ;

Et battre la campagne,
Et bâtir en Espagne
De magiques châteaux,
Créer un nouveau monde
Et jeter à la ronde
Pittoresques coteaux,

Vastes amphithéâtres
De montagnes bleuâtres,
Mers aux lames d'azur,
Villes monumentales,
Splendeurs orientales,
Ciel éclatant et pur,

Jaillissantes cascades,
Lumineuses arcades,
Du palais d'Obéron,
Gigantesques portiques,
Colonnades antiques,
Manoir de vieux baron

Avec sa châtelaine,
Qui regarde la plaine

Du sommet des donjons,
Avec son nain difforme,
Son pont-levis énorme,
Ses fossés pleins de joncs,

Et sa chapelle grise,
Dont l'hirondelle frise
Au printemps les vitraux,
Ses mille cheminées
De corbeaux couronnées,
Et ses larges créneaux;

Et sur les hallebardes
Et les dagues des gardes
Un éclair de soleil,
Et dans la forêt sombre
Lévriers en grand nombre,
Et joyeux appareil;

Chevaliers, damoiselles,
Beaux habits, riches selles
Et fringants palefrois;
Varlets qui sur la hanche
Ont un poignard au manche
Taillé comme une croix!

Voici le cerf rapide,
Et la meute intrépide!
Hallali, hallali!
Les cors bruyants résonnent,
Les pieds des chevaux tonnent,
Et le cerf affaibli

Sort de l'étang qu'il trouble;
L'ardeur des chiens redouble,

Il chancelle, il s'abat.
Pauvre cerf, son corps saigne,
La sueur à flots baigne
Son flanc meurtri qui bat :

Son œil plein de sang roule
Une larme, qui coule
Sans toucher ses vainqueurs ;
Ses membres froids s'allongent,
Et dans son col se plongent
Les couteaux des piqueurs ;

Et lorsque de ce rêve
Qui jamais ne s'achève
Mon esprit est lassé,
J'écoute de la source
Arrêtée en sa course
Gémir le flot glacé,

Gazouiller la fauvette
Et chanter l'alouette
Au milieu d'un ciel pur ;
Puis je m'endors tranquille
Sous l'ondoyant asile
De quelque ombrage obscur.

UNE AME

Son ame avait brisé son corps.
VICTOR HUGO.

Diex por amer l'avoit faicte.
LE CHASTELAIN DE COUCY.

C'était une âme neuve, une âme de créole,
Toute de feu, cachant à ce monde frivole
Ce qui fait le poëte, un inquiet désir
De gloire aventureuse et de profond loisir,
Et capable d'aimer comme aimerait un ange,
Ne trouvant en chemin que des âmes de fange;
Peu comprise, blessée au vif à tout moment,
Mais n'osant pas s'en plaindre, et sans épanchement,
Sans consolation, traversant cette vie ;
Aux entraves du corps à regret asservie,
Esquif infortuné que d'un baiser vermeil
Dans sa course jamais n'a doré le soleil,
Triste jouet du vent et des ondes ; au reste,
Résignée à l'oubli, nécessité funeste
D'une existence vague et manquée ; ici-bas
Ne connaissant qu'amers et douloureux combats
Dans un corps abattu sous le chagrin, et frêle
Comme un épi courbé par la pluie ou la grêle ;
Encore si la foi. . l'espérance... mais non,
Elle ne croyait pas, et Dieu n'était qu'un nom
Pour cette âme ulcérée... Enfin au cimetière,
Un soir d'automne sombre et grisâtre, une bière
Fut apportée : un être à la terre manqua,
Et cette absence, à peine un cœur la remarqua.

SOUVENIR

> Deux estions et n'avions qu'ung cœur.
> *Le lay de maistre Ytier Marchant.*
>
> Hélas ! il n'éloit pas saison
> Sitôt de son département.
> *La complainte de Valentin Granson.*

D'elle que reste-t-il aujourd'hui ? Ce qui reste,
Au réveil d'un beau rêve, illusion céleste ;
Ce qui reste l'hiver des parfums du printemps,
De l'émail velouté du gazon ; au beau temps,
Des frimats de l'hiver et des neiges fondues ;
Ce qui reste le soir des larmes répandues
Le matin par l'enfant, des chansons de l'oiseau,
Du murmure léger des ondes du ruisseau,
Des soupirs argentins de la cloche, et des ombres
Quand l'aube de la nuit perce les voiles sombres.

SONNET III

L'homme n'est rien qu'un mort qui traine sa carcasse
Du May.

Fronti nulla fides.

Quelquefois, au milieu de la folâtre orgie,
Lorsque son verre est plein, qu'une jeune beauté
Endort son désespoir amer par la magie
D'un regard enchanteur où luit la volupté,

L'âme du malheureux sort de sa léthargie;
Son front pâle retrouve un rayon de gaîté,
Sa prunelle mourante un reste d'énergie;
Il sourit oublieux de la réalité.

Mais toute cette joie est comme le lierre
Qui d'une vieille tour, guirlande irrégulière,
Embrasse en les cachant les pans démantelés,

Au dehors on ne voit que riante verdure,
Au dedans, que poussière infecte et noire ordure,
Et qu'ossements jaunis aux décombres mêlés.

MARIA

. . . meæ puellæ
Flendo turgiduli rubent ocelli.
V. CATULLUS.

Ne pleure pas. . .
DOVALLE.

De tes longs cils de jais que ta main blanche essuie,
Comme des gouttes d'eau d'un arbre après la pluie,
Ou comme la rosée, au point du jour, des fleurs
Qu'un pied inattentif froisse, j'ai vu des pleurs
Tomber et ruisseler en perles sur ta joue :
En vain de la gaîté l'éclair à présent joue
Dans tes yeux bruns ; en vain ta bouche me sourit ;
D'inquiètes terreurs agitent mon esprit.
Qu'avais-tu, Maria, toi, rieuse et folâtre,
Toi, de plaisirs bruyants et de danse idolâtre,
Le soir, quand le soleil incline à l'horizon,
La première à fouler l'émail vert du gazon,
La première à poursuivre en sa rapide course
La demoiselle bleue aux bords frais de la source,
A chanter des chansons, à reprendre un refrain ?
Toi qui n'as jamais su ce qu'était un chagrin,
A l'écart tu pleurais. Réponds-moi, quel orage
Avait terni l'éclat de ton ciel sans nuage ?
Ton passereau chéri bat de l'aile, joyeux,
Les barreaux de sa cage, et sur son lit soyeux
Ton jeune épagneul dort ; tout va bien, et tes roses
Répandent leurs parfums, heureusement écloses.
Qu'avais-tu donc, enfant ? quel malheur imprévu
Te faisait triste ? — Hier je ne t'avais pas vu.

A MON AMI EUGÈNE DE N***

Les parfums les plus doux et les plus belles fleurs
Perdoient en un instant leurs charmantes odeurs ;
Tous ces mets savoureux dont je chargeois ma table
Ne m'ont jamais offert qu'un plaisir peu durable,
Oublié le jour même et suivi de regrets.
Mais de ces jours heureux, Xanthus, et de ces veilles
Où de savans discours ont charmé mes oreilles
Il m'en reste des fruits qui ne mourront jamais.

Callimaque, traduction de La Porte Duteil.

Vous voyez bien que j'ai mille choses à dire.

Hernani.

Ne t'en va pas, Eugène, il n'est pas tard, la lune
A l'angle du carreau sur l'atmosphère brune
N'a pas encor paru : nous causerons un peu,
Car causer est bien doux le soir, auprès du feu,
Lorsque tout est tranquille et qu'on entend à peine
Entre les arbres nus glisser la froide haleine
De la brise nocturne, et la chauve-souris
En tournoyant dans l'air pousser de faibles cris.
Reste ; nous causerons de quelque jeune fille,
Dont la lèvre sourit, dont la prunelle brille,
Et que nous avons vue, en promenant un jour,
Passer devant nos yeux comme un ange d'amour ;
De nos auteurs chéris, Victor et Sainte-Beuve,
Aigles audacieux, qui d'une route neuve
Et d'obstacles semée ont tenté les hasards,
Malgré les coups de bec de mille geais criards ;
Et d'Alfred de Vigny, qui d'une main savante
Dessina de Cinq-Mars la figure vivante ;

Et d'Alfred de Musset et d'Antoni Deschamps,
Et d'eux tous dont la voix chante de nouveaux chants,
Des vieux qu'un siècle ingrat en s'avançant oublie,
Guillaume de Lorris, dont l'œuvre inaccomplie,
Poétique héritage, aux mains de Clopinel
Après sa mort passa, monument éternel
De la langue au berceau, Pierre Vidal, trouvère
Dont le luth tour à tour gracieux et sévère,
Sous les plafonds ornés de nobles panonceaux,
Dans leurs fêtes charmait les comtes provençaux;
Peyrols l'aventurier, qui rime en Palestine
Quelque amoureux tenson qu'à sa belle il destine,
Le bon Alain Chartier, Rutebeuf le conteur,
Sire Gasse-Brulez, Habert le traducteur,
Maître Clément Marot, madame Marguerite,
De ses jolis dizains la muse favorite;
Villon, et Rabelais, cet Homère moqueur,
Dont le sarcasme, aigu comme un poignard, au cœur
De chaque vice plonge, et des foudres du pape
N'ayant cure, l'atteint sous la pourpre ou la chape :
Car nous aimons tous deux les tours hardis et forts,
Mais naïfs cependant et placés sans efforts,
L'originalité, la puissance comique
Qu'on trouve en ces bouquins à couverture antique,
Dont la marge a jauni sous les doigts studieux
De vingt commentateurs, nos patients aïeux
Quand nous aurons assez causé littérature,
Nous changerons de texte et parlerons peinture;
Je te dirai comment Rioult, mon maître, fait
Un tableau qui, je crois, sera d'un grand effet :
C'est un ogre lascif qui dans ses bras infâmes
A son repaire affreux porte sept jeunes femmes;
Renaud de Montauban, illustre paladin,
Le suit l'épée au poing : lui, d'un air de dédain,

Le regarde d'en haut ; son œil sanglant et louche,
Son crâne chauve et plat, son nez rouge, sa bouche
Qui ricane et s'entr'ouvre ainsi qu'un gouffre noir,
Le rendent de tout point très-singulier à voir.
Surprises dans le bain les sept femmes sont nues,
Leurs contours veloutés, leurs formes ingénues
Et leur coloris frais comme un rêve au printemps,
Leurs cheveux en désordre et sur leurs cous flottants,
La terreur qui se peint dans leurs yeux pleins de larmes,
Me paraissent vraiment admirables ; les armes
Du paladin Renaud, faites d'acier bruni
Etoilé de clous d'or, sont du plus beau fini :
Un panache s'agite au cimier de son casque,
D'un dessin à la fois élégant et fantasque ;
Sa visière est levée, et sur son corselet
Un rayon de soleil jette un brillant reflet.
Mais à ce tableau plein d'inventions heureuses
Je préfère pourtant ses petites baigneuses,
Vrai chef-d'œuvre de grâce et de naïveté,
Où la jeunesse brille avec son velouté.
Après viendront en foule anciens peintres de Rome :
Pérugin, Raphaël, homme au-dessus de l'homme ;
De Florence, de Parme et de Venise aussi,
Véronèse, Titien, Léonard de Vinci,
Michel-Ange, Annibal Carrache, le Corrége
Et d'autres plus nombreux que les flocons de neige
Qui s'entassent l'hiver au front des Apennins ;
D'autres auprès de qui nous sommes tous des nains
Et dont la gloire immense, en vieillissant doublée,
Fait tomber les crayons de notre main troublée.
Puis je te décrirai ce tableau de Rembrandt
Qui me fait tant plaisir, et mon chat Childebrand
Sur mes genoux posé selon son habitude,
Levant vers moi la tête avec inquiétude,

Suivra les mouvements de mon doigt, qui dans l'air
Esquisse mon récit pour le rendre plus clair ;
Et nous aurons encor mille choses à dire
Lorsque tout sera dit : projets riants, délire
De jeunesse, que sais-je? un souvenir d'hier,
Le présent, l'avenir, mes chants, dont je suis fier
Comme des plus beaux chants ; et ces vagues ébauches
De poëmes à faire, incomplètes et gauches,
Où les regards amis un instant arrêtés
Cherchent à pressentir de futures beautés,
Et ces légers dessins où je tâche de rendre
Ce que je ne saurais faire assez bien comprendre
Par mes vers ; mais alors, Eugène, il sera tard,
Et je ne pourrai plus reculer ton départ.

LE JARDIN DES PLANTES

L'homme propose et Dieu dispose

J'étais parti, voyant le ciel limpide et clair
Et les chemins séchés, afin de prendre l'air,
D'ouïr le vent qui pleure aux branches du mélèze,
Et de mieux travailler · car on est plus à l'aise
Pour méditer le plan d'un drame projeté,
Refondre un vers pesant et sans grâce jeté,
Ou d'une rime faible à sa sœur mal unie
Par un son plus exact réparer l'harmonie,
Sous les arbres touffus inclinés en arceaux
Du labyrinthe vert, quand des milliers d'oiseaux
Chantent auprès de vous, et que la brise joue
Dans vos cheveux épars et baise votre joue,
Qu'on ne l'est dans sa chambre, un bureau devant soi,
S'étant fait d'y rester une pénible loi,
Et, comme un ouvrier que son devoir attache,
De ne pas s'arrêter qu'on n'ait fini sa tâche,
Remis le tout au net, et bien dûment serré
L'œuvre dans un tiroir aux profanes sacré,
Et je m'étais promis de rapporter la feuille
Où, du crayon aidé, mon doigt fixe et recueille
Mes pensers vagabonds, pleine jusques aux bords
De vers harmonieux, poétiques trésors,
Destinés à grossir un trop mince volume.
Vains projets ! notre esprit est pareil à la plume,

Un souffle d'air l'emporte hors de son droit chemin,
Et nul ne peut prévoir ce qu'il fera demain.
Aussi moi, pauvre fou, séduit par l'étincelle
Qui, furtive, jaillit d'une noire prunelle,
Par un rire qui livre aux yeux de blanches dents
Oubliant prose et vers, de mes regards ardents
Je suis la jeune fille, et bientôt, moins timide,
J'égale à son pas leste et prompt mon pas rapide,
Je risque quelques mots et place sous mon bras,
Quoiqu on dise : Méchant ! et qu'on ne veuille pas,
Une main potelée ; et nous allons à l'ombre,
Dans un lieu du jardin bien tranquille et bien sombre,
Faire mieux connaissance, et jouer et causer
Et sur le banc de pierre après nous reposer,
Et nous nous promettons de nous revoir dimanche,
Et je reviens avec ma feuille toute blanche.

LE CHAMP DE BATAILLE

En icelle valée oyait on grans sons de tabours trompes et naquerres.
MANDEVILLE.

Or ilz sont mortz, Diex ayt leurs ames
Quant est des cors, ils sont pourryz,
Le grand Testament de Villon.

De dars i ot grant lanceis
Et de pierres grant jeteis
Et de lances grand bouteis
Et d'espées grant capleis.
Li romans du Brut.

Aux branches des tilleuls, aux pignons des tourelles,
Sans crainte revenez vous poser, tourterelles.

Le fracas des canons qui vomissent l'éclair,
Le rappel des tambours, le sifflement des balles,
Le son aigu du fifre et des rauques cymbales
Enfin ne troublent plus ni les échos ni l'air ;
La brise secouant son aile parfumée
A dissipé les flots de l'épaisse fumée,
Crêpe noir étendu sur le front pur des cieux ;
Comme aux jours de la paix tout est silencieux.

Aux branches des tilleuls, aux pignons des tourelles,
Sans crainte revenez vous poser, tourterelles.

La lourde artillerie et les fourgons pesants
Ne creusent plus la route en profondes ornières ;

On ne voit plus flotter les poudreuses bannières
Par-dessus les fusils au soleil reluisants ;
Sous les pieds des soldats courant à la maraude,
Sainfoins à rouges fleurs, prés couleur d'émeraude,
Blés jaunes à flots d'or au gré des vents roulés,
Comme sous un fléau ne meurent plus foulés.

Aux branches des tilleuls, aux pignons des tourelles,
Sans crainte revenez vous poser, tourterelles

Cavaliers, fantassins, l'un sur l'autre entassés,
De leurs membres pétris dans le sang et la boue
Par le fer d'un cheval ou l'orbe d'une roue,
Jonchent le sol parmi les affûts fracassés,
Et vers le champ de mort en immenses volées
Du creux des rocs, du haut des flèches dentelées,
De l'est et de l'ouest, du nord et du midi
L'essaim des noirs corbeaux se dirige agrandi.

Aux branches des tilleuls, aux pignons des tourelles,
Sans crainte revenez vous poser, tourterelles.

Dans les bois, les vieux loups par trois fois ont hurlé,
Levant leur tête grise à l'odeur de la proie.
L'œil fauve des vautours a flamboyé de joie
A l'ombre étincelant comme un phare étoilé,
Et, poussant vers le ciel des clameurs funéraires,
A leurs petits béants sur le bord de leurs aires
Longtemps ils ont porté quelque sanglant lambeau
De ces corps lacérés et restés sans tombeau.

Aux branches des tilleuls, aux pignons des tourelles,
Sans crainte revenez vous poser, tourterelles.

Les os gisent rongés, blancs sous le gazon vert,
Et, spectacle hideux, souvent près d'un squelette
S'égrène le muguet, fleurit la violette,
La mousse parasite entoure un crâne ouvert.
Eh bien ! qu'il vienne ici celui pour qui le glaive
Est un hochet brillant et qui par lui s'élève ;
Si d'horreur et d'effroi tout son cœur ne bondit,
Malheur à lui ! malheur ! car il n'est qu'un maudit !

Aux branches des tilleuls, aux pignons des tourelles,
Sans crainte revenez vous poser, tourterelles

IMITATION DE BYRON

Il est doux de raser en gondole la vague
Des lagunes, le soir, au bord de l'horizon,
Quand la lune élargit son disque pâle et vague,
Et que du marinier l'écho dit la chanson,

Il est doux d'observer l'étoile qui rayonne,
Paillette d'or cousue au dais du firmament,
L'étoile qu'une blanche auréole environne,
Et qui dans le ciel clair s'avance lentement;

Il est doux sur la brume un instant colorée
De voir, parmi la pluie, aux lueurs du soleil,
L'iris arrondissant son arche diaprée,
Présage heureux d'un jour plus pur et plus vermeil ;

Il est doux, par les prés où l'abeille butine,
D'errer seul et pensif, et, sous les saules verts
Nonchalamment couché près d'une onde argentine,
De lire tour à tour des romans et des vers ;

Il est doux, quand on suit une route inégale
Dans l'été, vers midi, chargé d'un lourd fardeau,
Et qu'on entend chanter près de soi la cigale,
De trouver un peu d'ombre avec un filet d'eau,

Il est doux, en hiver, lorsque la froide pluie
Bat la vitre, d'avoir auprès d'un feu flambant,
Un immense fauteuil gothique, où l'on appuie
Sa tête paresseuse en arrière tombant;

Il est doux de revoir avec ses tours minées
Par le temps, ses clochers et ses blanches maisons,
Ses toits rouges et bleus, ses hautes cheminées,
La ville où l'on passa ses premières saisons;

Il est doux pour le cœur de l'exilé malade,
Par le regret cuisant et la douleur usé,
D'entendre le refrain de la vieille ballade
Dont sa mère au berceau l'a jadis amusé :

Mais il est bien plus doux, éperdu, plein d'ivresse,
Sous un berceau de fleurs, d'entourer de ses bras
Pour la première fois sa première maîtresse,
Jeune fille aux yeux bruns qui tremble et ne veut pas.

BALLADE

Femme souvent varie;
Est bien fol qui s'y fie.
FRANÇOIS Ier

Cher ange, vous êtes belle
A faire rêver d'amour,
Pour une seule étincelle
De votre vive prunelle,
Le poëte tout un jour.

Air naïf de jeune fille,
Front uni, veines d'azur,
Douce haleine de vanille,
Bouche rosée où scintille
Sur l'ivoire un rire pur,

Pied svelte et cambré, main blanche,
Soyeuses boucles de jais,
Col de cygne qui se penche,
Flexible comme la branche
Qu'au soir caresse un vent frais,

Vous avez, sur ma parole,
Tout ce qu'il faut pour charmer;
Mais votre âme est si frivole,
Mais votre tête est si folle,
Que l'on n'ose vous aimer.

SOLEIL COUCHANT

Notre Dame.
Que c'est beau !
VICTOR HUGO.

En passant sur le pont de la Tournelle, un soir,
Je me suis arrêté quelques instants pour voir
Le soleil se coucher derrière Notre-Dame.
Un nuage splendide à l'horizon de flamme,
Tel qu'un oiseau géant qui va prendre l'essor,
D'un bout du ciel à l'autre ouvrait ses ailes d'or,
— Et c'étaient des clartés à baisser la paupière.
Les tours au front orné de dentelles de pierre,
Le drapeau que le vent fouette, les minarets
Qui s'élèvent pareils aux sapins des forêts,
Les pignons tailladés que surmontent des anges
Aux corps roides et longs, aux figures étranges,
D'un fond clair ressortaient en noir · l'Archevêché,
Comme au pied de sa mère un jeune enfant couché,
Se dessinait au pied de l'église, dont l'ombre
S'allongeait à l'entour mystérieuse et sombre.
— Plus loin, un rayon rouge allumait les carreaux
D'une maison du quai : — l'air était doux ; les eaux
Se plaignaient contre l'arche à doux bruit, et la vague
De la vieille cité berçait l'image vague ;
Et moi, je regardais toujours, ne songeant pas
Que la nuit étoilée arrivait à grands pas.

SONNET IV

Oh ! la paresseuse fille !
Sara la Baigneuse.

Lorsque je vous dépeins cet amour sans mélange,
Cet amour à la fois ardent, grave et jaloux,
Que maintenant je porte au fond du cœur pour vous,
Et dont je me raillais jadis, ô mon jeune ange,

Rien de ce que je dis ne vous paraît étrange,
Rien n'allume en vos yeux un éclair de courroux;
Vous dirigez vers moi vos regards longs et doux,
Votre pâleur nacrée en incarnat se change.

Il est vrai, — dans la mienne, en la forçant un peu,
Je puis emprisonner votre main blanche et frêle,
Et baiser votre front si pur sous la dentelle :

Mais — ce n'est pas assez pour un amour de feu;
Non, ce n'est pas assez de souffrir qu'on vous aime,
Ma belle paresseuse, il faut aimer vous-même

1831

ENFANTILLAGE

Hanneton, vole, vole, vole.
Ballade des petiets filles..

Lorsque la froide pluie enfin s'en est allée,
Et que le ciel gaîment rouvre son bel œil bleu,
Ennuyé d'être au gîte et de couver le feu,
Comme les moineaux francs, je reprends ma volée.

A Romainville, — ou bien dans les prés Saint-Gervais,
Curieux de savoir si l'aubépine blanche
A déjà fait neiger son givre sur la branche,
Par l'herbe et la rosée, en pépiant, je vais,

Me faisant du bonheur avec la moindre chose :
— D'une goutte d'eau claire, où sous un rayon pur,
Se baigne un scarabée au corselet d'azur ;
D'une abeille en maraude au cœur d'une fleur rose,

D'un brin d'herbe où la Vierge a filé son coton.
— Mais plus que tout cela j'aime sous les charmilles,
Dans le parc Saint-Fargeau, voir les petites filles
Emplir leurs tabliers de pain de hanneton.

NONCHALOIR

> Il vaut mieux être assis que levé, il vaut mieux être couché qu'assis. — Il vaut mieux être mort que couché.
>
> FERIDEDDIN ATAR.
>
> J'aime sur les coussins la vie horizontale.
>
> BARTHÉLEMY.

Pour oublier le reste, et m'oublier moi-même
(Ici-bas être heureux c'est oublier), que j'aime,
Loin du monde et du bruit, au fond de son boudoir,
Sur l'ottomane souple auprès d'elle m'asseoir!
— Cela me fait du bien et me repose l'âme.
Quel plaisir! — Respirer cet arome de femme,
Rester là sans penser et paresseusement
Accepter comme il vient le bonheur du moment!
— Laisser aller sa vie à la regarder vivre,
Dans tous ses mouvements, l'œil demi-clos, la suivre,
Sentir à ses genoux, en nuages soyeux,
Onder et folâtrer sa robe aux plis joyeux,
Effleurer son bras rond plus blanc qu'un col de cygne,
Sa main d'ivoire, aux doigts sveltes et rosés, digne
D'un portrait de Van Dyck; puis sur le fin tapis
Agacer en jouant ses petits pieds tapis
A l'ombre du jupon, comme sous la feuillée
Deux passereaux mutins à la mine éveillée!
Oh! je l'aime d'amour! — De blonds cheveux follets
Se dorent sur son col de magiques reflets,
A travers ses longs cils, au bord de sa prunelle,
Dans la nacre, chatoie une moite étincelle,
Et sa bouche mignarde, au parler enfantin,
S'ouvre comme une rose aux baisers du matin.

DÉCLARATION

Mais toujours fust mon opinion telle
Que toute amour doict estre mutuelle;
Qui son cœur donne, il en merite autant.
Les loyalles et pudicques amours de Scalion de Virbluneau, à madame de Boufflers.

Je vous aime, ô jeune fille!
Aussi lorsque je vous vois,
Mon regard de bonheur brille,
Aussi tout mon sang petille
Lorsque j'entends votre voix.

Douce à mon amour timide,
Vous en accueillez l'aveu,
Mais sans qu'un rayon humide
Argente votre œil limpide,
Lac pur où dort le ciel bleu.

Pourquoi cette retenue?
Entre nous rien de caché.
— Enfant! votre âme ingénue
Peut se montrer toute nue
Comme Ève avant le péché.

C'est un amour sans mélange
Que l'amour que j'ai pour vous,
Frais comme au cœur la louange,
Ardent à toucher un ange,
Pur à rendre Dieu jaloux.

PLUIE

Glasglatcha : son de la pluie dans la pluie,
en anglais, *spalsh.*
Dictionnaire arabe.

Ce nuage est bien noir : — sur le ciel il se roule,
Comme sur les galets de la côte une houle.
L'ouragan l'éperonne, il s'avance à grands pas.
— A le voir ainsi fait, on dirait, n'est-ce pas?
Un beau cheval arabe, à la crinière brune,
Qui court et fait voler les sables de la dune.
Je crois qu'il va pleuvoir : — la bise ouvre ses flancs,
Et par la déchirure il sort des éclairs blancs.
Rentrons. — Au bord des toits la frêle girouette
D'une minute à l'autre en grinçant pirouette;
Le martinet, sentant l'orage, près du sol
Afin de l'éviter rabat son léger vol;
— Des arbres du jardin les cimes tremblent toutes.
La pluie! — Oh! voyez donc comme les larges gouttes
Glissent de feuille en feuille et passent à travers
La tonnelle fleurie et les frais arceaux verts!
Des marches du perron en longues cascatelles,
Voyez comme l'eau tombe, et de blanches dentelles
Borde les frontons gris! — Dans les chemins sablés,
Les ruisseaux en torrents subitement gonflés
Avec leurs flots boueux mêlés de coquillages
Entraînent sans pitié les fleurs et les feuillages;
Tout est perdu : — Jasmins aux pétales nacrés,

Belles-de-nuit fuyant l'astre aux rayons dorés,
Volubilis chargés de cloches et de vrilles,
Roses de tous pays et de toutes familles,
Douces filles de Juin, frais et riant trésor!
La mouche que l'orage arrête en son essor,
Le faucheux aux longs pieds et la fourmi se noient
Dans cet autre océan dont les vagues tournoient.
— Que faire de soi-même et du temps, quand il pleut
Comme pour un nouveau déluge, et qu'on ne peut
Aller voir ses amis, et qu'il faut qu'on demeure?
Les uns prennent un livre en main, afin que l'heure
Hâte son pas boiteux, et dans l'éternité
Plonge sans peser trop sur leur oisiveté;
Les autres gravement font de la politique,
Sur l'ouvrage du jour exercent leur critique;
Ceux-ci causent entre eux de chiens et de chevaux,
De femmes à la mode et d'opéras nouveaux;
Ceux-là du coin de l'œil se mirent dans la glace,
Débitent des fadeurs, des bons mots à la glace,
Ou, du binocle armés, regardent un tableau :
— Moi, j'écoute le son de l'eau tombant dans l'eau.

1831.

POINT DE VUE

Des petits horizons. . .
SAINTE-BEUVE.

Voici que je vis. —
LABRUNIE (G. DE NERVAL).

Au premier plan, — un orme au tronc couvert de mousse,
Dans la brume hochant sa tête chauve et rousse;
— Une mare d'eau sale où plongent les canards,
Assourdissant l'écho de leurs cris nasillards;
— Quelques rares buissons où pendent des fruits aigres,
Comme un pauvre la main, tendant leurs branches maigres;
— Une vieille maison, dont les murs mal fardés
Bâillent de toutes parts largement lézardés.
Au second, — des moulins dressant leurs longues ailes,
Et découpant en noir leurs linéaments frêles
Comme un fil d'araignée à l'horizon brumeux,
Puis, — tout au fond Paris, Paris sombre et fumeux,
Où déjà, points brillants au front des maisons ternes,
Luisent comme des yeux des milliers de lanternes;
Paris avec ses toits déchiquetés, ses tours
Qui ressemblent de loin à des cous de vautours,
Et ses clochers aigus à flèche dentelée,
Comme un peigne mordant la nue échevelée.

LE RETOUR

> Je m'en vais promener tantôt parmy la plaine,
> Tantôt en un village et tantôt en un bois,
> Et tantôt par les lieux solitaires et cois.
>
> PIERRE RONSARD.

J'ai quitté pour un an la campagne; — le chaume
Était jaune; les champs n'avaient plus cet arome
Que leur donnent en juin les fleurs et le foin vert,
Et l'on sentait déjà comme un frisson d'hiver.
— La campagne, c'est bon l'été. — L'on se promène,
On marche à travers champs comme le pied vous mène,
Se fiant au hasard des sentiers onduleux.
A la terre le ciel fait des sourires bleus;
La nature est en joie, et la fleur virginale
Vous donne le bonjour de sa tête amicale;
L'herbe courbe sa pointe où tremble un diamant.
Devant vos pieds verdis et mouillés, par moment,
Du milieu d'un buisson, d'un arbre ou d'une haie
Part un oiseau caché que votre pas effraie.
Un papillon peureux, dans son fantasque vol,
Comme un écrin ailé rase, en fuyant, le sol.
Une abeille surprise, humide de rosée,
Déserte en bourdonnant la fleur demi-brisée.
— Plus loin, c'est une source entre les coudriers
Qui roule babillarde, et sur les blonds graviers
Éparpille au hasard, comme une chevelure,
Les résilles d'argent de son eau fraîche et pure.

Des joncs croissent auprès que plie un léger vent;
Le blême nénuphar, tel qu'un rideau mouvant,
Ondule sur ses flots, où plonge la grenouille
Parmi les fruits noyés et les feuilles de rouille,
Et dans un tourbillon d'or, de gaze et d'azur,
De lumière inondée aux feux d'un soleil pur,
Danse la demoiselle avec sa longue queue,
De ses ailes de crêpe égratignant l'eau bleue.
— A chaque pas qu'on fait la scène change, ainsi
Que dans un mélodrame à grand spectacle : — ici,
Au fond d'un parc, au bout d'une longue avenue,
Un château découpant son profil sur la nue;
Là de rouges sainfoins et de jaunes moissons,
Et l'étang qui s'écaille au saut de ses poissons.
— A gauche une colline à la robe zébrée,
De tons riches et chauds par le couchant marbrée;
A droite, au fond des bois, entre de noirs rochers,
Des hameaux inconnus trahis par leurs clochers;
Plus loin, transition de la terre au nuage,
Un anneau de lapis fermant le paysage.
— Un vrai panorama vivant et bigarré,
Par un pinceau divin ardemment coloré,
Comme n'en fit jamais jaillir de sa palette,
Miroir où l'arc-en-ciel rayonne et se reflète,
Le grand Claude Lorrain, ni Breughel de Velours.
— Mais, comme l'on ne peut se promener toujours,
On s'asseoit sur un tertre; on dessine une vue,
On fait des vers, on lit, ou l'on passe en revue
Ses jeunes souvenirs et ses rêves d'amour,
Si longtemps caressés et perdus sans retour;
On rebâtit sa vie au néant écroulée,
On voit ce qu'elle était, ou joyeuse ou troublée,
On examine à fond ses plaisirs, ses douleurs,
Et souvent la balance est du côté des pleurs.

— Comme en un palimpseste, à travers d'autres signes,
D'un ancien manuscrit ressuscitent les lignes;
Le roman de l'enfance à travers le présent
Reparaît tout entier, — calme, pur, innocent,
— Idylle de Gessner, conte de Berquin, — rose
Et suave peinture où soi-même l'on pose :
L'on compare son moi du jour au moi passé,
Et pour quelques instants le monde est effacé.
— Rien de mieux; — mais l'hiver, en janvier, quand la neige
S'entasse aux toits blanchis, quand la rafale assiége
Votre vitre qui tremble et qui frissonne, — à quoi,
Mon Dieu, passer le temps? — Il faut se tenir coi,
Se bien claquemurer, et, les talons dans l'âtre,
Parler chasse et gibier à quelque gentillâtre,
Faire un cent de piquet avec monsieur l'abbé,
Lire un ancien Mercure, ou, — galant Sigisbé,
Pour passer au salon prendre par sa main sèche
Une mistress Gryselde ennuyeuse et revêche,
Vrai portrait de famille à son cadre échappé,
Écu dans d'autres temps d'un autre coin frappé;
Courtiser à l'écart une petite niaise
Sortant de pension, — toute rouge et tout aise,
Qui prend feu dès l'abord au moindre aveu banal,
Et s'imagine avoir trouvé son idéal;
Écouter un dandy, Brummel de la province,
Beau papillon manqué qui, pour être plus mince,
Barde ses flancs épais d'un corset et d'un busc,
Et comme un vieux blaireau pue à vingt pas le musc;
Et le maire du lieu, docte et rare cervelle,
D'un air mystérieux colportant sa nouvelle.
— Autant et mieux, ma foi, vaudrait être pendu
Que rester enfoui dans ce pays perdu.

1831.

PAN DE MUR

La mousse des vieux jours qui brunit sa surface,
Et d'hiver en hiver incrustée à ses flancs,
Donne en lettre vivante une date à ses ans.
Harmonies.

. . . Qu'il vienne à ma croisée.
PETRUS BOREL.

De la maison momie enterrée au Marais
Où, du monde cloîtré, jadis je demeurais,
L'on a pour perspective une muraille sombre
Où des pignons voisins tombe, à grands angles, l'ombre.
— A ses flancs dégradés par la pluie et les ans,
Pousse dans les gravois l'ortie aux feux cuisants,
Et sur ses pieds moisis, comme un tapis verdâtre,
La mousse se déploie et fait gercer le plâtre.
— Une treille stérile avec ses bras grimpants
Jusqu'au premier étage en festonne les pans;
Le bleu volubilis dans les fentes s'accroche,
La capucine rouge épanouit sa cloche,
Et, mariant en l'air leurs tranchantes couleurs,
A sa fenêtre font comme un cadre de fleurs :
Car elle n'en a qu'une, et sans cesse vous lorgne
De son regard unique ainsi que fait un borgne,
Allumant aux brasiers du soir, comme autant d'yeux,
Dans leurs mailles de plomb ses carreaux chassieux.
— Une caisse d'œillets, un pot de giroflée
Qui laisse choir au vent sa feuille étiolée,

Et du soleil oblique implore le regard,
Une cage d'osier où saute un geai criard,
C'est un tableau tout fait qui vaut qu'on l'étudie;
Mais il faut pour le rendre une touche hardie,
Une palette riche où luise plus d'un ton,
Celle de Boulanger ou bien de Bonnington.

COLÈRE

> Amende-toi, vieille au regard hideux,
> Ou pour ung mot villain en auras deux.
>
> *Epistre à la première vieille.*
>
> A Montfaucon tout sec puisse-tu pendre,
> Les yeux mangéz de corbeaux charongneux,
> Les pieds tiréz de ces mastins bargneux
> Qui vont grondant, hérissés de furie,
> Quand on approche auprès de leur voirie.
>
> PIERRE RONSARD.

Hypocrisie et vice, — oui, c'est bien là le monde :
Belles maximes et grands airs
Jetés comme un manteau sur le cloaque immonde
D'un cœur tout gangrené de vers.
Oui, — la religion dont le péché se couvre
Pour japper après la vertu ;
Oui, — le simple dont l'âme à tous les regards s'ouvre,
Aux pieds du méchant abattu ;
La vierge pure en proie aux noires calomnies
De courtisanes de bas lieu
Qui, vieilles et sans dents et les lèvres jaunies,
Osent mentir si près de Dieu.
— Sorcières de Macbeth, dignes d'être huées,
Serpents armés d'un triple dard,
Ulcères ambulants, viles prostituées,
Tombeaux badigeonnés de fard,
Oh ! comme il leur va bien, elles dont trente places,
Elles dont trente carrefours
Avec des charretiers, crapuleux Lovelaces,

Ont vu les publiques amours;
Elles dont la jeunesse en débauches passée
Couperose et jaspe le teint,
Et qui sous une peau détendue et plissée
Couvent un brasier mal éteint,
D'user tartufement leurs genoux sur les dalles,
Leurs pouces sur un chapelet,
Et prenant pour voiler leurs antiques scandales
La soutane d'un prestolet,
De venir sans pudeur noircir une que j'aime
Comme l'on n'a jamais aimé,
D'un amour pur et saint, et qui de Dieu lui-même
Certes ne peut être blâmé.

SONNET V

C'est mon plaisir ; chacun querre le sien.
P. L. Jacob, *bibliophile*.

Heureusement que, pour nous consoler de tout cela, il nous reste l'adultère, le tabac de Maryland, et le papel español por cigaritos.
Petrus Borel, *le lycanthrope*.

Où trouver le bonheur?
Méry et Barthélemy.

Qu'est-ce que ce bonheur dont on parle ? — L'avare
Au fond d'un coffre-fort empile des ducats,
Des piastres, des doublons, et plus d'or qu'aux Incas
Jadis avec leur sang n'en fit suer Pizarre.

Il ne voit rien de plus — Le far-niente, un cigare,
Voilà pour l'indolent. — Le songeur ne fait cas
Que d'un coin retiré du monde et du fracas,
Où l'on puisse à loisir suivre un rêve bizarre.

L'ambitieux le met dans un titre à la cour,
Le vieux dans le comfort, le jeune dans l'amour,
— Les uns à pérorer, les autres à se taire.

Mais, étant exclusifs, ces gens-là jugent mal ;
Car le bonheur est fait de trois choses sur terre,
Qui sont · — Un beau soleil, une femme, un cheval ?

1831.

JUSTIFICATION

Vous êtes mal pour moi, vous avez quelque chose.
Marion Delorme.

Celui que chaque soir votre parole élève,
Qui pense avec vous de moitié ;
Celui dont vous savez le plus intime rêve
Et qui vit de votre amitié ;
Celui que vous avez laissé voir dans votre âme,
Et s'approcher de votre cœur,
Afin de lui montrer ce que Dieu dans la femme
A mis d'amour et de bonheur,
Quand il n'y croyait plus et n'avait d'autre envie,
Las de traîner depuis vingt ans
Son boulet de forçat au bagne de la vie,
Que de n'y pas finir son temps ;
— Celui-là ne sera jamais, il vous le jure
Sur ce cœur que vous avez fait,
Un de ces hommes vils, dont la pensée impure
Aux choses basses se complaît. —
L'âme que vous avez mariée à la vôtre
Pourrait jusque-là s'oublier !...
— Dans le cloaque infect où le canard se vautre
Voit-on s'abattre l'aigle altier ?
Non, — l'aigle vit tout seul sur la plus haute cime,
— Le tonnerre rugit en bas,

L'avalanche s'écrase et roule dans l'abime ;
    Le torrent hurle : — il n'entend pas ;
Immobile, de l'ongle étreignant quelque pierre,
    Quelque bras de pin foudroyé,
Il attache au soleil son grand œil sans paupière,
    D'ineffables lueurs noyé.

FRISSON

Chauffons-nous, chauffons-nous bien.
BÉRANGER.

Je déteste le monde et je vis dans mon cœur.
ULRIC GUTTINGUER.

Un brouillard épais noie
L'horizon où tournoie
Un nuage blafard,
Et le soleil s'efface,
Pâle comme la face
D'une vieille sans fard.

La haute cheminée,
Sombre et chaperonnée
D'un tourbillon fumeux,
Comme un mât de navire,
De sa pointe déchire
Le bord du ciel brumeux.

Sur un ton monotone
La bise hurle et tonne
Dans le corridor noir :
C'est l'hiver, c'est décembre,
Il faut garder la chambre
Du matin jusqu'au soir.

Les fleurs de la gelée
Sur la vitre étoilée
Courent en rameaux blancs,
Et mon chat qui grelotte
Se ramasse en pelote
Près des tisons croulants.

Moi, tout transi, je souffle,
A griller ma pantoufle,
A rougir mes chenets,
Mon feu qui se déploie
Et sur la plaque ondoie
En bleuâtres filets.

Adieu les promenades
Sous les fraîches arcades
Des verdoyants tilleuls,
A travers les prairies,
Les bruyères fleuries
Et les pâles glaïeuls;

Parmi les plaines blondes
Où le vent roule en ondes
Le seigle déjà mûr,
Par les hautes futaies
Au long des jeunes haies
Et des ruisseaux d'azur;

Adieu les églantines
Et, moissons enfantines,
Les bleuets dans les blés,
Les vertes sauterelles
Et les pissenlits frêles
Sans cesse échevelés;

Adieu dans l'herbe haute
La grenouille qui saute,
Et sous le frais buisson
Le lézard qui regarde
La cigale criarde
Qui sonne sa chanson;

Adieu les demoiselles
Aux diaphanes ailes,
Aux minces corsets d'or,
Le papillon qui brille
Et que la jeune fille
Poursuit comme un trésor;

Le soir dans la nacelle
Qui penche et qui chancelle
Au moindre souffle d'air,
Les courses d'une lieue
Sur l'immensité bleue
Du lac profond et clair;

Et puis les danses molles
Et les caresses folles
Sur les prés de velours,
Lorsque la blanche lune
Au sein de la nuit brune
Jette ses demi-jours.

De longtemps l'hirondelle
Ne viendra, de son aile
Effleurant mes carreaux,
Battre la capucine
Dont la pourpre dessine
Un cadre à mes barreaux.

— Pour horizon la rue
Où la foule se rue
Avec ses mille cris,
Pour soleil des lanternes,
Qui de leurs reflets ternes
Baignent les pavés gris ;

Pour musique la bise
Qui se plaint et se brise
Dans les arbres mouillés,
Les rauques girouettes
Qui font des pirouettes
Sur leurs axes rouillés.

Comment sortir ? les roues
S'enfoncent dans les boues
Presque jusqu'à l'essieu.
Du brouillard, de la pluie !
L'âme souffre et s'ennuie :
Quoi donc faire, mon Dieu ?

Nous aimer, ma charmante !
Jette là cette mante
Qui me cache ton cou,
Ta belle épaule blanche,
Ton corsage, ta hanche,
Ton sein dont je suis fou.

Sur mes genoux prends place,
Livre tes mains de glace
A mes baisers de feu,
Et laisse voir ta jambe
A la braise qui flambe,
Qui flambe rouge et bleu.

Vois donc le gaz qui danse
Et s'agite en cadence,
Aux fantasques chansons
Que fredonne la séve
Dans la bûche qui crève
Et retombe en tisons.

Mon bijou, mon idole,
Comme le temps s'envole
Lorsque l'on est ainsi !
La voix haute et profonde
Qu'au loin jette le monde
Ne parvient pas ici.

Nos deux âmes jumelles,
Ensemble ouvrant les ailes,
Planent dans l'infini,
Comme deux alouettes
Ou comme deux fauvettes
Oublieuses du nid.

SONNET VI

Merci à toi, à toi merci.
TÉRÉSA.

Avant cet heureux jour, j'étais sombre et farouche,
— Mon sourcil se tordait sur mon front soucieux,
Ainsi qu'une vipère en fureur, et mes yeux
Dardaient entre mes cils un regard fauve et louche.

Un sourire infernal crispait ma pâle bouche.
A cet âge candide où tout est pour le mieux,
Je méprisais le monde et reniais les cieux,
Disant tout haut : Où donc est-il, que je le touche?

Et mon ange gardien à son front blanc et pur
Ramenait en pleurant ses deux ailes d'azur,
Et n'osait au Seigneur porter de tels blasphèmes.

Aux saints épanchements mon cœur était fermé,
— Car je ne savais pas alors combien tu m'aimes ;
Et comment croire en Dieu quand on n'est pas aimé !

ÉLÉGIE IV

J'ai peur que votre amour par le temps ne s'efface.
RONSARD.

Aimée, aimée, hélas! que j'ai grand'peur
Qu'un autre amour par cet amour pipeur
N'aille gravant pendant ta longue absence
Quelqu'autre amant dedans ta souvenance!
PONTHUS DE THYARD, *Erreurs amoureuses.*

Ma charmante, depuis ta visite imprévue
Deux mois se sont passés que je ne t'ai pas vue.
Deux mois entiers! Sais-tu que c'est bien long deux mois;
Assez pour m'oublier? — J'y songe quelquefois:
Pauvre fou que je suis d'avoir placé mon âme
Dans la tienne, et risqué sur l'amour d'une femme
Ma vie intérieure et mon contentement!
Et je dis à part moi: Peut-être en ce moment,
Pendant que je suis là, triste, m'occupant d'elle,
Et lui faisant ces vers, d'un sourire infidèle
Accueille-t-elle un autre, et, tendant cette main
Qu'on ne livrait qu'à moi, lui dit-elle: A demain.
J'ai beau me répéter que c'est une chimère,
Cette pensée est là, sans cesse plus amère,
Empoisonnant ma joie, et, malgré mes efforts,
M'accompagnant partout comme l'ombre le corps;
Car c'est ainsi que vont en ce monde les choses:
Il se fait en un jour bien des métamorphoses;
L'idole du matin n'est pas celle du soir,
Et toute jeune fille est comme son miroir.

Qui reçoit chaque image et n'en conserve aucune.
— Puis un amour âgé de trois ans importune;
C'est presque un mariage; un jour avec l'ennui
Vient la réflexion; l'amour s'en va. — Celui
Qui jadis à vos yeux était plus que vous-même,
Celui qui le premier vous avait dit : Je t'aime,
N'est plus pour vous qu'un nom dont le vain souvenir
Contre un amour nouveau ne peut longtemps tenir;
Ce nom qui résonnait naguère à votre oreille
Aussi doux que la voix du rossignol, n'éveille
Au fond de votre cœur, de sa faute confus,
Qu'un sentiment cruel du bonheur qu'il n'a plus;
Et, comme pour deux noms l'âme n'a pas de place,
L'ancien est rejeté. Lettre à lettre il s'efface
Ainsi que le *ci-gît* d'un tombeau sous les pas
De la foule qui chante et ne l'aperçoit pas.
— Le cœur qui n'aime plus a si peu de mémoire!
On rougit de l'amour dont on se faisait gloire,
Le temps coule, et bientôt on arrive à ce point
De dire en le voyant : Je ne le connais point.
Qu'y faire? Ramener son manteau sur sa plaie,
Et sous un rire faux cacher sa douleur vraie;
Dévorer par orgueil les larmes de ses yeux,
Et déchu du bonheur, déshérité des cieux,
Incapable à jamais d'un élan grandiose,
De toute sa hauteur descendre dans la prose,
Comme l'aigle blessé qui, sanglant, sur le sol
Tombe, ne fermant pas la courbe de son vol.
Me défiant de moi, malade de l'absence,
Ne vivant qu'à demi, voilà ce que je pense :
Si tu ne m'aimais plus, oh! ce serait ma mort;
Mais tu m'aimes toujours, n'est-ce pas, et j'ai tort!
Au lieu de tout cela, sans doute, jeune fille,
Rêveuse, de tes doigts laissant fuir ton aiguille,

Vers le chemin désert tu tournes tes grands yeux,
Et, portant ta main blanche à ton front soucieux,
Tu te dis en toi-même : Il ne vient pas, — tu pleures;
Pleurer fait tant de bien! — et, pour tromper tes heures,
Tu relis tous ces vers où je me racontais
Jusqu'au moindre détail, sans fard, — tel que j'étais,
Tel que je ne suis plus et que je voudrais être,
Car je serais heureux; mais l'homme n'est pas maître
De faire revenir les fraîches passions
De l'enfance du cœur, et ces illusions
Si pénibles à perdre, et si vite perdues.
— L'ange du souvenir, les ailes étendues,
Remontant le passé, voltige autour de toi;
Il te souffle à l'oreille une phrase de moi,
Un soupir, un serment, quelque mot tendre, et pose
Sur ta lèvre pâlie avec sa lèvre rose
Mes baisers d'autrefois, mes longs baisers d'amant,
Pour te les redonner, gardés fidèlement.

1831.

SONNET VII

> Liberté de juillet ! femme au buste divin,
> Et dont le corps finit en queue !
>
> G. DE NERVAL.

> E la lor cieca vita è tanto bassa
> ch' invidiosi son d'ogn altra sorte.
>
> *Inferno, canto III.*

Avec ce siècle infâme il est temps que l'on rompe;
Car à son front damné le doigt fatal a mis
Comme aux portes d'enfer : Plus d'espérance ! — Amis,
Ennemis, peuples, rois, tout nous joue et nous trompe.

Un budget éléphant boit notre or par sa trompe.
Dans leurs trônes d'hier encor mal affermis,
De leurs aînés déchus ils gardent tout, hormis
La main prompte à s'ouvrir, et la royale pompe.

Cependant en juillet, sous le ciel indigo,
Sur les pavés mouvants ils ont fait des promesses
Autant que Charles dix avait ouï de messes !

Seule, la poésie incarnée en Hugo
Ne nous a pas déçus, et de palmes divines
Vers l'avenir tournée ombrage nos ruines.

PARIS

Das drængt und stœsst, das ruscht und klappert
Das zischt und quirlt, das zieht und plappert!
Das leuchtet, sprüht, und stinkt und brennt!

GŒTHE, *Faust.*

Dans la simplicité de mon cœur enfantin
L'œil fixé sur les cieux, j'enviais le destin
De l'oiseau voyageur, du nuage qui passe
Et fait tant de chemin, et dans ce large espace
Voit les mondes sous lui glisser rapidement,
Ainsi qu'un météore aux champs du firmament.

EUGÈNE DE ***.

Hé, Dieu ! que de maisons ! que de beaux bâtiments !

ÉSTIENNE DE KNOBELSDORFF.

Salle de réception du diable.

Don Juan, ch. x, st. 81.

Quand il voit le soleil, déchirant le nuage,
De splendides rayons illuminer sa cage,
Et comme un lion d'or secouer, dans le bleu
Qui se fait à l'entour, sa crinière de feu,
L'aigle prisonnier bat avec son aile forte
Les lourds barreaux de fer tant qu'il se tue ou sorte.
— Mon âme est faite ainsi : dans mon corps en prison,
Elle cherche à son vol un plus large horizon;
Quand sur elle d'en haut la sainte Poésie
Abaisse son regard, de grands désirs saisie,
Elle voudrait surgir jusqu'au clair firmament
Afin d'y respirer largement, librement,
Entre la terre et Dieu, bien par delà les nues
Et les plaines d'azur, régions inconnues,
L'air limpide, l'air vierge, où jamais souffle humain
Ne passe, où l'ange seul retrouve son chemin ;
Car elle manque d'air, mon âme, dans ce monde

Où la presse en tous sens de son étreinte immonde
Une société qui retombe au chaos,
Du rouge sur la joue et la gangrène aux os!
Il lui faudrait des monts aux cheveux blancs de neige,
De grands rochers à pic, trônes géants où siége,
Ayant pour marchepied le vertige et l'effroi,
La majesté muette et sombre du grand Roi.
Il lui faudrait la voix du tonnerre qui roule
Ses mugissements sourds comme des bruits de foule;
Le torrent qui bondit entre les rocs qu'il fond,
Se tord comme un damné dans l'abîme sans fond,
Jette ses forts abois qu'on entend d'une lieue,
Et, tout échevelé, semble la pâle queue
Du cheval de la mort au livre de saint Jean.
Il lui faudrait au soir la lune voyageant,
Non sur l'angle des toits, mais sur les cimes grêles
Des sapins déployant leurs bras comme des ailes,
Les arêtes des pics et les tours du manoir
De leurs fronts ardoisés découpant le ciel noir.
— Elle n'a pas cela, mon âme, non pas même
L'humble petit coteau, la campagne qu'elle aime,
Le vallon frais et creux, les sveltes peupliers
Dont la bise de nuit berce les fronts pliés,
La chaumière des bois, poussant en bleus nuages
Son filet de fumée à travers les feuillages,
Et dont le toit moussu porte sur son velours
Des fleurs tous les printemps, des pigeons tous les jours;
Le jardin et son puits que festonne une vigne,
Où, des choux à propos interrompant la ligne,
Se pavane un rosier que votre main sema;
Asile calme et vert comme en peint Hobbéma,
Où les chuchotements dont est fait le silence
Troublent seuls du rêveur la douce somnolence!
Non pas même cela : mais la ville aux cent bruits

Où de brouillards noyés les jours semblent des nuits,
Où parmi les toits bleus s'enchevêtre et se cogne
Un soleil terne et mort comme l'œil d'un ivrogne;
Des tuyaux hérissant le faîte des maisons
Que bat la pluie à flots dans toutes les saisons,
Une fumée ardente et de couleur de rouille
Traînant ses longs anneaux sur le ciel qu'elle souille,
Les murs repeints à neuf, ou noircis par le temps,
Jaunes, rouges et verts, semblables aux tartans
Des montagnards d'Écosse, et les vieilles églises
Au sein de la vapeur dressant leurs flèches grises,
Et leurs longs arcs-boutants inclinés de façon
Qu'on croirait à les voir des côtes de poisson;
Puis le peuple grouillant, qui se heurte et se rue,
Fashionables musqués, gueux à mine incongrue,
Grisettes au pied leste, au sourire agaçant,
Beaux tilburys dorés comme l'éclair passant,
Charrettes, tombereaux, ouvrant avec leurs roues,
Comme des nefs dans l'onde, un sillon dans les boues;
— De l'or et de la fange. — Incroyable chaos,
Babel des nations, mer qui bout sans repos,
Chaudière de damnés, cuve immense où fermente,
Vendange de la mort, une foule écumante,
Haillons troués à jour comme un crible, où le vent
Glisse apportant la fièvre et le trépas souvent;
Brocarts d'or et d'argent roides de pierreries,
Des yeux cernés et bleus, des figures flétries,
Du pain dur que l'on mange à la sueur du front,
Oisifs de leurs deux mains frappant leur ventre rond;
Perpétuel contraste, éternelle antithèse,
Paris, la bonne ville, ou plutôt la mauvaise,
Longs grincements de dents et beaux concerts. Voilà!
— Cependant moi, poëte et peintre, je vis là.

1831.

UN VERS DE WORDSWORTH

Spires whose silent finger points to heaven

Je n'ai jamais rien lu de Wordsworth, le poëte
Dont parle lord Byron d'un ton si plein de fiel,
Qu'un seul vers ; le voici, car je l'ai dans la tête :
— *Clochers silencieux montrant du doigt le ciel.* —

Il servait d'épigraphe, et c'était bien étrange,
Au chapitre premier d'un roman : — *Louisa*, —
Les douleurs d'une fille, œuvre toute de fange
Qu'un pseudonyme auteur dans l'*Ane mort* puisa.

Ce vers frais et pieux, perdu dans ce volume
De lubriques amours, me fit du bien à voir :
C'était comme une fleur des champs, comme une plume
De colombe, tombée au cœur d'un bourbier noir.

Aussi depuis ce temps, lorsque la rime boite,
Que Prospéro n'est pas obéi d'Ariel,
Aux marges du papier je jette, à gauche, à droite,
Des dessins de clochers montrant du doigt le ciel.

DÉBAUCHE

Buvons du grog et cassons-nous les reins.
Chanson des marins.

Tu as Dieu dans la bouche et dans le cœur Satan.
DUBARTAS.

Je hais plus que la mort cette débauche prude
Qui n'ose sortir que de nuit,
Et retourne la tête avec inquiétude
Tout empourprée au moindre bruit,
Et joue à la vertu comme une honnête femme,
N'ayant pas la force qu'il faut
Pour être hardiment et largement infâme,
Pour porter sa honte front haut.
Aussi le cœur me lève, à ces sobres orgies
Faites dans un salon étroit,
Aux discrètes lueurs de quatre à cinq bougies
Et dont chacun retourne droit;
A ce vice bourgeois, mesquin, suant la prose,
Comme le font les boutiquiers.
Gens qui savent ôter le galbe à toute chose;
Les dandys, avec les banquiers;
Ce vice, homme rangé qui ne l'est qu'à ses heures,
Qui sort calme d'un mauvais lieu,
Comme l'on sortirait des plus chastes demeures
Ou de quelque église de Dieu,
La cravate nouée et les cheveux en ordre,
Le frac boutonné jusqu'au cou,

Pas le plus petit pli sur quoi l'on puisse mordre,
Rien de débraillé, rien de fou,
Rien de hardi, de chaud, de bon viveur, qui fasse
Au reproche mollir la voix
Et dire au père : Il faut que jeunesse se passe,
Comme l'on disait autrefois.
J'aime trente fois mieux une débauche franche,
Jetant son masque de satin,
Le coude sur la nappe et la main sur la hanche,
Criant, buvant jusqu'au matin,
Qui laisse, sans corset, aller sa gorge folle,
Rose encor des baisers du soir,
Qui tord lascivement sa taille souple et molle,
Sur tous les genoux va s'asseoir,
Et bleuissant sa joue au punch qui siffle et flambe
Au fond du cratère vermeil,
Rit de se voir ainsi, danse et montre sa jambe,
Et ne veut pas qu'on ait sommeil :
— C'est une poésie au moins, une palette
Où brillent mille tons divers,
Un type net et franc, une chose complète,
De la couleur ! des chants ! des vers !

LE BENGALI

A UNE JEUNE FILLE CRÉOLE

Les bengalis dont le ramage est si doux.
BERNARDIN DE SAINT-PIERRE.

La France et ses printemps, ses hivers inconnus
Où la bise gémit, où les arbres sont nus,
Où l'on voit voltiger ces blancs flocons de neige
Que je désirais voir, et la glace, — que sais-je?
Mlle L. A.

Oiseau dépaysé, qui t'amène vers nous?
Notre soleil est froid, notre ciel en courroux :
Nos bois sont chauves ; à nos haies,
A nos buissons armés de dards aigus, au lieu
Des beaux fruits blonds mûris à vos midis de feu,
Pendent à peine quelques baies.

Comme nos passereaux hardis, pauvre étranger,
Bengali du désert, sauras-tu voltiger
Dans nos forêts de cheminées?
Parmi les tuyaux noirs qui fument, sauras-tu
Accrocher ton nid frêle à quelque toit pointu,
Entre deux pierres ruinées?

Entends-tu, bel oiseau, le rauque sifflement
De la bise du nord qui râle incessamment
Et fait chanter la girouette,

Le bruit confus des chars, des cloches, le frisson
De la pluie aux carreaux qui pleurent, et le son
Des tuiles que la grêle fouette?

Ouvre ton aile et pars, retourne-t'en là-bas
Au bois des goyaviers reprendre tes ébats
Dans la savane aux grandes herbes;
Avec les colibris va becqueter les fleurs,
Boire à leurs coupes d'or, te baigner dans leurs pleurs,
Bâtir ton hamac sous leurs gerbes!

LE CAVALIER POURSUIVI

Moi, poëte, je vais du couchant à l'aurore.
JULES DE SAINT-FÉLIX.

Und hurré! hurré! hop hop hop!
BURGER.

C'est un fort beau cheval; une large poitrine,
Des jambes de gazelle, et dans chaque narine
Une fauve lueur,
La queue échevelée, une crinière folle
Qui se déroule au vent comme une banderole
Sur le col en sueur;

Des yeux fiers, pleins de vie, ardents comme la braise,
Qu'on prendrait pour deux trous au mur d'une fournaise
Ou pour deux diamants,
Des yeux illuminés d'une lumière rouge
Comme un soleil dans l'eau, qui frissonne et qui bouge
A tous les mouvements;

Une croupe arrondie où des glands dorés pendent,
Et de souples jarrets dont les muscles se tendent
Comme des arcs d'acier;
Un ongle plus poli que le jaspe ou l'écaille
Quel roi dans son haras eut jamais qui te vaille,
O mon noble coursier!

Tu danses sur les blés comme une sauterelle,
A chacun de tes pieds est attachée une aile,
Ton galop c'est un vol,
Et, quand à bonds pressés tu dévores la plaine,
L'oiseau reste en arrière, et l'ombre peut à peine
Te suivre sur le sol.

La bride sur le col, va, marche, à toi l'espace!
Va, lutte de vitesse avec le vent qui passe
Comme avec un rival;
Va sans crainte; — le monde est grand, la terre est large,
Le vent est déjà loin, trop de vapeur le charge,
Hurrah! mon bon cheval!

Hurrah! des rocs aigus aux tranchantes arêtes,
Fais jaillir en sautant des gerbes de paillettes
Avec ton dur sabot;
Brise cet horizon qui n'a pas une lieue
Et voudrait t'enfermer dans sa muraille bleue
Comme on fait d'un pied-bot.

Chemins rompus, halliers, buissons, ronces, broussailles,
Hérissant leurs stylets, entortillant leurs mailles,
Grands fossés à franchir;
Ravins marécageux, où le feu follet flambe,
Fondrières, rochers, rien n'entrave ta jambe
Qui ne sait pas fléchir.

Oh! comme les maisons, comme les arbres filent!
Oh! comme étrangement sur le ciel ils profilent
Leur contour incertain!
Essor prodigieux, le sol que ton pied foule
Se retire sous toi comme un ruban qu'on roule,
Et tout se fait lointain.

— Vois là-bas, tout là-bas cette flèche d'église,
Qui pour te regarder lève sa tête grise
Par-dessus l'horizon,
Te montre au doigt, te nargue, et comme des reproches,
A ton oreille fait tinter ses quatre cloches
Et galoper le son.

Hop! hop! mon andalous, mon noir, — plus vite encore!
Une course pareille à celle de Lénore!
Je suis content, c'est bien.
Le clocher tout confus derrière un mont se cache,
L'oiseau qui te suivait à peine au ciel fait tache,
Et je n'entends plus rien.

Mais quoi donc! tu faiblis. — Çà, veux-tu que je teigne
Mes éperons en pourpre à ton flanc brun qui saigne?
Allons, courage, allons!
Car nous sommes suivis, mon brave, d'un Vampire,
Je sens, tiède à mon dos, le souffle qu'il aspire,
Il est sur nos talons.

Que derrière tes pas cette porte se ferme,
Et nous sommes sauvés.—Nous touchons presque au terme;
Saute, vole, bondis!
— Le monstre ne peut rien sur moi dans cette chambre
D'où s'exhale un parfum de fleurs, de femme et d'ambre,
Comme d'un paradis!

N'as-tu pas vu son œil luire à la jalousie?
Tout mon bonheur est là, toute ma poésie,
Mes souvenirs, ma foi,
Tout, avec mon amour; c'est ma pâle créole,
Le soleil de mon cœur, mon âme, mon idole,
Ma Béatrix à moi.

C'en est fait, le voilà, mes prières sont vaines ;
Il m'éteint les regards et m'entr'ouvre les veines
De ses ongles de fer,
Courbe mon dos et met sur ma tête pendante
Une chape de plomb comme aux damnés du Dante
Dans le neuvième enfer.

Tu cours bien, mon cheval, et ta croupe est fidèle,
Tu dépasses le vent, le son et l'hirondelle ;
Mais il court bien mieux, lui,
Et pourtant ce coureur, ce n'est pas un arabe,
Un anglais de pur sang, — ce n'est qu'un vilain crabe
Aux pieds boiteux, — l'ennui.

1826-1832.

ALBERTUS

OU

L'AME ET LE PÉCHÉ

LÉGENDE THÉOLOGIQUE

> You shall see anon, 'tis a knavith
> Piece of work.
> *Hamlet*, III, 7

ALBERTUS

OU

L'AME ET LE PÉCHÉ

LÉGENDE THÉOLOGIQUE

POËME

> You shall see anon, 'tis a knavith
> Piece of work.
> *Hamlet*, III, 7.

I

Sur le bord d'un canal profond dont les eaux vertes
Dorment, de nénufars et de bateaux couvertes,
Avec ses toits aigus, ses immenses greniers,
Ses tours au front d'ardoise où nichent les cigognes,
Ses cabarets bruyants qui regorgent d'ivrognes,
Est un vieux bourg flamand tel que les peint Teniers.
— Vous reconnaissez-vous ? — Tenez, voilà le saule,
De ses cheveux blafards inondant son épaule
Comme une fille au bain ; l'église et son clocher,
L'étang où des canards se pavane l'escadre ;
Il ne manque vraiment au tableau que le cadre
Avec le clou pour l'accrocher.

II

Confort et far-niente! — toute une poésie
De calme et de bien-être, à donner fantaisie
De s'en aller là-bas être Flamand ; d'avoir
La pipe culottée et la cruche à fleurs peintes,
Le vidrecome large à tenir quatre pintes,
Comme en ont les buveurs de Brauwer, et le soir
Près du poêle qui siffle et qui détonne, au centre
D'un brouillard de tabac, les deux mains sur le ventre,
Suivre une idée en l'air, dormir ou digérer,
Chanter un vieux refrain, porter quelque rasade,
Au fond d'un de ces chauds intérieurs, qu'Ostade
D'un jour si doux sait éclairer!

III

A vous faire oublier, à vous, peintre et poëte,
Ce pays enchanté dont la Mignon de Gœthe,
Frileuse, se souvient, et parle à son Wilhem;
Ce pays du soleil où les citrons mûrissent,
Où de nouveaux jasmins toujours s'épanouissent :
Naples pour Amsterdam, le Lorrain pour Berghem;
A vous faire donner pour ces murs verts de mousses
Où Rembrandt, au milieu de ces ténèbres rousses,
Fait luire quelque Faust en son costume ancien,
Les beaux palais de marbre aux blanches colonnades,
Les femmes au teint brun, les molles sérénades,
Et tout l'azur vénitien!

IV

Dans ce bourg autrefois vivait, dit la chronique,
Une méchante femme ayant nom Véronique;
Chacun la redoutait, et répétait tout bas
Qu'on avait entendu des murmures étranges
Autour de sa demeure, et que de mauvais anges
Venaient pendant la nuit y prendre leurs ébats.
— C'étaient des bruits sans nom inconnus à l'oreille,
Comme la voix d'un mort qu'en sa tombe réveille
Une évocation; de sourds vagissements
Sortant de dessous terre, et des rumeurs lointaines,
Des chants, des cris, des pleurs, des cliquetis de chaînes,
D'épouvantables hurlements.

V

Même dame Gertrude avait un jour d'orage
Vu de ses propres yeux, du milieu d'un nuage,
A cheval sur la foudre un démon noir sortir,
Traverser le ciel rouge, et dans la cheminée,
De bleuâtres vapeurs soudain environnée,
La tête la première en hurlant s'engloutir.
La grange du fermier Justus Van Eyck s'embrase
Sans qu'on puisse l'éteindre, et par sa chute écrase,
Avalanche de feu, quatre des travailleurs.
Des gens dignes de foi jurent que Véronique
Se trouvait là, riant d'un rire sardonique,
Et grommelant des mots railleurs!

VI

La femme du brasseur Cornelis met au monde,
Avant terme, un enfant couvert d'un poil immonde,
Et si laid que son père eût voulu le voir mort.
— On dit que Véronique avait sur l'accouchée
Depuis ce temps malade, et dans son lit couchée,
Par un mystère noir jeté ce mauvais sort.
Au reste, tous ces bruits, son air sauvage et louche
Les justifiait bien. — Œil vert, profonde bouche,
Dents noires, front coupé de rides, doigts noueux,
Dos voûté, pied tortu sous une jambe torse,
Voix rauque, âme plus laide encor que son écorce,
    Le diable n'est pas plus hideux.

VII

Cette vieille sorcière habitait une hutte,
Accroupie au penchant d'un maigre tertre, en butte
L'été comme l'hiver au choc des quatre vents;
Le chardon aux longs dards, l'ortie et le lierre
S'étendent à l'entour en nappe irrégulière;
L'herbe y pend à foison ses panaches mouvants,
Par les fentes du toit, par les brèches des voûtes
Sans obstacle passant, la pluie à larges gouttes
Inonde les planchers moisis et vermoulus.
A peine si l'on voit dans toute la croisée
Une vitre sur trois qui ne soit pas brisée,
    Et la porte ne ferme plus.

VIII

La limace baveuse argente la muraille
Dont la pierre se gerce et dont l'enduit s'éraille;
Les lézards verts et gris se logent dans les trous,
Et l'on entend le soir sur une note haute
Coasser tout auprès la grenouille qui saute,
Et râler aigrement les crapauds à l'œil roux.
— Aussi, pendant les soirs d'hiver, la nuit venue,
Surtout quand du croissant une ouateuse nue
Emmaillotte la corne en un flot de vapeur,
Personne, — non pas même Eisenbach le ministre, —
N'ose passer devant ce repaire sinistre
Sans trembler et blêmir de peur.

IX

De ces dehors riants l'intérieur est digne:
Un pandémonium! où sur la même ligne,
Se heurtent mille objets fantasquement mêlés.
— Maigres chauves-souris aux diaphanes ailes,
Se cramponnant au mur de leurs quatre ongles frêles,
Bouteilles sans goulot, plats de terre fêlés,
Crocodiles, serpents empaillés, plantes rares,
Alambics contournés en spirales bizarres,
Vieux manuscrits ouverts sur un fauteuil bancal,
Fœtus mal conservés saisissant d'une lieue
L'odorat, et collant leur face jaune et bleue
Contre le verre du bocal!

X

Véritable sabbat de couleurs et de formes,
Où la cruche hydropique, avec ses flancs énormes,
Semble un hippopotame, et la fiole au grand cou,
L'ibis égyptien au bord du sarcophage
De quelque Pharaon ou d'un ancien roi mage;
Ivresse d'opium et vision de fou,
Où les récipients, matras, siphons et pompes,
Allongés en phallus ou tortillés en trompes,
Prennent l'air d'éléphants et de rhinocéros,
Où les monstres tracés autour du zodiaque,
Portant écrit au front leur nom en syriaque,
Dansent entre eux des boléros!

XI

Poudreux entassement de machines baroques
Dont l'œil ne peut saisir les contours équivoques,
Et de bouquins, sans titre en langage chrétien!
Tohu-bohu! chaos où tout fait la grimace,
Se déforme, se tord, et prend une autre face;
Glace vue à l'envers où l'on ne connaît rien,
Car tout est transposé. Le rouge y devient fauve,
Le blanc noir, le noir bleu; jamais sous une alcôve
Smarra n'a dessiné de fantômes plus laids.
C'est la réalité des contes fantastiques,
C'est le type vivant des songes drôlatiques;
C'est Hoffmann, et c'est Rabelais!

XII

Pour rendre le tableau complet, au bord des planches
Quelques têtes de morts vous apparaissent blanches,
Avec leurs crânes nus, avec leurs grandes dents,
Et leurs nez faits en trèfle et leurs orbites vides
Qui semblent vous couver de leurs regards avides.
Un squelette debout et les deux bras pendants,
Au gré du jour qui passe au treillis de ses côtes,
Que du sépulcre à peine ont désertés les hôtes,
Jette son ombre au mur en linéaments droits.
En entrant là, Satan, bien qu'il soit hérétique,
D'épouvante glacé, comme un bon catholique
    Ferait le signe de la croix.

XIII

Et pourtant cet enfer est un ciel pour l'artiste.
Teniers à cette source a pris son *Alchimiste*,
Callot bien des motifs de sa *Tentation;*
Gœthe a tiré de là la scène tout entière
Où Méphistophélès mène chez la sorcière
Faust, qui veut rajeunir, boire la potion.
— L'illustre baronnet sir Walter Scott lui-même
(Jedediah Cleishbotham) y puisa plus d'un thème.
— Ce type qu'il répète infatigablement,
Meg de *Guy Mannering*, ressemble à s'y méprendre
A notre Véronique, — il n'a fait que la prendre
    Et déguiser le vêtement.

XIV

Le plaid bariolé de tartan et la toque
Dissimulent la jupe et le béguin à coque.
L'Écosse a remplacé la Flandre ; — voilà tout.
Ensuite il m'a volé, l'infâme plagiaire,
Cette description (voyez son *Antiquaire*),
Le chat noir, — Marius sur ces restes debout ! —
Et mille autres détails. Je le jurerais presque,
Celui que fit l'hymen du sublime au grotesque,
Créa Bug, Han, Cromwell, Notre-Dame, Hernani,
Dans cette hutte même a ciselé ces masques
Que l'on croirait, à voir leurs galbes si fantasques,
  De Benvenuto Cellini.

XV

Le matou dont il est parlé dans l'autre strophe
Était le bisaïeul de Murr, ce philosophe,
Dont l'histoire enlacée à celle de Kreissler
M'a fait plus d'une fois oublier que la bûche
Prenait en s'éteignant sa robe de peluche,
Et que minuit sonnait et que c'était l'hiver.
Mon pauvre Childebrand à l'amitié si franche,
Le meilleur cœur de chat et l'âme la plus blanche
Qui se puissent trouver sous des poils aussi noirs,
Cet ami dont la mort m'a causé tant de peine,
Que depuis ce temps-là j'ai pris la vie en haine,
  Était aussi l'un de ses hoirs.

XVI

Ce digne chat était du reste l'être unique
Admis dans ce repaire, et pour qui Véronique
Eût de l'affection ; — peut-être bien aussi
Était-il seul au monde à l'aimer ; — vieille, laide
Et pauvre, qui l'eût fait ? C'est un mal sans remède ;
Ceux qu'on hait sont méchants, et l'on s'excuse ainsi.
— Il fait nuit, tout se tait ; une lumière rouge,
Intermittente, oscille aux vitrages du bouge ;
— Notre matou, couché sur le fauteuil boiteux,
Regarde d'un air grave et plein d'intelligence
La vieille qui s'agite et qui fait diligence
Pour quelque mystère honteux ;

XVII

Ou bien, frottant sa patte à sa moustache raide,
Lustre son poil soyeux comme l'hermine, à l'aide
De sa langue âpre et dure, et frileux, pour dormir
Entre les deux chenets, près des tisons, en boule,
La tête sous la queue artistement se roule.
— La bise cependant continue à gémir,
L'orfraie aux sifflements rauques de la tempête
Mêle ses cris ; le toit craque, la bûche pète,
La flamme tourbillonne, et dans un grand chaudron,
Sous des flocons d'écume, une eau puante et noire
Danse en accompagnant de son bruit la bouilloire
Et le matou qui fait ron ron.

XVIII

Minuit est le moment voulu pour l'œuvre inique;
Minuit sonne. — Aussitôt l'infâme Véronique
Trace de sa baguette un rond sur le plancher,
Et se place au milieu ; — des milliers de fantômes
Hors du cercle magique, ainsi que des atomes
Qu'un rayon de soleil dans l'ombre vient chercher,
Tremblent, points lumineux sur la tenture noire.
— La vieille cependant murmure son grimoire,
Pousse des cris aigus, dit des mots dont le son,
Pareil au bruit que font les marteaux d'une forge,
Vous écorche l'oreille et vous prend à la gorge
Comme une mauvaise boisson.

XIX

Mais ce n'est pas là tout, — pour finir le mystère,
Elle jette un par un ses vêtements à terre
Et se met toute nue ; — oh ! c'était effrayant ! —
Le squelette blanchi dont la bise se joue,
Et qui depuis six mois fait aux corbeaux la moue
Du haut d'une potence, est un objet riant,
Près de cette carcasse aux mamelles arides,
Au ventre jaune et plat, coupé de larges rides,
Aux bras rouges pareils à des bras de homard.
Horror ! horror ! horror ! comme dirait Shakspeare,
— Une chose sans nom, — impossible à décrire,
Un idéal de cauchemar !

XX

Dans le creux de sa main elle prend cette eau brune
Et s'en frotte trois fois la gorge. — Non, aucune
Langue humaine ne peut conter exactement
Ce qui se fit alors! — Cette mamelle flasque,
Qui s'en allait au vent comme s'en va la basque
D'un vieil habit râpé, miraculeusement
Se gonfle et s'arrondit ; — le nuage de hâle
Se dissipe : on dirait une boule d'opale
Coupée en deux, à voir sa forme et sa blancheur.
Le sang en fils d'azur y court, la vie y brille
De manière à pouvoir, même avec une fille
De quinze ans, lutter de fraîcheur.

XXI

Elle se frotte l'œil et puis toute la face;
— La rose y reparaît, le moindre pli s'efface,
Comme les plis de l'eau quand le vent est tombé ;
L'émail luit dans sa bouche, une vive étincelle,
Un diamant de feu nage dans sa prunelle ;
Ses cheveux sont de jais, son corps n'est plus courbé.
— Elle est belle à présent, mais belle à faire envie.
Plus d'un beau cavalier exposerait sa vie
Seulement pour toucher sa main du bout du doigt,
Et l'on ne songe pas, en voyant cette tête
Si charmante, ce corps, cette taille parfaite,
A quels moyens elle les doit.

XXII

Une perle d'amour ! — De longs yeux en amande
Parfois d'une douceur tout à fait allemande,
Parfois illuminés d'un éclair espagnol ;
Deux beaux miroirs de jais, à vous donner l'envie
De vous y regarder pendant toute la vie,
— Un son de voix plus doux qu'un chant de rossignol ;
Sontag et Malibran, dont chaque note vibre,
Et dans le cœur se noue à quelque intime fibre ;
La malice de Puck, la grâce d'Ariel,
Une bouche mutine où la petite moue
D'Esmeralda se mêle au sourire et se joue ;
    — Un miracle, un rêve du ciel ! —

XXIII

Lecteur, sans hyperbole elle était vraiment belle,
— Très-belle ! — c'est-à-dire elle paraissait telle,
Et c'est la même chose. — Il suffit que les yeux
Soient trompés, et toujours ils le sont quand on aime.
— Le bonheur qui nous vient d'un mensonge est le même
Que s'il était prouvé par l'algèbre. — Être heureux,
Qu'est-ce ? Sinon le croire et caresser son rêve,
Priant Dieu qu'ici-bas jamais il ne s'achève ;
Car la foi seule peut nous faire voir le ciel
Dans l'exil de la vie, et ce désert du monde
Où la félicité sur le néant se fonde,
    Et le malheur sur le réel.

XXIV

La flamme qui dormait s'éveille ; — Véronique
Sort du cercle, revêt une blanche tunique,
Une robe de pourpre, — au lieu du béguin noir
Qu'elle portait avant, sur sa tête elle place
Un chaperon d'hermine, et, prenant une glace,
S'y mire plusieurs fois et sourit de se voir.
La lune en ce moment, par une déchirure
De nuage, dardait sa clarté faible et pure ;
— La porte était ouverte, en sorte qu'on pouvait
Du dehors distinguer le dedans, et sans doute
Si quelqu'un à cette heure eût passé sur la route,
Il aurait pensé qu'il rêvait.

XXV

Véronique, du bout de sa baguette touche
Le matou qui lui lance un regard faux et louche,
Et se roule à ses pieds en faisant le gros dos ;
Tourne trois fois en rond, fait des signes mystiques,
Et prononce tout bas des mots cabalistiques :
— Spectacle à vous figer la moelle dans les os ! —
A la place du chat paraît un beau jeune homme,
Nez aquilin, front haut, moustache noire, comme
La jeune fille en voit dans ses songes d'amour.
— Avec son manteau rouge et son pourpoint de soie,
Sa dague de Tolède au pommeau qui chatoie,
Vraiment il était fait au tour !

XXVI

— C'est bien, dit Véronique, en tendant sa main blanche
Au jeune cavalier qui, le poing sur la hanche,
En silence attendait; — don Juan, conduisez-moi.
— Juan s'inclina. — Madame, où faut-il qu'on vous mène?
La dame se pencha sur son oreille; à peine
Deux syllabes, — don Juan comprit. — Holà donc! toi,
Leporello, dit-il d'une voix haute et claire,
Madame veut sortir, prends une torche, éclaire
Madame. — A l'instant même une cire à la main
Leporello paraît amenant la voiture;
Ils y montent, — le fouet claque, le cocher jure,
Et les voilà sur le chemin.

XXVII

Mais quel chemin encor? — C'est un profond mystère.
— Il faisait nuit; d'ailleurs, dans ce lieu solitaire
Qui diable eût pu les voir? — Personne; tout dormait;
La lune avait bandé ses yeux bleus d'un nuage
De peur d'être indiscrète. — Au terme du voyage,
Sans que nul se doutât de ce qu'elle enfermait,
La voiture parvint. — Pas un seul grain de boue
A ses larges panneaux armoriés; — la roue,
Comme si les cailloux eussent été doublés
De soie et de velours, roulait muette et sourde
A travers champs, toujours tout droit, et si peu lourde
Qu'elle ne couchait pas les blés!

XXVIII

Pour le présent, la scène est transportée à Leyde.
— Ce singe enjuponné, cette sorcière laide
A faire à Belzébuth tourner les deux talons;
— Jeune et belle à présent, vivante poésie,
Trésor de grâces, fait sécher de jalousie
Sous leurs vertugadins chamarrés de galons,
Leurs bonnets à carcasse élevés de six toises,
Les beautés à la mode et les Vénus bourgeoises
De l'endroit ; — le salon de dame Barbara
Von Altenhorff, — celui de la comtesse anglaise
Cecilia Wilmot est vide; on est à l'aise
Chez la landgrave de Gotha !

XXIX

Jeunes et vieux, — robins en perruque poudrée,
Fats portant autour d'eux une atmosphère ambrée;
Militaires en beaux uniformes, traînant
Sur le parquet sonore une épée incongrue;
Peintres, musiciens, — tout le monde se rue
Chez l'étrangère, et bien qu'il soit peu convenant,
Au dire d'une vieille et méchante bégueule,
D'accaparer ainsi les hommes pour soi seule,
Surtout lorsque l'on n'a qu'un minois chiffonné
Et la beauté du diable, — on s'y portait ; — l'unique
Entretien de la ville était sur Véronique :
Jamais nom ne fut plus prôné !

XXX

C'était un engouement, un délire, une rage,
Des battements de mains, des bravos, un tapage,
Quand elle paraissait, à ne s'entendre pas.
— Jamais dilettanti n'ont du fond de leurs loges
Sur la prima dona fait pleuvoir plus d'éloges,
De bouquets et de vers, certes, qu'à chaque pas
La belle Véronique — aux bals, dans les théâtres,
Partout, — n'en recevait des *Mein hers* idolâtres.
— Les poëtes faisaient des sonnets sur ses yeux
Et l'appelaient soleil ou lune — en acrostiches;
Les peintres barbouillaient son image, — et les riches
Se ruinaient à qui mieux mieux.

XXXI

Elle donnait le ton, et, reine de la mode,
Elle était adorée ainsi qu'une pagode;
— Personne n'eût osé la contredire en rien : —
La forme des chapeaux, et la coupe des manches,
Lequel fait mieux, des fleurs ou bien des plumes blanches?
Quelle parure sied? — quelle couleur va bien?
S'il faut mettre du rouge ou non (question grave !)
Elle décidait tout. — La femme du margrave
Tielemanus Van Horn, la fille du vieux duc,
Avaient beau protester par leur mise hérétique,
— A peine voyait-on dans leur salon gothique
Un laid *Sigisbeo* caduc.

XXXII

Young fût devenu gai, le pleureur Héraclite,
S'essuyant l'œil, eût ri plus fort que Démocrite
Au spectacle plaisant des efforts que faisaient
Les dames de l'endroit, Iris courtes et grasses,
Pour s'habiller comme elle et copier ses grâces;
— Des ingénuités dont les moindres pesaient
Trois ou quatre quintaux; — des faces rubicondes
Avec des fleurs, des nœuds de rubans, et des blondes,
— Des montagnes de chair à la Rubens, — au lieu
De bons velours d'Utrecht, de brocards à ramages,
Portant de fins tissus, des gazes, des nuages!
Quel travestissement, bon Dieu!

XXXIII

Notre héroïne au reste était toujours charmante,
Parée ou non, — avec son voile, avec sa mante,
En bonnet, en chapeau, — de toutes les façons!
— Tout sur elle vivait. — Les plis semblaient comprendre
Quand il fallait flotter et quand il fallait pendre;
La soie intelligente arrêtait ses frissons,
Ou les continuait gazouillant ses louanges;
— Une brise à propos faisait onder ses franges,
Ses plumes palpitaient ainsi que des oiseaux
Qui vont prendre l'essor et qui battent des ailes;
— Une invisible main soutenait ses dentelles
Et se jouait dans leurs réseaux.

XXXIV

La moindre chose, un rien, elle était bien coiffée; —
Chaque bout de ruban, chaque fleur était fée;
Tout ce qui la touchait devenait précieux;
Tout était de bon goût, et (qualité bien rare)
Quel que fût son habit, galant, riche ou bizarre,
On n'apercevait qu'elle, — elle seule; — ses yeux
Faisaient des diamants pâlir les étincelles.
Les perles de ses dents paraissaient les plus belles,
La blancheur de sa peau ternissait le satin.
— *Disinvolture,* esprit lutin, grâce câline, —
Tour à tour Camargo, Manon Lescaut, Philine,
Une ravissante catin!

XXXV

— Le conseiller aulique Hans et Meister Philippe
Pour elle avaient laissé le genièvre et la pipe;
— C'était vraiment plaisir de voir ces bons Flamands,
Types complets, — gros, courts, la face réjouie,
Négligeant leur tulipe enfin épanouie,
Transformés en dandys, et faire les charmants
Auprès de la Diva. — Les femmes et les mères
Ne lui ménageaient pas les critiques amères,
Mais elle allait toujours son train, — sans en perdre un,
Et, s'inquiétant peu de ce vain caquetage,
Accueillait tout le monde et recevait l'hommage
Et les rixdales de chacun.

XXXVI

Deux mois sont écoulés. — Capricieuse reine,
Ce jour-là Véronique avait une migraine,
Ou prétendait l'avoir, et ne recevait pas.
Les courtisans faisaient en grand nombre antichambre.
— Dans un riche boudoir où des pastilles d'ambre
Jettent un doux parfum, où tous les bruits de pas
Sur de beaux tapis turcs, comme sur l'herbe, meurent,
Où le timbre qui chante et les bûches qui pleurent
Troublent seuls le silence avec leurs grêles voix.
Notre belle, — en peignoir du matin, pâle et blanche
Comme une perle, — au bord d'un guéridon se penche
        Froissant un papier sous ses doigts.

XXXVII

Elle boude! — mon Dieu, qu'une femme qui boude
A de grâces! La main sous le menton, le coude,
Tel qu'un arceau de jaspe, appuyé mollement
Sur un genou, — le corps qui s'affaisse et se ploie,
Ainsi qu'un bouton d'or qu'une goutte d'eau noie;
— Les cheveux débouclés qui cachent par moment
Ou laissent voir, selon que le zéphyr s'en joue,
Ou que les doigts mutins les peignent, une joue
Transparente et nacrée, un front veiné d'azur,
Comme dans les jardins font les branches des arbres,
De leurs réseaux voilant ou découvrant les marbres
        Debout sous leur ombrage obscur.

XXXVIII

Qui cause ce chagrin ? En se levant, s'est-elle
Dans sa glace trouvée ou vieillie ou moins belle?
— A-t-elle découvert dans ses boucles de jais
Un pâle fil d'argent ? à ses dents une tache ?
Les deux bouts du ruban, sous la main qui l'attache
Seraient-ils donc trop courts pour son corps plus épais ?
— Cette robe attendue et sur laquelle on compte
Pour enlever à miss Wilmot le cœur du comte,
S'est-elle déchirée ou fripée en chemin ?
Son épagneul est-il malade ? — Quelque fièvre,
Après trois nuits de bal, a-t-elle de sa lèvre
  Décoloré le pur carmin ?

XXXIX

Son œil est-il moins vif, son col moins blanc ? l'ovale
De son visage grec moins pur ? — Quelque rivale,
Avec plus de jeunesse ou plus de diamants,
A-t-elle au dernier *raoût* fait tourner plus de têtes ?
Non, — elle est bien toujours la déesse des fêtes ; —
Tout ploie à ses genoux. — Hier, l'un de ses amants
Pris d'un beau désespoir, la voyant infidèle,
S'est jeté dans le Rhin ; — et ce matin, pour elle,
Ludwig de Siegendorff en duel s'est battu ;
Son adversaire est mort, — lui blessé ; — voilà certe
Un beau succès ! — tout Leyde est en l'air et disserte.
  Pourquoi donc ce front abattu ?

XL

Pourquoi donc ces sourcils qui tremblent et se plissent?
Ces longs cils noirs baissés où quelques larmes glissent,
Qui palpitent jetant sur le satin des chairs
Une auréole brune, une ombre veloutée,
Comme Lawrence en peint? — cette gorge agitée
Dans sa prison de crêpe et sous les réseaux clairs
Ondant comme la neige au vent d'une tempête?
Quelle pensée étrange à cette folle tête
Donne un air si rêveur? — Est-ce le souvenir
De son premier amour et de ses jours d'enfance?
— Regret d'avoir perdu cette belle innocence?
　　— Est-ce la peur de l'avenir?

XLI

Ce n'est pas cela, non; — elle est trop corrompue
Pour ne pas oublier, et la chaine est rompue
Qui liait son présent à son passé. — D'ailleurs,
Je ne crois pas qu'elle ait dans un pli de son âme
Un de ces souvenirs qui, dans tout cœur de femme,
Si dépravé qu'il soit, restent des jours meilleurs,
Et se gardent sans tache au fond de sa mémoire,
Comme fait une perle au creux d'une onde noire.
— Ce n'est qu'une coquette, elle n'a pas aimé:
Le bal, un souper fin, quelque soirée à rendre,
Le plaisir l'étourdit, et l'empêche d'entendre
　　La voix de son cœur comprimé.

XLII

Voici le fait : — la veille on jouait au théâtre
Le *Don Juan* de Mozart. Avec sa cour folâtre
De jeunes merveilleux, papillons de boudoir,
Dont quelque Staub de Leyde a découpé les ailes,
Véronique était là, le pôle des prunelles,
Coquetant dans sa loge et radieuse à voir.
— Les femmes sous leur fard pâlissaient de colère,
Et se mordaient la lèvre ; — elle, sûre de plaire,
Comme le paon sa queue, ouvrait son éventail,
Parlait, riait tout haut, laissait choir sa lorgnette,
Otait son gant, faisait sentir sa cassolette,
Ou chatoyer son riche émail.

XLIII

Les acteurs avaient beau s'évertuer en scène,
Filer les plus beaux sons, ils y perdaient leur peine.
— En vain Leporello pas à pas suivait Juan ;
En vain le Commandeur faisait tonner ses bottes,
Zerline gazouillait jouant avec les notes,
Dona Anna pleurait. — Ils auraient bien un an
Continué ce jeu sans que l'on y prît garde :
— Le parterre est distrait, — l'on cause, l'on regarde,
Mais d'un autre côté ; — sous les binocles d'or
Braqués au même point le désir étincelle ;
Véronique sourit ; — le bonheur d'être belle
La fait dix fois plus belle encor.

XLIV

Seul un homme debout auprès d'une colonne,
Sans que ce grand fracas le dérange ou l'étonne,
A la scène oubliée attachant son regard,
Dans une extase sainte enivre ses oreilles.
De ces accords profonds, de ces hautes merveilles
Qui font luire ton nom entre tous, — ô Mozart ! —
Ton génie avait pris le sien, et de ses ailes
Le poussait par delà les sphères éternelles.
L'heure, le lieu, le monde, il ne savait plus rien,
Il s'était fait musique, et son cœur en mesure
Palpitait et chantait avec une voix pure,
Et lui seul te comprenait bien.

XLV

Tout au plus dans l'entr'acte avait-il sur la belle
Jeté l'œil, froidement, et sans que sa prunelle
S'allumât, comme si le regard contre un mur
Eût été se briser. — Pourtant, comme une balle,
Cette œillade d'un bout à l'autre de la salle,
Au cœur de Véronique arrivant d'un vol sûr,
Y fit sans le vouloir une blessure grave,
— Une blessure à mort. — Ainsi l'on voit un brave
Être tué sans gloire à l'angle d'un buisson
Par le coup de fusil tiré sur quelque lièvre,
Par la tuile qui tombe, ou mourir de la fièvre
En revenant dans sa maison.

XLVI

Celle qui, jusqu'alors comme la salamandre,
Froide au milieu des feux, daignait à peine rendre
Pour une passion un caprice en retour,
Et se faisait un jeu (c'est le plaisir des femmes)
De torturer les cœurs et de damner les âmes,
Celle qui sans pitié se jouait d'un amour,
Comme un enfant cruel de son hochet qu'il casse
Et rejette bien loin aussitôt qu'il le lasse,
Souffre aujourd'hui les maux qu'elle causait hier :
Elle faisait aimer, et maintenant elle aime !
L'oiseleur à la fin s'est englué lui-même ;
Il est vaincu ce cœur si fier !

XLVII

C'est le train de la vie et de la destinée ;
Quand au timbre fatal l'heure est enfin sonnée,
Nul ne peut retarder sa défaite d'un jour.
— Quelle vertu qu'on ait, ou qu'on fuie ou qu'on reste,
Tout cède à ce pouvoir infernal ou céleste :
On ne saurait tromper ni son sort ni l'amour.
— Amour, joie et fléau du monde, — douce peine,
Misère qu'on regrette et de charmes si pleine ;
— Rire qui touche aux pleurs, — souci pâle et charmant,
Mal que l'on veut avoir ; — Paradis, — Enfer, — Songe
Commencé dans le ciel, que sur terre on prolonge,
Mystérieux enchantement !

XLVIII

Poignante Volupté, — plaisir qui fait peut-être
L'homme l'égal de Dieu ! qui ne veut vous connaître
S'il ne vous a connu, moments délicieux,
Et si longs et si courts qui valent une vie,
Et que voudrait payer l'Ange qui les envie
De son éternité de bonheur dans les cieux ! —
Mer de félicité, — ravissement, — extase,
Dont ne saurait donner l'idée aucune phrase
Soit en vers soit en prose ! — Heures du rendez-vous,
Belles nuits sans sommeils, râles, sanglots d'ivresse,
Soupirs, mots inconnus qu'étouffe une caresse,
    Baisers enragés, désirs fous !

XLIX

Amour ! le seul péché qui vaille qu'on se damne,
— En vain dans ses sermons le prêtre te condamne ;
En vain dans son fauteuil, besicles sur le nez,
La maman te dépeint comme un monstre à sa fille,
— En vain Orgon jaloux ferme sa porte, et grille
Ses fenêtres. — En vain dans leurs livres mort-nés,
Contre toi longuement les moralistes crient,
En vain de ton pouvoir les coquettes se rient ; —
La novice à ton nom fait un signe de croix ;
Jeune ou vieux, laid ou beau, teint vermeil ou teint blême,
Anglais, Français, païen ou chrétien, — chacun aime
    Au moins dans sa vie une fois.

L

Moi, ce fut l'an passé que cette frénésie
Me vint d'être amoureux. — Adieu, la poésie!
Je n'avais pas assez de temps pour l'employer
A compasser des mots : — adorer mon idole,
La parer, admirer sa chevelure folle,
Mer d'ébène où ma main aimait à se noyer;
L'entendre respirer, la voir vivre, sourire
Quand elle souriait, m'enivrer d'elle, lire
Ses désirs dans ses yeux; sur son front endormi
Guetter ses rêves; boire à sa bouche de rose
Son souffle en un baiser, — je ne fis autre chose
Pendant quatre mois et demi.

LI

Sans cela l'univers aurait eu mon poëme
En mil huit cent vingt-neuf, et beaucoup plus tôt même;
Mais, comme je l'ai dit, je n'avais pas le temps
D'enfiler dans un vers des mots, comme des perles
Dans un cordon. — J'allais ouïr siffler les merles
Avec elle aux grands bois; — l'on était au printemps.
Elle, comme un enfant, courait dans la rosée
Après les papillons, et la jambe arrosée
D'une pluie argentée, allait chantant toujours;
Chaque fleur sous ses pas inclinait son ombelle.
— Moi, je la regardais; — la nature était belle,
Et riait comme nos amours.

LII

Mai dans le gazon vert faisait rougir la fraise :
— Dès qu'elle en trouvait une, heureuse et sautant d'aise,
Elle accourait bien vite et voulait partager ;
Moi, je ne voulais pas ; — c'était une bataille !
D'un bras j'emprisonnais ses deux bras et sa taille,
Et de mon autre main je la faisais manger.
Elle me résistait d'abord, mais, bientôt lasse
D'une lutte inégale, elle demandait grâce,
Promettant de payer en baisers sa rançon.
— Alors, comme un oiseau dont on ouvre la cage,
Elle prenait son vol et fuyait, la sauvage,
Se cacher derrière un buisson.

LIII

Et puis je l'entendais rire sous la feuillée
De me tromper ainsi. — Quelque abeille éveillée
Sortant d'une clochette, un lézard, un faucheux,
Arpentant son col blanc avec ses pattes grêles,
Une chenille prise aux plis de ses dentelles,
La ramenait bientôt poussant des cris affreux.
— Elle cachait son front contre moi, toute blanche ;
Tressaillant quand le vent remuait une branche,
Ses beaux seins effarés, au tic tac de son cœur
Tremblaient et palpitaient comme deux tourterelles
Surprises dans le nid, qui font un grand bruit d'ailes
Entre les doigts de l'oiseleur.

LIV

Tout en la rassurant, d'une main aguerrie
Je saisissais le monstre, et de sa peur guérie
Elle recommençait à rire, et s'asseyait
Sur un de mes genoux se moquant d'elle-même,
Et m'embrassait disant : — Mon Dieu, comme je l'aime !
Puis le baiser rendu, rêveuse, elle appuyait
Sa tête à mon épaule, et fermait sa paupière
Comme pour s'endormir. — Un long jet de lumière,
Traversant les rameaux, dorait son front charmant ;
— Le rossignol chantait et perlait ses roulades,
Un vent tout parfumé, sous les vertes arcades
Soupirait langoureusement.

LV

Nous ne nous disions rien, et nous avions l'air triste,
Et pourtant, ô mon Dieu ! si le bonheur existe
Quelque part ici-bas, nous étions bien heureux.
— Qu'eût servi de parler ? — Sur nos lèvres pressées
Nous arrêtions les mots, nous savions les pensées ;
Nous n'avions qu'un esprit, qu'une seule âme à deux.
— Comme emparadisés dans les bras l'un de l'autre,
Nous ne concevions pas d'autre ciel que le nôtre.
Nos artères, nos cœurs vibraient à l'unisson ;
Dans les ravissements d'une extase profonde,
Nous avions oublié l'existence du monde,
Nos yeux étaient notre horizon.

LVI

Tout ce bonheur n'est plus. Qui l'aurait dit? nous sommes
Comme des étrangers l'un pour l'autre ; les hommes
Sont ainsi ; — leur toujours ne passe pas six mois. —
L'amour s'en est allé, Dieu sait où ; — ma princesse,
Comme un beau papillon qui s'enfuit et ne laisse
Qu'une poussière rouge et bleue au bout des doigts,
Pour ne plus revenir a déployé son aile,
Ne laissant dans mon cœur, plus que le sien fidèle,
Que doutes du présent et souvenirs amers.
Que voulez-vous? — la vie est une chose étrange;
En ce temps-là j'aimais, et maintenant j'arrange
    Mes beaux amours en méchants vers.

LVII

Bénévole lecteur, c'est toute mon histoire
Fidèlement contée, autant que ma mémoire,
Registre mal en ordre, a pu me rappeler
Ces riens qui furent tout, dont l'amour se compose
Et dont on rit ensuite. — Excusez cette pause :
La bulle que j'avais pris plaisir à souffler,
Et qui flottait en l'air des feux du prisme teinte,
En une goutte d'eau tout à coup s'est éteinte ;
Elle s'était crevée au coin d'un toit pointu.
— En heurtant le réel, ma riante chimère
S'est brisée, et je n'aime à présent que ma mère ;
    Tout autre amour en moi s'est tu.

LVIII

Excepté cependant le tien, ô Poésie,
Qui parles toujours haut dans une âme choisie!
— Poésie, ô bel ange à l'auréole d'or,
Qui, passant d'un soleil ou d'un monde dans l'autre
Sans crainte de salir tes pieds blancs sur le nôtre,
Dans notre nuit suspends un moment ton essor,
Nous dis des mots tout bas, et du bout de ton aile
Sèches nos pleurs amers; — et toi, sa sœur jumelle,
Peinture, la rivale et l'égale de Dieu,
Déception sublime, admirable imposture,
Qui redonnes la vie et doubles la nature,
Je ne vous ai pas dit adieu!

LIX

— Revenons au sujet. — Le jeune enthousiaste
Était beau cavalier, et certe une plus chaste
Que Véronique eût pu s'enamourer de lui.
Avant d'aller plus loin, il serait bon peut-être
D'esquisser son portrait. — Le dehors fait connaître
Le dedans. — Un soleil étranger avait lui
Sur sa tête et doré d'une couche de hâle
Sa peau d'Italien naturellement pâle.
Ses cheveux, sous ses doigts, en désordre jetés,
Tombaient autour d'un front que Gall avec extase
Aurait palpé six mois, et qu'il eût pris pour base
D'une douzaine de traités.

LX

Un front impérial d'artiste et de poëte,
Occupant à lui seul la moitié de la tête,
Large et plein, se courbant sous l'inspiration,
Qui cache en chaque ride avant l'âge creusée
Un espoir surhumain, une grande pensée,
Et porte écrit ces mots : — Force et conviction. —
Le reste du visage à ce front grandiose
Répondait. — Cependant il avait quelque chose
Qui déplaisait à voir, et, quoique sans défaut,
On l'aurait souhaité différent. — L'ironie,
Le sarcasme y brillait plutôt que le génie;
Le bas semblait railler le haut.

LXI

Cet ensemble faisait l'effet le plus étrange;
C'était comme un démon se tordant sous un ange,
Un enfer sous un ciel. — Quoiqu'il eût de beaux yeux,
De longs sourcils d'ébène effilés vers la tempe,
Se glissant sur la peau comme un serpent qui rampe,
Une frange de cils palpitants et soyeux,
Son regard de lion et la fauve étincelle
Qui jaillissait parfois du fond de sa prunelle
Vous faisaient frissonner et pâlir malgré vous.
— Les plus hardis auraient abaissé la paupière
Devant cet œil Méduse à vous changer en pierre,
Qu'il s'efforçait de rendre doux.

LXII

Sur sa lèvre sévère à chaque coin ombrée
D'une fine moustache élégamment cirée
Un sourire moqueur quelquefois se posait;
Mais son expression la plus habituelle
Était un grand dédain. — Vainement notre belle,
L'ayant revu depuis dans le monde, faisait
Tout ce qu'une coquette en pareil cas peut faire
Pour en grossir sa cour : — chose extraordinaire!
Rien ne put entamer ce cœur de diamant.
Coups d'œil sous l'éventail, soupirs, minauderies,
Aveux à mots couverts, vives agaceries,
— Elle échoua totalement!

LXIII

Ce n'était pas un homme à se laisser surprendre
Aux lacs que Véronique essayait de lui tendre.
— Le grand aigle à la glu, qui retient le moineau,
Laisse à peine une plume; — une mouche étourdie
A la toile en un coin par l'araignée ourdie
Se prend l'aile, la guêpe emporte le réseau;
Gulliver d'un seul coup rompt les chaînes de soie
Des Lilliputiens. Une si belle proie
Valait bien cependant qu'on y prît peine; aussi,
Excepté de lui dire en propres mots : Je t'aime,
Elle essaya de tout; — mais lui, toujours le même,
N'en prit aucunement souci.

LXIV

C'était là le motif qui faisait que sa porte
Était fermée à tous. En effet, eh ! qu'importe
A son cœur occupé cette cour qui la suit ?
Ces beaux fils, ces dandys qui l'enchantaient naguères
Lui semblent maintenant ou guindés ou vulgaires ;
Leurs madrigaux musqués la fatiguent ; le bruit
Et le jour lui font mal ; tout l'excède et l'ennuie.
Sur sa petite main son front penche et s'appuie,
Son bras potelé pend au bord de son fauteuil,
La pauvre enfant ! voyez, sa joue est toute pâle.
Le dépit a changé ses roses en opale,
    Une larme luit à son œil.

LXV

Le papier que la belle, avec un air d'angoisse,
Dans sa petite main aux ongles roses froisse,
Indubitablement est un billet d'amour,
— Un vélin azuré qui par toute la chambre
Jette une fashionable et suave odeur d'ambre.
— Je m'y connais ; — pourtant l'écriture et le tour
Ont quelque chose en soi qui trahissent la femme.
— Est-ce un billet surpris de rivale, ou la dame
Pour son compte écrit-elle à quelque jeune Beau ?
Le fait paraît prouvé par cette tache noire
Au bout de ce doigt blanc, et par cette écritoire
    Et cette plume de corbeau.

LXVI

Tout à coup, relevant comme un oiseau sa tête
Et poussant en arrière une boucle défaite,
Elle quitta sa pose indolente, et se prit,
Avant de demander la bougie et d'y mettre
La cire et le cachet, à relire sa lettre
Tout bas, — comme ayant peur que l'écho la comprît.
— Je ne l'enverrai pas, elle est trop mal écrite,
Dit-elle déchirant la feuille; elle mérite,
Comme celle d'hier, d'être jetée au feu.
— Il faisait un grand froid, la flamme était ardente ;
Le papier se tordit comme un damné du Dante
En dardant un jet de gaz bleu,

LXVII

Et disparut. — Pendant que brûle cette feuille,
L'enfant en prend une autre, un instant se recueille
Et commence. — Sa main rapide en son essor,
Comme un cheval de course à New-Market, à peine
Effleure le papier, — la page est toute pleine
Que l'encre aux premiers mots n'est pas figée encor :
— Don Juan! — Le chapeau bas, don Juan devant la dame
Est debout. — Véronique agitée, une flamme
Aux prunelles : — Portez le billet que voici
Au signor Albertus. — Le peintre qui demeure
Hôtel du Singe-Vert? — Lui-même, et dans une heure
Au plus tard, Juan, soyez ici.

LXVIII

Albertus, je n'ai pas besoin de vous le dire,
Est le fin *cortejo* que je viens de décrire
Quelques stances plus haut. — C'était un homme d'art,
Aimant tout à la fois d'un amour fanatique
La peinture et les vers autant que la musique.
Il n'eût pas su lequel, de Dante ou de Mozart,
Dieu lui laissant le choix, il eût souhaité d'être.
Mais moi qui le connais comme lui, mieux peut-être,
Je crois en vérité qu'il eût dit : — Raphaël!
Car entre ces trois sœurs égales en mérite
Dans le fond la peinture était sa favorite
    Et son talent le plus réel.

LXIX

Il voyait l'univers comme un tripot infâme;
— Pour son opinion sur l'homme et sur la femme,
C'était celle d'Hamlet, — il n'aurait pas donné
Quatre maravédis des deux. — La créature
Le réjouissait peu, si ce n'est en peinture.
— S'étant toujours enquis, depuis qu'il était né,
Du pourquoi, du comment, il était pessimiste
Comme l'est un vieillard, partant plus souvent triste
Qu'autre chose, et l'amour n'était qu'un nom pour lui.
Quoique bien jeune encor, depuis longues années
Il n'y pouvait plus croire; aussi dans ses journées,
    Sonnaient bien des heures d'ennui.

LXX

Il prenait cependant son mal en patience.
— C'est un très-grand fléau qu'une grande science;
Elle change un bambin en Géronte; elle fait
Que, dès les premiers pas dans la vie, on ne trouve,
Novice, rien de neuf dans ce que l'on éprouve.
Lorsque la cause vient, d'avance on sait l'effet;
L'existence vous pèse et tout vous paraît fade.
— Le piment est sans goût pour un palais malade,
Un odorat blasé sent à peine l'éther :
L'amour n'est plus qu'un spasme, et la gloire un mot vide,
Comme un citron pressé le cœur devient aride.
Don Juan arrive après Werther.

LXXI

Notre héros avait, comme Ève sa grand'mère,
Poussé par le serpent, mordu la pomme amère;
Il voulait être dieu. — Quand il se vit tout nu,
Et possédant à fond la science de l'homme,
Il désira mourir. — Il n'osa pas; mais, comme
On s'ennuie à marcher dans un sentier connu,
Il tenta de s'ouvrir une nouvelle route.
Le monde qu'il rêvait, le trouva-t-il ? — J'en doute.
En cherchant il avait usé les passions,
Levé le coin du voile et regardé derrière.
— A vingt ans l'on pouvait le clouer dans sa bière,
Cadavre sans illusions.

LXXII

Malheur, malheur à qui dans cette mer profonde
Du cœur de l'homme jette imprudemment la sonde!
Car le plomb bien souvent, au lieu de sable d'or,
De coquilles de nacre aux beaux reflets de moire,
N'apporte sur le pont que boue infecte et noire.
— Oh! si je pouvais vivre une autre vie encor!
Certes, je n'irais pas fouiller dans chaque chose
Comme j'ai fait. — Qu'importe après tout que la cause
Soit triste, si l'effet qu'elle produit est doux?
— Jouissons, faisons-nous un bonheur de surface;
Un beau masque vaut mieux qu'une vilaine face.
— Pourquoi l'arracher, pauvres fous?

LXXIII

Si de sa destinée il eût été l'arbitre,
Il eût, vous croyez bien, sauté plus d'un chapitre
Du roman de la vie, et passé tout d'abord
A la conclusion de cette sotte histoire.
— Incertain s'il devait nier, douter ou croire,
Ou demander le mot de l'énigme à la mort,
Comme un duvet au vent, avec indifférence
Il laissait au hasard aller son existence
— Les choses d'ici-bas l'inquiétaient fort peu,
Et celles de là-haut encor moins. — Pour son âme,
Je vous dirai, dussé-je encourir votre blâme,
Qu'il n'y croyait pas plus qu'en Dieu.

LXXIV

Il était ainsi fait. — Singulière nature!
Son âme, qu'il niait, cependant était pure;
— Il voulait le néant et n'aurait rien gagné
A la suppression de l'enfer. — Homme étrange!
Il avait les vertus dont il riait, et l'Ange
Qui là-haut sur son livre écrivait indigné
Une grosse hérésie, un sophisme damnable,
Venant à l'action, le trouvait moins coupable,
Et pesant dans sa main le bien avec le mal,
Pour cette fois encor retenait l'anathème.
— Une larme tombée à l'endroit du blasphème
L'effaçait du feuillet fatal.

LXXV

La décoration change. — Pour le quart d'heure
Nous sommes à l'hôtel du Singe-Vert, demeure
Du signor Albertus, et dans son atelier.
Savez-vous ce que c'est que l'atelier d'un peintre,
Lecteur bourgeois ? — Un jour discret tombant du cintre
Y donne à chaque chose un aspect singulier.
C'est comme ces tableaux de Rembrandt, où la toile
Laisse à travers le noir luire une blanche étoile.
— Au milieu de la salle, auprès du chevalet,
Sous le rayon brillant où vient valser l'atome,
Se dresse un mannequin qu'on croirait un fantôme;
Tout est clair-obscur et reflet.

LXXVI

L'ombre dans chaque coin s'entasse plus profonde
Que sous les vieux arceaux d'une nef. — C'est un monde,
Un univers à part qui ne ressemble en rien
A notre monde à nous ; — un monde fantastique,
Où tout parle aux regards, où tout est poétique,
Où l'art moderne brille à côté de l'ancien ;
— Le beau de chaque époque et de chaque contrée,
Feuille d'échantillon, du livre déchirée ;
Armes, meubles, dessins, plâtres, marbres, tableaux,
Giotto, Cimabué, Ghirlandaio, que sais-je ?
Reynolds près de Hemskerk, Watteau près de Corrége,
Pérugin entre deux Vanloos.

LXXVII

Laques, pots du Japon, magots et porcelaines,
Pagodes toutes d'or et de clochettes pleines,
Beaux éventails de Chine, à décrire trop longs,
— Cuchillos, kriss malais à lames ondulées,
Kandjiars, yataghans aux gaines ciselées,
Arquebuses à mèche, espingoles, tromblons,
Heaumes et corselets, masses d'armes, rondaches,
Faussés, criblés à jour, rouillés, rongés de taches,
Mille objets — bons à rien, admirables à voir ;
Caftans orientaux, pourpoints du moyen-âge,
Rebecs, psaltérions, instruments hors d'usage,
Un antre, un musée, un boudoir !

LXXVIII

Autour du mur beaucoup de toiles accrochées,
Blanches pour la plupart, les autres ébauchées,
Un chaos de couleurs ne vivant qu'à demi.
— La Lénore à cheval, Macbeth et les sorcières,
Les infants de Lara, Marguerite en prières,
Des portraits esquissés, des études parmi
Lesquelles, dans son cadre, une de jeune fille,
Claire sur un fond brun, se détache et scintille,
Belle à ne savoir pas de quel nom l'appeler,
Péri, fée ou sylphide, être charmant et frêle;
Ange du ciel à qui l'on aurait coupé l'aile
    Pour l'empêcher de s'envoler.

LXXIX

On aurait dit, à voir cette tête inclinée,
Et son expression pensive et résignée,
Une *Mater Dei* d'après Masaccio.
— Ce n'était qu'un portrait d'une maîtresse ancienne.
La plus et mieux aimée, une Vénitienne,
Qu'en sa gondole un soir, sur le Canaleio,
Un bravo poignarda. — Le mari de la belle
Avait monté ce coup, la sachant infidèle
— C'est un roman entier que cette histoire-là. —
Albertus vint au corps, leva l'étoffe noire,
Ébaucha ce portrait qu'il finit de mémoire,
    Et puis jamais n'en reparla.

LXXX

Seulement quand ses yeux rencontraient cette toile,
Qu'aux regards étrangers cachait un épais voile,
Une larme furtive essuyée aussitôt
S'y formait; un soupir du fond de sa poitrine
S'exhalait sourdement et gonflait sa narine.
Il fronçait les sourcils, mais il ne disait mot.
— A Venise, un Anglais osa faire des offres :
Pour avoir ce chef-d'œuvre il eût vidé ses coffres ;
Mais c'était profaner — *il santo Ritratto*, —
Et comme obstinément il grossissait la somme,
Albertus furieux voulut noyer son homme
En bas du pont de Rialto.

LXXXI

Albertus travaillait. — C'était un paysage.
Salvator eût signé cette *selve selvagge*.
— Au premier plan des rocs, — au second les donjons
D'un château dentelant de ses flèches aiguës
Un ciel ensanglanté, semé d'îles de nues.
— Les grands chênes pliaient comme de faibles joncs,
Les feuilles tournoyaient en l'air; l'herbe flétrie,
Comme les flots hurlants d'une mer en furie,
Ondait sous la rafale, et de nombreux éclairs
De reflets rougeoyants incendiaient les cimes
Des pins échevelés, penchés sur les abîmes
Comme sur le puits des enfers.

LXXXII

On entra. — C'était Juan. — Une lumière bleue
Éclaira l'atelier, et quoiqu'il n'eût ni queue,
Ni cornes, ni pied-bot, — quoiqu'il ne sentît pas
Le soufre ou le bitume, à son regard oblique,
A sa lèvre que crispe un rire sardonique,
A son geste anguleux, à sa voix, à son pas,
Tout homme un peu prudent aurait couru bien vite
A sa Bible et vous l'eût aspergé d'eau bénite.
— Albertus n'en fit rien ; — il ne le voyait point ;
Son âme avec ses yeux était à sa peinture.
— Signor, c'est un billet, dit le Diable-Mercure
En le tirant par son pourpoint.

LXXXIII

Notre artiste l'ouvrit ; cherchant la signature
Et ne la trouvant pas : — Infâme créature !
Dit-il entre ses dents. — Irez-vous ? — Oui, j'irai.
— Quand? reprit Juan d'un ton doucereux. — Tout à l'heure.
— Vive Dieu ! c'est parler. La signora demeure
A quatre pas d'ici ; je vous y conduirai.
— C'est bien, dit Albertus, décrochant son épée,
Un André Ferrara, — fine lame, trempée
Du sang de maints vaillants. — Je suis à vous. Pietro !
Une tête hâlée apparut à la porte
Et dit : — *Chè vuoi, signor ?* — Vite que l'on m'apporte
Ma cape avec mon sombrero.

LXXXIV

Le temps de compter trois il revient. — La toilette
Du jeune cavalier en un instant fut faite,
Et, le valet ayant approché le miroir,
Il sourit, — et parut fort content de lui-même,
Mais tout à coup son teint, de pâle devint blême:
Il avait (le vit-il ou bien crut-il le voir?),
Il avait vu bouger dans son cadre la tête
De la Vénitienne, et sa bouche muette
Remuer et s'ouvrir comme voulant parler.
— Eh bien! signor, fit Juan. — Povera, dit l'artiste
Caressant le portrait d'un regard doux et triste,
Il est trop tard pour reculer.

LXXXV

Ils sortirent tous deux. — La ville était déserte.
A peine çà et là quelque croisée ouverte,
La pluie à fils pressés hachait le ciel obscur;
Un vent de nord faisait, ainsi que des mouettes
Par un gros temps, crier toutes les girouettes.
Un ivrogne attardé passait battant le mur,
Une fille de joie attendait sur la borne.
— Albertus suivait Juan silencieux et morne;
Certe, il n'avait ni l'air ni le pas d'un galant.
— Un larron qu'un prévôt conduit à la potence,
Un écolier qui va subir sa pénitence,
Ne marchent pas d'un pied plus lent.

LXXXVI

Il eût pu retourner chez lui, — mais l'aventure
Était réellement bizarre et de nature
A piquer jusqu'au vif la curiosité;
Aussi notre héros voulut-il la poursuivre.
L'on arrive. — Don Juan prend le marteau de cuivre
D'une poterne et frappe avec autorité.
Des yeux noirs, des fronts blancs, sous les vitres flamboient,
La maison s'illumine, et des lueurs tournoient
Aux flancs sombres des murs. — De palier en palier
La lumière descend, — la porte en bronze s'ouvre,
L'intérieur splendide et vaste se découvre
A l'œil du jeune cavalier.

LXXXVII

Un petit négrillon qui tenait une torche
De cire parfumée, attendait sous le porche:
Sa livrée écarlate, avec des galons d'or,
Était riche et galante. — Allons, dit Juan, beau page,
Conduisez ce seigneur par le secret passage.
Albertus le suivit. — Au bout d'un corridor
Une courtine rouge à demi relevée
Se referme sur lui; — flairant son arrivée,
Deux grands lévriers blancs, couchés sur le tapis,
Hument l'air autour d'eux, lèvent leur longue tête,
Poussent entre leurs dents une plainte inquiète,
Et puis retombent assoupis.

LXXXVIII

D'honneur, vous eussiez dit un boudoir de duchesse,
Tout s'y trouvait : — comfort, élégance et richesse.
— Sur un beau guéridon de bois de citronnier
Brillait, comme une étoile, une lampe d'albâtre
Qui jetait par la chambre un jour doux et bleuâtre.
— Des perles, de la soie, un coffre à clous d'acier,
De blondes sépias, de fraîches aquarelles,
Des albums, des écrans aux découpures frêles,
La dernière revue et le nouveau roman,
Un masque noir brisé, — mille riens fashionables,
Pêle-mêle jetés, jonchaient fauteuils et tables ;
— C'était un désordre charmant !

LXXXIX

Notre *Innamorata*, couchée autant qu'assise
Sur un moelleux divan, jeta, comme surprise,
Un petit cri d'enfant, quand Albertus entra ;
Puis, — prenant d'un coup d'œil les conseils de la glace,
Refit bouffer sa manche et remit à leur place
Quelques rubans mutins. — Jamais la signora
N'avait été mieux mise ; elle était adorable,
En état d'amener une recrue au diable,
Autant que femme au monde, et même plus ; — ses yeux
Noirs et brillants avaient, sous leurs longues paupières,
Tant de *morbidezza*, son geste et ses manières
Un abandon si gracieux !

XC

Albertus un instant crut voir sa Vénitienne.
— La coiffure bizarre ornée à l'italienne
De grosses boules d'or et de sequins percés,
Le collier de corail, la croix et l'amulette,
Les touffes de rubans et toute la toilette ;
La peau couleur d'orange, aux tons chauds et foncés,
L'expression rêveuse et l'attitude molle,
Le regard tout pareil et la même parole :
Elle lui ressemblait à faire illusion.
— Connaissant Albertus et son humeur fantasque,
La sorcière avait cru devoir prendre ce masque
    Pour contenter sa passion.

XCI

Véronique sonna. — La portière dorée
S'entr'ouvrit. — Revêtu d'une riche livrée,
Un petit page entra qui portait des plateaux,
— Un vrai page flamand, tête blonde et rosée,
Comme celle qu'on voit au Terburg du Musée.
— Il posa sur la table et flacons et gâteaux,
Plaça l'argenterie, et la vaisselle plate,
Versa de haut le vin dans les verres à patte,
Salua nos galants et puis s'éloigna d'eux.
— C'était un vin du Rhin dont la robe vermeille
Jaunissait de vieillesse, un vin mis en bouteille
    Au moins depuis un siècle — ou deux !

XCII

Il luisait comme l'or au fond du vidrecome;
— Un seul verre eût suffi pour étourdir un homme :
Albertus au second s'acheva de griser.
— A son œil fasciné chaque objet était double,
Tout flottait sans contour dans une vapeur trouble;
Le plancher ondulait, les murs semblaient valser.
— La belle avait jeté toute honte en arrière,
Et, donnant à ses feux une libre carrière,
De ses bras convulsifs lui faisait un collier,
Se collait à son corps avec délire et fièvre,
Le prenait par la tête et jusque sur sa lèvre
Tâchait de le faire plier.

XCIII

Albertus n'était pas de glace ni de pierre :
— Quand même il l'eût été, sous la noire paupière
De la dame brillait un soleil dont le feu
Eût animé la pierre et fait fondre la glace :
— Un ange, un saint du ciel, pour être à cette place,
Eussent vendu leur stalle au paradis de Dieu.
— Oh! dit-il, mon cœur brûle à cette étrange flamme
Qui dans ton œil rayonne, et je vendrais mon âme
Pour t'avoir à moi seul tout entière et toujours.
— Un seul mot de ta bouche à la vie éternelle
Me ferait renoncer. — L'éternité vaut-elle
Une minute de tes jours!

XCIV

— Est-ce bien vrai cela ? reprit la Véronique
Le sourire à la bouche et d'un air ironique,
Et répéteriez-vous ce que vous avez dit ?
— Que pour vous posséder je donnerais mon âme
Au diable, si le diable en voulait, oui, madame,
Je l'ai dit. — Eh bien ! donc, à jamais sois maudit,
Cria l'ange gardien d'Albertus. Je te laisse,
Car tu n'es plus à Dieu. — Le peintre en son ivresse
N'entendit pas la voix, et l'ange remonta.
— Un nuage de soufre emplit la chambre, un rire
De Méphistophélès, que l'on ne peut décrire,
Tout à coup dans l'air éclata.

XCV

Comme ceux d'une orfraie ou d'un hibou dans l'ombre,
Les yeux de Véronique un instant d'un feu sombre
Brillèrent ; — cependant Albertus n'en vit rien,
Certes, s'il l'avait vu, quel que fût son courage,
A leur expression égarée et sauvage,
Il se serait signé de peur, — car c'était bien
Un regard exprimant un mal irrémédiable,
Un regard de damné demandant l'heure au diable.
— On y lisait : — Toujours, Jamais, Éternité.
C'était vraiment horrible. — Une prunelle d'homme,
A de pareils éclairs, mourrait et fondrait comme
Fond le bitume au feu jeté.

XCVI

Et ses lèvres tremblaient. — On eût dit qu'un blasphême
Allait s'en échapper, quand tout à coup : — Je t'aime !
Dit-elle bondissant comme un tigre en fureur.
Mais sais-tu ce que c'est que l'amour d'une femme ?
En demandant le mien, as-tu sondé ton âme ?
As-tu bien calculé les forces de ton cœur ?
Que te sens-tu dans toi de puissant et de large
A porter sans plier une pareille charge ?
Toujours ! songes-y bien, d'un éternel amour
Il n'est dans l'univers qu'un seul être capable,
Et cet être, c'est Dieu, — car il est immuable;
L'homme d'un jour n'aime qu'un jour.

XCVII

Dans le fond du boudoir un rayon de la lampe
Qui, sur les murs dorés, vague et bleuâtre rampe
Derrière les rideaux, tirés discrètement,
Fait deviner un lit. — Albertus, sans mot dire
(C'était bien répondu), de ce côté l'attire,
Sur le bord de ce lit la pousse doucement....
C'est ici que s'arrête en son style pudique,
Tout rouge d'embarras, le narrateur classique
— Que ne fait-on pas dire à cet honnête point ?
Jamais comme immoral Basile ne le biffe,
Et dans un roman chaste il est l'hiéroglyphe
De ce qui ne l'est guère ou point.

XCVIII

Moi qui ne suis pas prude, et qui n'ai pas de gaze
Ni de feuille de vigne à coller à ma phrase,
Je ne passerai rien. — Les dames qui liront
Cette histoire morale auront de l'indulgence
Pour quelques chauds détails. — Les plus sages, je pense,
Les verront sans rougir, et les autres crieront.
D'ailleurs, — et j'en préviens les mères de famille,
Ce que j'écris n'est pas pour les petites filles
Dont on coupe le pain en tartines. — Mes vers
Sont des vers de jeune homme et non un catéchisme.
Je ne les châtre pas, — dans leur décent cynisme
Ils s'en vont droit ou de travers,

XCIX

Peu m'importe, selon que dame Poésie,
Leur maîtresse absolue, en a la fantaisie,
Et, chastes comme Adam avant d'avoir péché,
Ils marchent librement dans leur nudité sainte,
Enfants purs de tout vice et laissant voir sans crainte
Ce qu'un monde hypocrite avec soin tient caché.
— Je ne suis pas de ceux dont une gorge nue,
Un jupon un peu court, font détourner la vue. —
Mon œil plutôt qu'ailleurs ne s'arrête pas là,
— Pourquoi donc tant crier sur l'œuvre des artistes?
Ce qu'ils font est sacré! — Messieurs les rigoristes,
N'y verriez-vous donc que cela?

C

— Le peintre avait coupé le corset. — Véronique
N'avait sur son beau corps pour vêtement unique
Qu'une toile de Flandre; — un nuage de lin
De l'air tramé ; — du vent, une brume de gaze,
Laissant sous ses réseaux courir l'œil en extase:
— Tout ce que vous pourrez imaginer de fin.
Albertus eut bientôt brisé ce rempart frêle,
Et dans un tour de main déshabillé la belle.
— Il eut tort, c'est gâter soi-même son plaisir,
C'est tuer son amour et lui creuser sa tombe,
Hélas! car bien souvent avec le voile tombe
L'illusion et le désir.

CI

Il n'en fut pas ainsi. — La dame était si belle
Qu'un saint du paradis se fût damné pour elle.
— Un poëte amoureux n'aurait pas inventé
D'idéal plus parfait. — *O nature! nature!*
Devant ton œuvre, à toi, qu'est-ce que la peinture?
Qu'est-ce que Raphaël, ce roi de la beauté?
Qu'est-ce que le Corrége et le Guide et Giorgione,
Titien, et tous ces noms qu'un siècle à l'autre prône?
O Raphaël! crois-moi, jette là tes crayons;
Ta palette, ô Titien! — Dieu seul est le grand maître,
Il garde son secret et nul ne le pénètre,
Et vainement nous l'essayons.

CII

Oh! le tableau charmant! — Toute honteuse, et rouge
Comme une fraise en mai, sur sa gorge qui bouge,
Elle penche la tête et croise les deux bras.
— Avec son air mutin, et sa petite moue,
Ses longs cils palpitants qui caressent sa joue,
Sa peau plus brune encor sous la blancheur des draps;
Avec ses grands cheveux aux naturelles boucles,
Ses yeux étincelants comme des escarboucles,
Son col blond et doré, sa bouche de corail,
Son pied de Cendrillon et sa jambe divine,
Et ce que l'ombre cache et ce que l'on devine,
Seule elle valait un sérail. —

CIII

Les rideaux sont tombés : — des rires frénétiques,
Des cris de volupté, des râles extatiques,
De longs soupirs mourants, des sanglots et des pleurs;
— *Idolo del mio cuor*, *anima mia*, mon ange,
Ma vie, — et tous les mots de ce langage étrange
Que l'amour délirant invente en ses fureurs,
Voilà ce qu'on entend. — L'alcôve est au pillage,
Le lit tremble et se plaint, le plaisir devient rage;
— Ce ne sont que baisers et mouvements lascifs;
Les bras autour des corps se crispent et se tordent,
L'œil s'allume, les dents s'entre-choquent et mordent,
Les seins bondissent convulsifs.

CIV

La lampe grésilla. — Dans le fond de l'alcôve
Passa, comme l'éclair, un jour sanglant et fauve;
Ce ne fut qu'un instant, mais Albertus put voir
Véronique, la peau d'ardents sillons marbrée,
Pâle comme une morte, et si défigurée
Que le frisson le prit; — puis tout redevint noir. —
La sorcière colla sa bouche sur la bouche
Du jeune cavalier, et de nouveau la couche
Sous des élans d'amour en gémissant plia.
— Minuit sonna. — Le timbre au bruit sourd de la grêle
Qui cinglait les carreaux joignit son fausset grêle,
Le hibou du donjon cria. —

CV

Tout à coup, sous ses doigts, ô prodige à confondre
La plus haute raison! Albertus sentit fondre
Les appas de sa belle, et s'en aller les chairs.
— Le prisme était brisé. — Ce n'était plus la femme
Que tout Leyde adorait, mais une vieille infâme,
Sous d'épais sourcils gris roulant de gros yeux verts,
Et pour saisir sa proie, en manière de pinces,
De toute leur longueur ouvrant de grands bras minces.
— Le diable eût reculé. — De rares cheveux blancs
Sur son col décharné pendaient en roides mèches,
Ses os faisaient le gril sous ses mamelles sèches,
Et ses côtes trouaient ses flancs.

CVI

Quand il se vit si près de cette Mort vivante,
Tout le sang d'Albertus se figea d'épouvante;
— Ses cheveux se dressaient sur son front, et ses dents
Choquaient à se briser ; — cependant le squelette
A sa joue appuyant sa lèvre violette,
Le poursuivait partout de ses rires stridents. —
Dans l'ombre, au pied du lit, grouillaient d'étranges formes,
Incubes, cauchemars, spectres lourds et difformes
Un cercueil de Callot et de Goya complet !
Des escargots cornus sortant du joint des briques
Argentaient les vieux murs de baves phosphoriques ;
    La lampe fumait et râlait.

CVII

Au lieu du lit doré, c'était un grabat sale;
Au lieu du boudoir rose une petite salle
D'un aspect misérable, où, dans un vieux châssis,
Frissonnaient des carreaux étoilés; où les voûtes,
Vertes d'humidité, suaient à grosses gouttes,
Et laissaient choir leurs pleurs sur les pavés noircis.
— Juan, redevenu chat, jetait mille étincelles,
Fascinait Albertus du feu de ses prunelles,
Et comme le barbet de Faust, l'emprisonnant
De magiques liens, avec sa noire queue,
Sur la dalle, où s'allume une lumière bleue,
    Traçait un cercle rayonnant.

CVIII

La vieille fit : — Hop! hop! et par la cheminée
De reflets flamboyants soudain illuminée,
Deux manches à balais, tout bridés, tout sellés,
Entrèrent dans la salle avec force ruades,
Caracoles et sauts, voltes et pétarades,
Ainsi que des chevaux par leur maître appelés.
— C'est ma jument anglaise et mon coureur arabe,
Dit la sorcière ouvrant ses griffes comme un crabe
Et flattant de la main ses balais sur le col.
— Un crapaud hydropique, aux longues pattes grêles,
Tint l'étrier.— Housch ! housch !— comme des sauterelles
Les deux balais prirent leur vol.

CIX

Trap! trap! — ils vont, ils vont comme le vent de bise;
— La terre sous leurs pieds file rayée et grise,
Le ciel nuageux court sur leur tête au galop;
A l'horizon blafard d'étranges silhouettes
Passent. — Le moulin tourne et fait des pirouettes,
La lune en son plein luit rouge comme un fallot;
Le donjon curieux de tous ses yeux regarde,
L'arbre étend ses bras noirs, — la potence hagarde
Montre le poing et fuit emportant son pendu;
Le corbeau qui croasse et flaire la charogne,
Fouette l'air lourdement, et de son aile cogne
Le front du jeune homme éperdu.

CX

Chauves-souris, hiboux, chouettes, vautours chauves,
Grands-ducs, oiseaux de nuit aux yeux flambants et fauves,
Monstres de toute espèce et qu'on ne connaît pas,
Stryges au bec crochu, Goules, Larves, Harpies,
Vampires, Loups-garous, Brucolaques impies,
Mammouths, Léviathans, Crocodiles, Boas,
Cela grogne, glapit, siffle, rit et babille,
Cela grouille, reluit, vole, rampe et sautille;
Le sol en est couvert, l'air en est obscurci.
— Des balais haletants la course est moins rapide,
Et de ses doigts noueux tirant à soi la bride,
La vieille cria : — C'est ici.

CXI

Une flamme jetant une clarté bleuâtre,
Comme celle du punch, éclairait le théâtre.
— C'était un carrefour dans le milieu d'un bois.
Les nécromants en robe et les sorcières nues,
A cheval sur leurs boucs, par les quatre avenues,
Des quatre points du vent débouchaient à la fois.
Les approfondisseurs de sciences occultes,
Faust de tous les pays, mages de tous les cultes,
Zingaros basanés, et rabbins au poil roux,
Cabalistes, devins, rêvasseurs hermétiques,
Noirs et faisant râler leurs soufflets asthmatiques,
Aucun ne manque au rendez-vous.

CXII

Squelettes conservés dans les amphithéâtres,
Animaux empaillés, monstres, fœtus verdâtres.
Tout humides encor de leur bain d'alcool,
Culs-de-jatte, pieds-bots, montés sur des limaces,
Pendus tirant la langue et faisant des grimaces;
Guillotinés blafards, un ruban rouge au col,
Soutenant d'une main leur tête chancelante;
— Tous les suppliciés, foule morne et sanglante,
Parricides manchots couverts d'un voile noir,
Hérétiques vêtus de tuniques soufrées,
Roués meurtris et bleus, noyés aux chairs marbrées;
— C'était épouvantable à voir!

CXIII

Le président, assis dans une chaire noire,
Avec ses doigts crochus feuilletant le grimoire,
Épelait à rebours les noms sacrés de Dieu.
— Un rayon échappé de sa prunelle verte
Éclairait le bouquin, et sur la page ouverte
Faisait étinceler les mots en traits de feu.
— Pour commencer la fête on attendait le maître,
On s'impatientait; il tardait à paraître
Et faisait sourde oreille à l'évocation.
— Albertus croyait voir une queue et des cornes,
Des pieds de bouc, des yeux tout ronds aux regards mornes
Une horrible apparition!

CXIV

Enfin il arriva. — Ce n'était pas un diable
Empoisonnant le soufre et d'aspect effroyable,
Un diable rococo. — C'était un élégant
Portant l'impériale et la fine moustache,
Faisant sonner sa botte et siffler sa cravache
Ainsi qu'un merveilleux du boulevard de Gand.
— On eût dit qu'il sortait de voir *Robert le Diable*,
Ou *la Tentation*, ou d'un raoût fashionable,
— Boiteux comme Byron, mais pas plus; — il eût fait
Avec son ton tranchant, son air aristocrate,
Et son talent exquis pour mettre sa cravate,
Dans les salons un grand effet.

CXV

Le Belzébuth dandy fit un signe, et la troupe,
Pour ouïr le concert se réunit en groupe.
— Ni Ludwig Beethoven, ni Glück, ni Meyerbeer,
Ni Théodore Hoffmann, Hoffmann le fantastique!
Ni le gros Rossini, ce roi de la musique,
Ni le chevalier Karl Maria de Weber,
A coup sûr n'auraient pu, malgré tout leur génie,
Inventer et noter la grande symphonie
Que jouèrent d'abord les noirs dilettanti;
— Boucher et Bériot, Paganini lui-même,
N'eussent pas su broder un plus étrange thème
De plus brillants pizzicati.

CXVI

Les virtuoses font, sous leurs doigts secs et grêles,
Des Stradivarius grincer les chanterelles;
La corde semble avoir une âme dans sa voix.
Le tam-tam caverneux, comme un tonnerre gronde;
Un lutin jovial, gonflant sa face ronde,
Sonne burlesquement de deux cors à la fois.
Celui-ci frappe un gril, et cet autre en goguettes
Prend pour tambour son ventre et deux os pour baguettes.
Quatre petits démons, sous un archet de fer,
Font ronfler et mugir quatre basses géantes.
Un gras soprano tord ses mâchoires béantes.
    C'est un charivari d'enfer !

CXVII

Le concerto fini, les danses commencèrent.
Les mains avec les mains en chaîne s'enlacèrent.
Dans le grand fauteuil noir le Diable se plaça
Et donna le signal. — Hurrah! hurrah! La ronde
Fouillant du pied le sol, hurlante et furibonde,
Comme un cheval sans frein au galop se lança.
Pour ne rien voir, le ciel ferma ses yeux d'étoiles,
Et la lune prenant deux nuages pour voiles,
Toute blanche de peur de l'horizon s'enfuit. —
L'eau s'arrêta troublée, et les échos eux-mêmes
Se turent, n'osant pas répéter les blasphèmes
    Qu'ils entendirent cette nuit!

CXVIII

On eût cru voir tourner et flamboyer dans l'ombre
Les signes monstrueux d'un zodiaque sombre;
L'hippopotame lourd, Falstaff à quatre pieds,
Se dressait gauchement sur ses pattes massives
Et s'épanouissait en gambades lascives.
— Le cul-de-jatte, avec ses moignons estropiés,
Sautait comme un crapaud, et les boucs, plus ingambes,
Battaient des entrechats, faisaient des ronds de jambes.
— Une tête de mort, à pattes de faucheux,
Trottait par terre, ainsi qu'une araignée énorme.
Dans tous les coins grouillait quelque chose d'informe;
— Des vers rayaient le sol gâcheux. —

CXIX

La chevelure au vent, la joue en feu, les femmes
Tordaient leurs membres nus en postures infâmes;
Arétin eût rougi. — Des baisers furieux
Marbraient les seins meurtris et les épaules blanches;
Des doigts noirs et velus se crispaient sur les hanches:
On entendait un bruit de chocs luxurieux.
— Les prunelles jetaient des éclairs électriques,
Les bouches se fondaient en étreintes lubriques:
— C'étaient des rires fous, des cris, des râlements!
Non, Sodome jamais, jamais sa sœur immonde,
N'effrayèrent le ciel, ne souillèrent le monde
De plus hideux accouplements.

CXX

Le Diable éternua. — Pour un nez fashionable
L'odeur de l'assemblée était insoutenable.
— Dieu vous bénisse, dit Albertus poliment.
— A peine eut-il lâché le saint nom, que fantômes,
Sorcières et sorciers, monstres follets et gnomes,
Tout disparut en l'air comme un enchantement.
— Il sentit plein d'effroi des griffes acérées,
Des dents qui se plongeaient dans ses chairs lacérées;
Il cria; mais son cri ne fut point entendu...
Et des contadini le matin, près de Rome,
Sur la voie Appia trouvèrent un corps d'homme,
Les reins cassés, le col tordu.

CXXI

— Joyeux comme un enfant à la fin de son thème,
Me voici donc au bout de ce moral poëme!
En êtes-vous aussi content que moi, lecteur?
En vain depuis deux mois, pour clore ce volume,
Mes doigts faisaient grincer et galoper la plume;
Le sujet paresseux marchait avec lenteur.
Se berçant à loisir sur leurs ailes vermeilles,
Les strophes se groupaient comme un essaim d'abeilles
Ou picoraient sans ordre aux sureaux du chemin.
— Les chiffres grossissaient. La page sur la page
Se couchait moite encore, et moi, perdant courage,
Je me disais toujours : — Demain!

CXXII

— Ce poëme homérique et sans égal au monde
Offre une allégorie admirable et profonde ;
Mais, — pour sucer la moelle il faut qu'on brise l'os,
Pour savourer l'odeur il faut ouvrir le vase,
Du tableau que l'on cache il faut tirer la gaze,
Lever, le bal fini, le masque aux dominos.
— J'aurais pu clairement expliquer chaque chose,
Clouer à chaque mot une savante glose. —
Je vous crois, cher lecteur, assez spirituel
Pour me comprendre.—Ainsi, bonsoir. — Fermez la porte,
Donnez-moi la pincette, et dites qu'on m'apporte
Un tome de Pantagruel.

1831.

POÉSIES DIVERSES

1853-1858

LE NUAGE

Dans son jardin la sultane se baigne,
Elle a quitté son dernier vêtement;
Et délivrés des morsures du peigne
Ses grands cheveux baisent son dos charmant.

Par son vitrail le sultan la regarde,
Et, caressant sa barbe avec sa main,
Il dit : L'eunuque en sa tour fait la garde,
Et nul hors moi ne la voit dans son bain.

— Moi je la vois, lui répond, chose étrange!
Sur l'arc du ciel un nuage accoudé;
Je vois son sein vermeil comme l'orange
Et son beau corps de perles inondé.

Ahmed devint blême comme la lune,
Prit son kandjar au manche ciselé,
Et poignarda sa favorite brune....
Quant au nuage, il s'était envolé!

LES COLOMBES

Sur le coteau, là-bas où sont les tombes,
Un beau palmier, comme un panache vert
Dresse sa tête, où le soir les colombes
Viennent nicher et se mettre à couvert.

Mais le matin elles quittent les branches :
Comme un collier qui s'égrène, on les voit
S'éparpiller dans l'air bleu, toutes blanches,
Et se poser plus loin sur quelque toit.

Mon âme est l'arbre où tous les soirs, comme elles,
De blancs essaims de folles visions
Tombent des cieux, en palpitant des ailes,
Pour s'envoler dès les premiers rayons.

LES PAPILLONS

PANTOUM

Les papillons couleur de neige
Volent par essaims sur la mer;
Beaux papillons blancs, quand pourrai-je
Prendre le bleu chemin de l'air?

Savez-vous, ô belle des belles,
Ma bayadère aux yeux de jais,
S'ils me pouvaient prêter leurs ailes,
Dites, savez-vous où j'irais?

Sans prendre un seul baiser aux roses
A travers vallons et forêts,
J'irais à vos lèvres mi-closes,
Fleur de mon âme, et j'y mourrais.

TÉNÈBRES

Taisez-vous, ô mon cœur! taisez-vous, ô mon âme!
Et n'allez plus chercher de querelles au sort;
Le néant vous appelle et l'oubli vous réclame.

Mon cœur, ne battez plus, puisque vous êtes mort;
Mon âme, repliez le reste de vos ailes,
Car vous avez tenté votre suprême effort.

Vos deux linceuls sont prêts, et vos fosses jumelles
Ouvrent leur bouche sombre au flanc de mon passé,
Comme au flanc d'un guerrier deux blessures mortelles.

Couchez-vous tout du long dans votre lit glacé.
Puisse avec vos tombeaux, que va recouvrir l'herbe,
Votre souvenir être à jamais effacé!

Vous n'aurez pas de croix ni de marbre superbe,
Ni d'épitaphe d'or, où quelque saule en pleurs
Laisse les doigts du vent éparpiller sa gerbe.

Vous n'aurez ni blasons, ni chants, ni vers, ni fleurs;
On ne répandra pas les larmes argentées
Sur le funèbre drap, noir manteau des douleurs.

Votre convoi muet, comme ceux des athées,
Sur le triste chemin rampera dans la nuit :
Vos cendres sans honneur seront au vent jetées.

La pierre qui s'abîme en tombant fait son bruit;
Mais vous, vous tomberez sans que l'onde s'émeuve,
Dans ce gouffre sans fond où le remords nous suit.

Vous ne ferez pas même un seul rond sur le fleuve,
Nul ne s'apercevra que vous soyez absents,
Aucune âme ici-bas ne se sentira veuve.

Et le chaste secret du rêve de vos ans
Périra tout entier sous votre tombe obscure
Où rien n'attirera le regard des passants.

Que voulez-vous? hélas! notre mère Nature,
Comme toute autre mère, a ses enfants gâtés,
Et pour les malvenus elle est avare et dure.

Aux uns tous les bonheurs et toutes les beautés!
L'occasion leur est toujours bonne et fidèle :
Ils trouvent au désert des palais enchantés,

Ils tettent librement la féconde mamelle,
La chimère à leur voix s'empresse d'accourir,
Et tout l'or du Pactole entre leurs doigts ruisselle

Les autres moins aimés ont beau tordre et pétrir
Avec leurs maigres mains la mamelle tarie,
Leur frère a bu le lait qui les devait nourrir.

S'il éclôt quelque chose au milieu de leur vie,
Une petite fleur sous leur pâle gazon,
Le sabot du vacher l'aura bientôt flétrie.

Un rayon de soleil brille à leur horizon,
Il fait beau dans leur âme; à coup sûr un nuage
Avec un flot de pluie éteindra le rayon.

L'espoir le mieux fondé, le projet le plus sage,
Rien ne leur réussit; tout les trompe et leur ment.
Ils se perdent en mer sans quitter le rivage.

L'aigle, pour le briser, du haut du firmament,
Sur leur front découvert lâchera la tortue,
Car ils doivent périr inévitablement.

L'aigle manque son coup; quelque vieille statue
Sans tremblement de terre, on ne sait pas pourquoi,
Quitte son piédestal, les écrase et les tue.

Le cœur qu'ils ont choisi ne garde pas sa foi;
Leur chien même les mord et leur donne la rage;
Un ami jurera qu'ils ont trahi le roi.

Fils du Danube, ils vont se noyer dans le Tage;
D'un bout du monde à l'autre ils courent à leur mort;
Ils auraient pu du moins s'épargner le voyage!

Si dur qu'il soit, il faut qu'ils remplissent leur sort;
Nul n'y peut résister, et le genou d'Hercule
Pour un pareil athlète est à peine assez fort.

Après la vie obscure une mort ridicule;
Après le dur grabat un cercueil sans repos
Au bord d'un carrefour où la foule circule.

Ils tombent inconnus de la mort des héros,
Et quelque ambitieux, pour se hausser la taille,
Se fait effrontément un socle de leurs os.

Sur son trône d'airain, le Destin qui s'en raille
Imbibe leur éponge avec du fiel amer,
Et la Nécessité les tord dans sa tenaille.

Tout buisson trouve un dard pour déchirer leur chair,
Tout beau chemin pour eux cache une chausse-trappe,
Et les chaînes de fleurs leur sont chaînes de fer.

Si le tonnerre tombe, entre mille il les frappe ;
Pour eux l'aveugle nuit semble prendre des yeux,
Tout plomb vole à leur cœur et pas un seul n'échappe.

La tombe vomira leur fantôme odieux.
Vivants, ils ont servi de bouc expiatoire ;
Morts, ils seront bannis de la terre et des cieux.

Cette histoire sinistre est votre propre histoire,
O mon âme ! ô mon cœur ! peut-être même, hélas !
La vôtre est-elle encor plus sinistre et plus noire.

C'est une histoire simple où l'on ne trouve pas
De grands événements et des malheurs de drame,
Une douleur qui chante et fait un grand fracas ;

Quelques fils bien communs en composent la trame,
Et cependant elle est plus triste et sombre à voir
Que celle qu'un poignard dénoue avec sa lame.

Puisque rien ne vous veut, pourquoi donc tout vouloir ;
Quand il vous faut mourir, pourquoi donc vouloir vivre,
Vous qui ne croyez pas et n'avez pas d'espoir ?

O vous que nul amour et que nul vin n'enivre,
Frères désespérés, vous devez être prêts
Pour descendre au néant où mon corps vous doit suivre !

Le néant a des lits et des ombrages frais.
La Mort fait mieux dormir que son frère Morphée,
Et les pavots devraient jalouser les cyprès.

Sous la cendre à jamais, dors, ô flamme étouffée!
Orgueil, courbe ton front jusque sur tes genoux,
Comme un Scythe captif qui supporte un trophée.

Cesse de te roidir contre le sort jaloux,
Dans l'eau du noir Léthé plonge de bonne grâce,
Et laisse à ton cercueil planter les derniers clous.

Le sable des chemins ne garde pas ta trace,
L'écho ne redit pas ta chanson, et le mur
Ne veut pas se charger de ton ombre qui passe.

Pour y graver un nom ton airain est bien dur,
O Corinthe! et souvent, froide et blanche Carrare
Le ciseau ne mord pas sur ton marbre si pur.

Il faut un grand génie avec un bonheur rare
Pour faire jusqu'au ciel monter son monument,
Et de ce double don le destin est avare.

Hélas! et le poëte est pareil à l'amant,
Car ils ont tous les deux leur maîtresse idéale,
Quelque rêve chéri caressé chastement :

Eldorado lointain, pierre philosophale
Qu'ils poursuivent toujours sans l'atteindre jamais;
Un astre impérieux, une étoile fatale.

L'étoile fuit toujours, ils lui courent après;
Et le matin venu, la lueur poursuivie,
Quand ils la vont saisir, s'éteint dans un marais.

C'est une belle chose et digne qu'on l'envie
Que de trouver son rêve au milieu du chemin,
Et d'avoir devant soi le désir de sa vie.

Quel plaisir quand on voit briller le lendemain
Le baiser du soleil aux frêles colonnades
Du palais que la nuit éleva de sa main!

Il est beau qu'un plongeur, comme dans les ballades,
Descende au gouffre amer chercher la coupe d'or,
Et perce triomphant les vitreuses arcades.

Il est beau d'arriver où tendait son essor,
De trouver sa beauté, d'aborder à son monde,
Et, quand on a fouillé, d'exhumer un trésor;

De faire, du plus creux de son âme profonde,
Rayonner son idée ou bien sa passion,
D'être l'oiseau qui chante et la foudre qui gronde;

D'unir heureusement le rêve à l'action,
D'aimer et d'être aimé, de gagner quand on joue,
Et de donner un trône à son ambition;

D'arrêter, quand on veut, la Fortune et sa roue,
Et de sentir, la nuit, quelque baiser royal
Se suspendre en tremblant aux fleurs de votre joue.

Ceux-là sont peu nombreux dans notre âge fatal.
Polycrate aujourd'hui pourrait garder sa bague :
Nul bonheur insolent n'ose appeler le mal.

L'eau s'avance et nous gagne, et pas à pas la vague,
Montant les escaliers qui mènent à nos tours,
Mêle aux chants du festin son chant confus et vague.

Les phoques monstrueux, traînant leurs ventres lourds,
Viennent jusqu'à la table, et leurs larges mâchoires
S'ouvrent avec des cris et des grognements sourds.

Sur les autels déserts des basiliques noires,
Les saints désespérés, et reniant leur Dieu,
S'arrachent à pleins poings l'or chevelu des gloires.

Le soleil désolé, penchant son œil de feu,
Pleure sur l'univers une larme sanglante;
L'ange dit à la terre un éternel adieu.

Rien ne sera sauvé, ni l'homme ni la plante;
L'eau recouvrira tout : la montagne et la tour;
Car la vengeance vient, quoique boiteuse et lente.

Les plumes s'useront aux ailes du vautour,
Sans qu'il trouve une place où rebâtir son aire,
Et du monde vingt fois il refera le tour;

Puis il retombera dans cette eau solitaire
Où le rond de sa chute ira s'élargissant :
Alors tout sera dit pour cette pauvre terre.

Rien ne sera sauvé, pas même l'innocent.
Ce sera, cette fois, un déluge sans arche;
Les eaux seront les pleurs des hommes et leur sang.

Plus de mont Ararat où se pose, en sa marche,
Le vaisseau d'avenir qui cache en ses flancs creux
Les trois nouveaux Adams et le grand patriarche.

Entendez-vous là-haut ces craquements affreux?
Le vieil Atlas lassé retire son épaule
Au lourd entablement de ce ciel ténébreux.

L'essieu du monde ploie ainsi qu'un brin de saule;
La terre ivre a perdu son chemin dans le ciel;
L'aimant déconcerté ne trouve plus son pôle.

Le Christ, d'un ton railleur, tord l'éponge de fiel
Sur les lèvres en feu du monde à l'agonie,
Et Dieu, dans son Delta, rit d'un rire cruel.

Quand notre passion sera-t-elle finie?
Le sang coule avec l'eau de notre flanc ouvert;
La sueur rouge teint notre face jaunie.

Assez comme cela! nous avons trop souffert;
De nos lèvres, Seigneur, détournez ce calice,
Car pour nous racheter votre Fils s'est offert.

Christ n'y peut rien : il faut que le sort s'accomplisse;
Pour sauver ce vieux monde il faut un Dieu nouveau,
Et le prêtre demande un autre sacrifice.

Voici bien deux mille ans que l'on saigne l'Agneau;
Il est mort à la fin, et sa gorge épuisée
N'a plus assez de sang pour teindre le couteau.

Le Dieu ne viendra pas. L'Église est renversée.

THÉBAÏDE

Mon rêve le plus cher et le plus caressé,
Le seul qui rie encore à mon cœur oppressé,
C'est de m'ensevelir au fond d'une chartreuse,
Dans une solitude inabordable, affreuse;
Loin, bien loin, tout là-bas, dans quelque Sierra
Bien sauvage, où jamais voix d'homme ne vibra,
Dans la forêt de pins, parmi les âpres roches,
Où n'arrive pas même un bruit lointain de cloches;
Dans quelque Thébaïde, aux lieux les moins hantés,
Comme en cherchaient les saints pour leurs austérités,
Sous la grotte où grondait le lion de Jérôme,
Oui, c'est là que j'irais pour respirer ton baume
Et boire la rosée à ton calice ouvert,
O frêle et chaste fleur, qui crois dans le désert
Aux fentes du tombeau de l'Espérance morte!
De mon cœur dépeuplé je fermerais la porte
Et j'y ferais la garde, afin qu'un souvenir
Du monde des vivants n'y pût pas revenir;
J'effacerais mon nom de ma propre mémoire,
Et de tous ces mots creux : amour, science et gloire
Qu'aux jours de mon avril mon âme en fleur rêvait,
Pour y dormir ma nuit je ferais un chevet;

Car je sais maintenant que vaut cette fumee
Qu'au-dessus du néant pousse une renommée.
J'ai regardé de près et la science et l'art :
J'ai vu que ce n'était que mensonge et hasard;
J'ai mis sur un plateau de toile d'araignée
L'amour qu'en mon chemin j'ai reçue et donnée;
Puis sur l'autre plateau deux grains du vermillon
Impalpable, qui teint l'aile du papillon,
Et j'ai trouvé l'amour léger dans la balance.
Donc, reçois dans tes bras, ô douce Somnolence,
Vierge aux pâles couleurs, blanche sœur de la Mort,
Un pauvre naufragé des tempêtes du sort!
Exauce un malheureux qui te prie et t'implore,
Égrène sur son front le pavot inodore,
Abrite-le d'un pan de ton grand manteau noir,
Et du doigt clos ses yeux qui ne veulent plus voir.
Vous, esprits du désert, cependant qu'il sommeille,
Faites taire les vents et bouchez son oreille,
Pour qu'il n'entende pas le retentissement
Du siècle qui s'écroule, et ce bourdonnement
Qu'en s'en allant au but où son destin la mène
Sur le chemin du temps fait la famille humaine!

Je suis las de la vie et ne veux pas mourir;
Mes pieds ne peuvent plus ni marcher ni courir;
J'ai les talons usés de battre cette route
Qui ramène toujours de la science au doute.
Assez je me suis dit : Voilà la question.

Va, pauvre rêveur, cherche une solution
Claire et satisfaisante à ton sombre problème,
Tandis qu'Ophélia te dit tout haut : Je t'aime;
Mon beau prince danois marche les bras croisés,

Le front dans la poitrine et les sourcils froncés;
D'un pas lent et pensif arpente le théâtre,
Plus pâle que ne sont ces figures d'albâtre
Pleurant pour les vivants sur les tombeaux des morts;
Épuise ta vigueur en stériles efforts,
Et tu n'arriveras, comme a fait Ophélie,
Qu'à l'abrutissement ou bien à la folie.
C'est à ce degré là que je suis arrivé.
Je sens ployer sous moi mon génie énervé;
Je ne vis plus; je suis une lampe sans flamme,
Et mon corps est vraiment le cercueil de mon âme.

Ne plus penser, ne plus aimer, ne plus haïr;
Si dans un coin du cœur il éclôt un désir,
Lui couper sans pitié ses ailes de colombe;
Être comme est un mort étendu sous la tombe;
Dans l'immobilité savourer lentement,
Comme un philtre endormeur, l'anéantissement:
Voilà quel est mon vœu, tant j'ai de lassitude
D'avoir voulu gravir cette côte âpre et rude,
Brocken mystérieux, où des sommets nouveaux
Surgissent tout à coup sur de nouveaux plateaux,
Et qui ne laisse voir de ses plus hautes cimes
Que l'esprit du vertige errant sur les abîmes.

C'est pourquoi je m'assieds au revers du fossé,
Désabusé de tout, plus voûté, plus cassé
Que ces vieux mendiants que jusques à la porte
Le chien de la maison en grommelant escorte.
C'est pourquoi, fatigué d'errer et de gémir,
Comme un petit enfant, je demande à dormir;
Je veux dans le néant renouveler mon être,
M'isoler de moi-même et ne plus me connaître,

Et comme en un linceul, sans y laisser un pli,
Rester enveloppé dans mon manteau d'oubli.

J'aimerais que ce fût dans une roche creuse,
Au penchant d'une côte escarpée et pierreuse,
Comme dans les tableaux de Salvator Rosa,
Où le pied d'un vivant jamais ne se posa ;
Sous un ciel vert zébré de grands nuages fauves,
Dans des terrains galeux, clair-semés d'arbres chauves,
Avec un horizon sans couronne d'azur,
Bornant de tous côtés le regard comme un mur,
Et, dans les roseaux secs, près d'une eau noire et plate,
Quelque maigre héron debout sur une patte.
Sur la caverne, un pin, ainsi qu'un spectre en deuil
Qui tend ses bras voilés au-dessus d'un cercueil,
Tendrait ses bras en pleurs ; et du haut de la voûte
Un maigre filet d'eau, suintant goutte à goutte,
Marquerait par sa chute aux sons intermittents
Le battement égal que fait le cœur du temps.
Comme la Niobé qui pleurait sur la roche,
Jusqu'à ce que le lierre autour de moi s'accroche,
Je demeurerais là les genoux au menton,
Plus ployé que jamais, sous l'angle d'un fronton,
Ces Atlas accroupis gonflant leurs nerfs de marbre ;
Mes pieds prendraient racine et je deviendrais arbre ;
Les faons auprès de moi tondraient le gazon ras,
Et les oiseaux de nuit percheraient sur mes bras.

C'est là ce qu'il me faut plutôt qu'un monastère ;
Un couvent est un port qui tient trop à la terre ;
Ma nef tire trop d'eau pour y pouvoir entrer
Sans en toucher le fond et sans s'y déchirer.
Dût sombrer le navire avec toute sa charge,
J'aime mieux errer seul sur l'eau profonde et large.

Aux barques de pêcheur l'anse à l'abri du vent,
Aux simples naufragés de l'âme le couvent.
A moi la solitude effroyable et profonde,
Par dedans, par dehors!

Un couvent, c'est un monde;
On y pense, on y rêve, on y prie, on y croit :
La mort n'est que le seuil d'une autre vie; on voit
Passer au long du cloître une forme angélique;
La cloche vous murmure un chant mélancolique;
La Vierge vous sourit, le bel enfant Jésus
Vous tend ses petits bras de sa niche; au-dessus
De vos fronts inclinés, comme un essaim d'abeilles,
Volent les chérubins en légions vermeilles.
Vous êtes tout espoir, tout joie et tout amour,
A l'escalier du ciel vous montez chaque jour;
L'extase vous remplit d'ineffables délices,
Et vos cœurs parfumés sont comme des calices;
Vous marchez entourés de célestes rayons,
Et vos pieds après vous laissent d'ardents sillons!

Ah! grands voluptueux, sybarites du cloître,
Qui passez votre vie à voir s'ouvrir et croître,
Dans le jardin fleuri de la mysticité,
Les pétales d'argent du lis de pureté;
Vrais libertins du ciel, dévots Sardanapales,
Vous, vieux moines chenus, et vous, novices pâles,
Foyers couverts de cendre, encensoirs ignorés,
Quel don Juan a jamais sous ses lambris dorés
Senti des voluptés comparables aux vôtres?
Auprès de vos plaisirs, quels plaisirs sont les nôtres?
Quel amant a jamais, à l'âge où l'œil reluit,
Dans tout l'enivrement de la première nuit,
Poussé plus de soupirs profonds et pleins de flamme,

Et baisé les pieds nus de la plus belle femme
Avec la même ardeur que vous les pieds de bois
Du cadavre insensible allongé sur la croix?
Quelle bouche fleurie et d'ambroisie humide
Vaudrait la bouche ouverte à son côté livide?
Notre vin est grossier; pour vous, au lieu de vin,
Dans un calice d'or perle le sang divin.
Nous usons notre lèvre au seuil des courtisanes;
Vous autres, vous aimez des saintes diaphanes,
Qui se parent pour vous des couleurs des vitraux
Et sur vos fronts tondus, au détour des arceaux,
Laissent flotter le bout de leurs robes de gaze :
Nous n'avons que l'ivresse, et vous avez l'extase.
Nous, nos contentements dureront peu de jours;
Les vôtres, bien plus vifs, doivent durer toujours.
Calculateurs prudents, pour l'abandon d'une heure,
Sur une terre où nul plus d'un jour ne demeure,
Vous achetez le ciel avec l'éternité.
Malgré ta règle étroite et ton austérité,
Maigre et jaune Rancé, tes moines taciturnes
S'entr'ouvrent à l'amour comme des fleurs nocturnes;
Une tête de mort, grimaçante pour nous,
Sourit à leur chevet du rire le plus doux;
Ils creusent chaque jour leur fosse au cimetière,
Ils jeûnent et n'ont pas d'autre lit qu'une bière;
Mais ils sentent vibrer sous leur suaire blanc,
Dans les transports divins, un cœur chaste et brûlant;
Ils se baignent aux flots de l'océan de joie,
Et sous la volupté leur âme tremble et ploie
Comme fait une fleur sous une goutte d'eau;
Ils sont dignes d'envie et leur sort est très-beau.
Mais ils sont peu nombreux, dans ce siècle incrédule,
Ceux qui font de leur âme une lampe qui brûle,
Et qui peuvent, baisant la blessure du Christ,

Croire que tout s'est fait comme il était écrit.
Il en est qui n'ont pas le don des saintes larmes,
Qui veillent sans lumière et combattent sans armes;
Il est des malheureux qui ne peuvent prier
Et dont la voix s'éteint quand ils veulent crier.
Tous ne se baignent pas dans la pure piscine
Et n'ont pas même part à la table divine :
Moi, je suis de ce nombre, et comme saint Thomas,
Si je n'ai dans la plaie un doigt, je ne crois pas.

Aussi je me choisis un antre pour retraite
Dans une région détournée et secrète
D'où l'on n'entende pas le rire des heureux
Ni le chant printanier des oiseaux amoureux;
L'antre d'un loup crevé de faim ou de vieillesse,
Car tout son m'importune et tout rayon me blesse;
Tout ce qui palpite, aime ou chante, me déplaît,
Et je hais l'homme autant et plus que ne le hait
Le buffle à qui l'on vient de percer la narine.
De tous les sentiments croulés dans la ruine
Du temple de mon âme, il ne reste debout
Que deux piliers d'airain, la haine et le dégoût.
Pourtant je suis à peine au tiers de ma journée;
Ma tête de cheveux n'est pas découronnée;
A peine vingt épis sont tombés du faisceau :
Je puis derrière moi voir encor mon berceau.
Mais les soucis amers de leurs griffes arides
M'ont fouillé dans le front d'assez profondes rides
Pour en faire une fosse à chaque illusion.
Ainsi me voilà donc sans foi ni passion,
Désireux de la vie et ne pouvant pas vivre,
Et dès le premier mot sachant la fin du livre.
Car c'est ainsi que sont les jeunes d'aujourd'hui :
Leurs mères les ont faits dans un moment d'ennui;

Et qui les voit auprès des blancs sexagénaires,
Plutôt que les enfants, les estime les pères.
Ils sont venus au monde avec des cheveux gris;
Comme ces arbrisseaux frêles et rabougris
Qui, dès le mois de mai, sont pleins de feuilles mortes,
Ils s'effeuillent au vent, et vont devant leurs portes
Se chauffer au soleil à côté de l'aïeul,
Et du jeune et du vieux, à coup sûr, le plus seul,
Le moins accompagné sur la route du monde,
Hélas! c'est le jeune homme à tête brune ou blonde,
Et non pas le vieillard sur qui l'âge a neigé.
Celui dont le navire est le plus allégé
D'espérance et d'amour, lest divin dont on jette
Quelque chose à la mer chaque jour de tempête,
Ce n'est pas le vieillard, dont le triste vaisseau
Va bientôt échouer à l'écueil du tombeau.
L'univers décrépit devient paralytique,
La nature se meurt, et le spectre critique
Cherche en vain sous le ciel quelque chose à nier.
Qu'attends-tu donc, clairon du jugement dernier?
Dis-moi, qu'attends-tu donc, archange à bouche ronde
Qui dois sonner là-haut la fanfare du monde?
Toi, sablier du temps que Dieu tient dans sa main,
Quand donc laisseras-tu tomber ton dernier grain?

1873

ROCAILLE

Connaissez-vous dans le parc de Versaille
Une Naïade, œil vert et sein gonflé?
La belle habite un château de rocaille
D'ordre toscan et tout vermiculé.

Sur les coraux et sur les madrépores
Toute l'année elle dort dans les joncs;
Dans le bassin, les grenouilles sonores
Chantent en chœur et font mille plongeons.

La fête vient; la coquette Naïade
S'éveille en hâte et rajuste ses nœuds,
Se peigne, et met ses habits de parade
Et des roseaux plus frais dans ses cheveux.

Elle descend l'escalier, et sa queue
En flots d'argent sur les marches la suit;
La roide étoffe à trame blanche et bleue
A chaque pas derrière elle bruit.

PASTEL

J'aime à vous voir en vos cadres ovales,
Portraits jaunis des belles du vieux temps,
Tenant en main des roses un peu pâles,
Comme il convient à des fleurs de cent ans.

Le vent d'hiver, en vous touchant la joue,
A fait mourir vos œillets et vos lis,
Vous n'avez plus que des mouches de boue
Et sur les quais vous gisez tout salis.

Il est passé le doux règne des belles;
La Parabère avec la Pompadour
Ne trouveraient que des sujets rebelles,
Et sous leur tombe est enterré l'amour.

Vous, cependant, vieux portraits qu'on oublie,
Vous respirez vos bouquets sans parfums,
Et souriez avec mélancolie
Au souvenir de vos galants défunts.

1835.

WATTEAU

Devers Paris, un soir, dans la campagne,
J'allais suivant l'ornière d'un chemin,
Seul avec moi, n'ayant d'autre compagne
Que ma douleur qui me donnait la main.

L'aspect des champs était sévère et morne,
En harmonie avec l'aspect des cieux ;
Rien n'était vert sur la plaine sans borne,
Hormis un parc planté d'arbres très-vieux.

Je regardai bien longtemps par la grille,
C'était un parc dans le goût de Watteau :
Ormes fluets, ifs noirs, verte charmille,
Sentiers peignés et tirés au cordeau.

Je m'en allai l'âme triste et ravie ;
En regardant j'avais compris cela :
Que j'étais près du rêve de ma vie,
Que mon bonheur était enfermé là.

LE TRIOMPHE DE PÉTRARQUE

A LOUIS BOULANGER

Il faisait nuit dans moi, nuit sans lune, nuit sombre;
Je marchais en aveugle et tâtant le chemin,
Les deux bras en avant, le long des murs, dans l'ombre.

Mon conducteur céleste avait quitté ma main;
J'avais beau me tourner vers l'étoile polaire,
Un nuage éteignait ses prunelles d'or fin,

La bella, la diva, celle qui m'a su plaire,
La noble dame à qui j'ai donné mon amour,
Hélas! m'avait ôté son appui tutélaire.

Béatrix dans les cieux avait fui sans retour,
Et moi, resté tout seul au seuil du purgatoire,
Je ne pouvais voler aux lieux d'où vient le jour.

A coup sûr tu n'auras aucune peine à croire
Quel deuil j'avais au cœur et quel chagrin amer
D'être ainsi confiné dans la demeure noire.

Sur ma tête pesait la coupole de fer,
Et je sentais partout, comme une mer glacée,
Autour de mon essor prendre et se durcir l'air.

Mes efforts étaient vains, et ma triste pensée,
Comme fait dans sa cage un captif impuissant,
Fouettait le mur d'airain de son aile brisée.

Je montai l'escalier d'un pas lourd et pesant,
Et, quand s'ouvrit la porte, un torrent de lumière
M'inonda de splendeur, tel qu'un flot jaillissant.

Sur mon œil ébloui palpitait ma paupière
Comme une aile d'oiseau quand il va pour voler;
On m'eût pris, à me voir, pour un homme de pierre.

Je demeurai longtemps sans pouvoir te parler,
Plongeant mes yeux ravis au fond de ta peinture
Qu'un rayon de soleil faisait étinceler.

Comme sur un balcon, une riche tenture
Pendait du haut du ciel, un beau ton d'outremer
Plus vif que nul saphir dans l'écrin de nature.

Quelques nuages chauds, sous les frissons de l'air,
Se crêpaient mollement et faisaient une frange
Aussi blonde que l'or au manteau de l'éther.

Sur le sable éclatant, plus jaune que l'orange,
Les grands pins balançant leur large parasol
Avec l'ombre agitaient leur silhouette étrange.

Une grêle de fleurs jonchait partout le sol,
Et l'on eût dit, au bout de leurs tiges pliantes,
Des papillons peureux suspendus dans leur vol.

Sous leurs robes d'azur aux lignes ondoyantes,
Le ciel et l'horizon dans un baiser charmant
Fondaient avec amour leurs lèvres souriantes.

Le printemps parfumé, beau comme un jeune amant,
Avec ses bras de lis environnant la terre,
Aux avances des fleurs répondait doucement.

Afin de célébrer le solennel mystère,
La nature avait mis son plus riche manteau,
Les éléments joyeux faisaient trêve à leur guerre.

O miracle de l'art! ô puissance du beau!
Je sentais dans mon cœur se redresser mon âme
Comme au troisième jour le Christ dans son tombeau.

L'ombre se dissipait. La belle et noble dame,
Tendant ses blanches mains du fond des cieux ouverts,
M'engageait à monter par l'escalier de flamme.

Les bouvreuils réjouis sifflaient leurs plus beaux airs;
Tout riait, tout chantait, tout palpitait des ailes,
Et les échos charmés disaient des fins de vers.

Beau cygne italien, roi des amours fidèles,
Poëte aux rimes d'or, dont le chant triste et doux
Semble un roucoulement de blanches tourterelles;

Figure à l'air pensif, et toujours à genoux,
Les mains jointes devant ton idole muette,
Te voilà donc vivante et revenue à nous!

Je te reconnais bien; oui, c'est bien toi, poëte;
Le camail écarlate encadre ton front pur
Et marque austèrement l'ovale de ta tête.

Tes yeux semblent chercher dans le fluide azur
Les yeux clairs et luisants de ta maîtresse blonde,
Pour en faire un soleil qui rende l'autre obscur.

Car tu n'as qu'une idée et qu'un amour au monde;
Tout l'univers pour toi pivote sur un nom,
Et le reste n'est rien que boue et fange immonde.

Sous le laurier mystique et le divin rayon,
Tu t'avances traîné par l'éclatant quadrige,
Entre la rêverie et l'inspiration.

Un chœur harmonieux autour de toi voltige :
C'est la chaste Uranie avec son globe bleu,
Penchant son front rêveur comme un lis sur sa tige;

Euterpe, Polymnie, un sein nu, l'œil en feu;
C'est Clio, belle et simple en son manteau sévère;
Tout le sacré troupeau qui te suit comme un dieu.

Les Grâces, dénouant leur ceinture légère,
Dansent derrière toi, sur le char triomphal;
A l'égal d'un César le monde te révère.

A ta suite l'on voit l'orgueilleux cardinal,
Comme un pavot qui brille à travers l'or des gerbes,
D'écarlate et d'hermine inonder son cheval.

Rien n'y manque... Seigneurs blasonnés et superbes,
Prêtres, marchands, soldats, professeurs, écoliers,
Les vieillards tout chenus, et les pages imberbes;

De beaux jeunes garçons et de blonds écuyers
Soufflent allégrement aux bouches des trompettes,
Et suspendent leurs bras aux crins blancs des coursiers,

Sur le devant du char les filles les mieux faites,
Les plus charmantes fleurs du jardin de beauté,
Font de leurs doigts de lis pleuvoir les violettes.

Tu viens du Capitole où César est monté.
Cependant tu n'as pas, ô bon François Pétrarque,
Mis pour ceinture au monde un fleuve ensanglanté.

Tu n'as pas, de tes dents, pour y laisser ta marque,
Comme un enfant mauvais, mordu ta ville au sein.
Tu n'as jamais flatté ni peuple ni monarque.

Jamais on ne te vit, en guise de tocsin,
Sur l'Italie en feu faire hurler tes rimes;
Ton rôle fut toujours pacifique et serein.

Loin des cités, l'auberge et l'atelier des crimes,
Tu regardes, couché sous les grands lauriers verts,
Des Alpes tout là-bas bleuir les hautes cimes;

Et, penchant tes doux yeux sur la source aux flots clairs
Où flotte un blanc reflet de la robe de Laure,
Avec les rossignols tu gazouilles des vers.

Car toujours dans ton cœur vibre un écho sonore,
Et toujours sur ta bouche on entend palpiter
Quelque nid de sonnets éclos ou près d'éclore.

Rêveur harmonieux, tu fais bien de chanter:
C'est là le seul devoir que Dieu donne aux poëtes,
Et le monde à genoux les devrait écouter.

Lorsqu'Amphion chantait, du creux de leurs retraites
Les tigres tachetés et les grands lions roux
Sortaient en balançant leurs monstrueuses têtes;

Les dragons s'en venaient, d'un air timide et doux,
De leur langue d'azur lécher ses pieds d'ivoire,
Et les vents suspendaient leur vol et leur courroux.

Faire sortir les ours de leur caverne noire,
En agneaux caressants transformer les lions,
O poëtes! voilà la véritable gloire;

Et non pas de pousser à des rébellions
Tous ces mauvais instincts, bêtes fauves de l'âme,
Que l'on déchaîne au jour des révolutions.

Sur l'autel idéal entretenez la flamme,
Guidez le peuple au bien par le chemin du beau,
Par l'admiration et l'amour de la femme.

Comme un vase d'albâtre où l'on cache un flambeau,
Mettez l'idée au fond de la forme sculptée,
Et d'une lampe ardente éclairez le tombeau.

Que votre douce voix, de Dieu même écoutée,
Au milieu du combat jetant des mots de paix,
Fasse tomber les flots de la foule irritée.

Que votre poésie, aux vers calmes et frais,
Soit pour les cœurs souffrants comme ces cours d'eau vive
Où vont boire les cerfs dans l'ombre des forêts.

Faites de la musique avec la voix plaintive
De la création et de l'humanité,
De l'homme dans la ville et du flot sur la rive.

Puis, comme un beau symbole, un grand peintre vanté
Vous représentera dans une immense toile,
Sur un char triomphal par un peuple escorté :

Et vous aurez au front la couronne et l'étoile!

1836.

MELANCHOLIA

J'aime les vieux tableaux de l'école allemande :
Les vierges sur fond d'or aux doux yeux en amande,
Pâles comme le lis, blondes comme le miel,
Les genoux sur la terre et le regard au ciel,
Sainte Agnès, sainte Ursule et sainte Catherine,
Croisant leurs blanches mains sur leur blanche poitrine;
Les chérubins joufflus au plumage d'azur,
Nageant dans l'outremer sur un filet d'or pur;
Les grands anges tenant la couronne et la palme;
Tout ce peuple mystique au front grave, à l'œil calme,
Qui prie incessamment dans les missels ouverts,
Et rayonne au milieu des lointains bleus et verts.
Oui, le dessin est sec et la couleur mauvaise,
Et ce n'est pas ainsi que peint Paul Véronèse:
Oui, le Sanzio pourrait plus gracieusement
Arrondir cette forme et ce linéament;
Mais il ne mettrait pas dans un si chaste ovale
Tant de simplicité pieuse et virginale;
Mais il ne prendrait pas, pour peindre ces beaux yeux,
Plus d'amour dans son cœur et plus d'azur aux cieux;
Mais il ne ferait pas sur ces tempes en ondes
Couler plus doucement l'or de ces tresses blondes.
Ses madones n'ont pas, empreint sur leur beauté,

Ce cachet de candeur et de sérénité.
Leur bouche rit souvent d'un sourire profane,
Et parfois sous la Vierge on sent la courtisane;
On sent que Raphaël, lorsqu'il les dessina,
Avait passé la nuit chez la Fornarina.
Ces Allemands ont seuls fait de l'art catholique,
Ils ont parfaitement compris la basilique :
Rien de grossier en eux, rien de matériel;
Leurs tableaux sont vraiment les purs miroirs du ciel.
Seuls ils ont le secret de ces divins sourires
Si frais, épanouis aux lèvres des martyres;
Seuls ils ont su trouver pour peupler les arceaux,
Pour les faire reluire aux mailles des vitraux,
Les vrais types chrétiens. Dépouillant le vieil homme,
Seuls ils ont abjuré les idoles de Rome.
Auprès d'Albert Dürer Raphaël est païen :
C'est la beauté du corps, c'est l'art italien,
Cet enfant de l'art grec, sensuel et plastique,
Qui met entre les bras de la Vénus antique,
Au lieu de Cupidon, le divin Bambino;
Aucun d'eux n'est chrétien, ni Domenichino,
Ni le Buonarotti, ni Corrége, ni Guide;
L'antiquité profane est le fil qui les guide:
Apollon sert de type à l'ange saint Michel;
Le Jupiter tonnant devient Père éternel;
La tunique latine est taillée en étole,
Et l'on fait une église avec le Capitole.
J'en excepte pourtant Cimabuë, Giotto,
Et les maîtres pisans du vieux Campo-Santo.
Ceux-là ne peignaient pas en beaux pourpoints de soie,
Entre des cardinaux et des filles de joie;
Dans des villas de marbre, aux chansons des castrats,
Ceux-là n'épousaient point des nièces de prélats.
C'étaient des ouvriers qui faisaient leur ouvrage

Du matin jusqu'au soir, avec force et courage;
C'étaient des gens pieux et pleins d'austérité,
Sachant bien qu'ici-bas tout n'est que vanité;
Leur atelier à tous était le cimetière,
Ils peignaient, près des morts passant leur vie entière.
Puis, quand leurs doigts roidis laissaient choir les pinceaux,
On leur dressait un lit sous les sombres arceaux.
Ils dormaient là, couchés auprès de leur peinture,
Les mains jointes. tout droits, dans la même posture
De contemplation extatique où sont peints
Sur les fresques du mur leurs anges et leurs saints.
Ceux-là ne faisaient pas de l'art une débauche,
Et leur œuvre toujours, quoique barbare et gauche,
Même à nos yeux savants reluit d'une beauté
Toute jeune de charme et de naïveté.
Sur tous ces fronts pâlis, sous cet air de souffrance
Brille ineffablement quelque haute espérance;
L'on voit que tout ce peuple agenouillé n'attend
Pour revoler aux cieux que le suprême instant.
Dans ces tableaux, partout l'âme glorifiée
Foule d'un pied vainqueur la chair mortifiée;
L'ombre remplit le bas, le haut rayonne seul,
Et chaque draperie a l'aspect d'un linceul.
C'est que la vie alors de croyance était pleine,
C'est qu'on sentait passer dans l'air du soir l'haleine
De quelque ange attardé s'en retournant au ciel;
C'est que le sang du Christ teignait vraiment l'autel;
C'est qu'on était au temps de saint François d'Assise,
Et que sur chaque roche une cellule assise
Cachait un fou sublime, insensé de la Croix;
Le désert se peuplait de lueurs et de voix;
Dans toute obscurité rayonnait un mystère;
On aimait, et le ciel descendait sur la terre.
Gothique Albert Dürer, oh! que profondément

Tu comprenais cela dans ton cœur d'Allemand!
Que de virginité, que d'onction divine
Dans ces pâles yeux bleus, où le ciel se devine!
Comme on sent que la chair n'est qu'un voile à l'esprit!
Comme sur tous ces fronts quelque chose est écrit,
Que nos peintres sans foi ne sauraient pas y mettre,
Et qui se lit partout dans ton œuvre, ô grand maître!
C'est que tu n'avais pas, lui faisant double part,
D'autre amour dans le cœur que celui de ton art;
C'est que l'on ne dit pas, voyant aux galeries
L'ovale gracieux de tes belles Maries,
O mon chaste poëte! ô mon peintre chrétien!
Comme de Raphaël et comme de Titien :
Voici la Fornarine, ou bien la Muranèse.
Tout terrestre désir devant elle s'apaise,
Car tu ne t'en vas point, tout rempli de ton Dieu,
Emprunter ta madone à quelque mauvais lieu.
Tu ne t'accoudes pas sur les nappes rougies,
Et tu n'enivres pas dans de sales orgies
L'art, cet enfant du ciel sur le monde jeté
Pour que l'on crût encore à la sainte beauté.
Tu n'avais ni chevaux, ni meute, ni maîtresse;
Mais, le cœur inondé d'une austère tristesse,
Tu vivais pauvrement à l'ombre de la Croix,
En Allemand naïf, en honnête bourgeois,
Tapi comme un grillon dans l'âtre domestique;
Et ton talent caché, comme une fleur mystique,
Sous les regards de Dieu, qui seul le connaissait,
Répandait ses parfums et s'épanouissait.
Il me semble te voir au coin de ta fenêtre
Étroite, à vitraux peints, dans ton fauteuil d'ancêtre.
L'ogive encadre un front bleuissant d'outremer,
Comme dans tes tableaux, ô vieil Albert Dürer!
Nuremberg sur le ciel dresse ses mille flèches,

Et découpe ses toits aux silhouettes sèches;
Toi, le coude au genou, le menton dans la main,
Tu rêves tristement au pauvre sort humain :
Que pour durer si peu la vie est bien amère,
Que la science est vaine et que l'art est chimère,
Que le Christ à l'éponge a laissé bien du fiel,
Et que tout n'est pas fleurs dans le chemin du ciel.
Et, l'âme d'amertume et de dégoût remplie,
Tu t'es peint, ô Dürer! dans ta Mélancolie,
Et ton génie en pleurs, te prenant en pitié,
Dans sa création t'a personnifié.
Je ne sais rien qui soit plus admirable au monde,
Plus plein de rêverie et de douleur profonde,
Que ce grand ange assis, l'aile ployée au dos,
Dans l'immobilité du plus complet repos.
Son vêtement, drapé d'une façon austère,
Jusqu'au bout de son pied s'allonge avec mystère,
Son front est couronné d'ache et de nénufar;
Le sang n'anime pas son visage blafard;
Pas un muscle ne bouge : on dirait que la vie
Dont on vit en ce monde à ce corps est ravie,
Et pourtant l'on voit bien que ce n'est pas un mort.
Comme un serpent blessé son noir sourcil se tord,
Son regard dans son œil brille comme une lampe,
Et convulsivement sa main presse sa tempe.
Sans ordre autour de lui mille objets sont épars,
Ce sont des attributs de sciences et d'arts;
La règle et le marteau, le cercle emblématique,
Le sablier, la cloche et la table mystique,
Un mobilier de Faust, plein de choses sans nom;
Cependant c'est un ange et non pas un démon.
Ce gros trousseau de clefs qui pend à sa ceinture
Lui sert à crocheter les secrets de nature.
Il a touché le fond de tout savoir humain;

Mais comme il a toujours, au bout de tout chemin,
Trouvé les mêmes yeux qui flamboyaient dans l'ombre.
Qu'il a monté l'échelle aux échelons sans nombre,
Il est triste; et son chien, de le suivre lassé,
Dort à côté de lui, tout vieux et tout cassé.
Dans le fond du tableau, sur l'horizon sans borne,
Le vieux père Océan lève sa face morne,
Et dans le bleu cristal de son profond miroir
Réfléchit les rayons d'un grand soleil tout noir.
Une chauve-souris, qui d'un donjon s'envole,
Porte écrit dans son aile ouverte en banderole:
MÉLANCOLIE. Au bas, sur une meule assis,
Est un enfant dont l'œil, voilé sous de longs cils,
Laisse le spectateur dans le doute s'il veille,
Ou si, bercé d'un rêve, en lui-même il sommeille.
Voilà comme Dürer, le grand maître allemand,
Philosophiquement et symboliquement,
Nous a représenté, dans ce dessin étrange,
Le rêve de son cœur sous une forme d'ange.
Notre Mélancolie, à nous, n'est pas ainsi;
Et nos peintres la font autrement. La voici :
— C'est une jeune fille et frêle et maladive,
Penchant ses beaux yeux bleus au bord de quelque rive,
Comme un vergiss-mein-nicht que le vent a courbé;
Sa coiffure est défaite, et son peigne est tombé,
Ses blonds cheveux épars coulent sur son épaule,
Et se mêlent dans l'onde aux verts cheveux du saule;
Les larmes de ses yeux vont grossir le ruisseau,
Et troublent, en tombant, sa figure dans l'eau.
La brise à plis légers fait voler son écharpe,
Et vibrer en passant les cordes de sa harpe;
Un album, un roman, près d'elle sont ouverts :
Car la mode la suit jusque dans ses déserts.
Notre Mélancolie est petite-maîtresse,

Elle prend des grands airs, elle fait la princesse;
Elle met des gants blancs et des chapeaux d'Herbault;
Elle est née, et ne voit que des gens comme il faut;
Son groom ne pèse pas plus de soixante livres;
C'est une Philaminte, elle lit tous les livres,
Cause fort bien musique, et peinture pas mal;
Elle suit l'Opéra, ne manque pas un bal;
Poitrinaire tout juste assez pour être artiste,
Elle a toujours en main un mouchoir de batiste.
On ne la verra pas enterrer tristement
Dans quelque sierra son teint pâle et charmant,
Ses grâces de malade et ses petites mines,
Ni sous les noirs arceaux d'un couvent en ruines
Promener loin du bruit ses méditations :
Il faut à ses douleurs la rampe et les lampions,
Il faut que les journaux en puissent rendre compte;
Chaque pleur de ses yeux se cristallise en conte;
Avec chaque soupir elle souffle un roman;
Elle meurt, mais ce n'est que littérairement.
Un frais cottage anglais, voilà sa Thébaïde;
Et si son front de nacre est coupé d'une ride,
Ce n'est pas, croyez-moi, qu'elle songe à la mort:
Pour craindre quelque chose elle est trop esprit fort.
Mais c'est que de Paris une robe attendue
Arrive chiffonnée et de taches perdue.
Ah! quelle différence, et que près de ces vieux
Nous paraissons mesquins! Le sang de nos aïeux,
Comme un vin qui s'aigrit, s'est tourné dans nos veines.
Rien ne vit plus en nous : nos amours et nos haines
Sont de pâles vieillards sans force et sans vigueur,
Chez qui la tête semble avoir pompé le cœur.
La passion est morte avec la foi; la terre
Accomplit dans le ciel sa ronde solitaire,
Et se suspend encore aux lèvres du soleil;

Mais le soleil vieillit, son baiser moins vermeil
Glisse sans les chauffer sur nos fronts, et ses flammes
Comme sur les glaciers, s'éteignent sur nos âmes.
D'en bas, le mont Gemmi vous paraît tout en feu,
Il fume, il étincelle, il est rouge, il est bleu.
Montez, vous trouverez la neige froide et blanche,
Et l'hiver grelottant qui pousse l'avalanche.
Nous sommes le Gemmi; le reflet du passé
Brille encore sur nos fronts. Ce reflet effacé,
Il ne restera plus qu'une neige incolore;
Demain, sur le Gemmi, se lèvera l'aurore,
Les glaciers de nouveau se mettront à fumer,
Et l'incendie éteint pourra se rallumer;
Mais, hélas! il n'est pas pour nous d'aube nouvelle,
Et la nuit qui nous vient est la nuit éternelle.
De nos cieux dépeuplés il ne descendra pas
Un ange aux ailes d'or pour nous prendre en ses bras,
Et le siècle futur, s'asseyant sur la pierre
De notre siècle, à nous, et la voyant entière,
Joyeux, ne dira pas : Il est ressuscité,
Et dans sa gloire au ciel comme Christ remonté.

1854.

NIOBÉ

Sur un quartier de roche, un fantôme de marbre,
Le menton dans la main et le coude au genou,
Les pieds pris dans le sol, ainsi que des pieds d'arbre,
Pleure éternellement sans relever le cou.

Quel chagrin pèse donc sur ta tête abattue?
A quel puits de douleurs tes yeux puisent-ils l'eau?
Et que souffres-tu donc dans ton cœur de statue,
Pour que ton sein sculpté soulève ton manteau?

Tes larmes, en tombant du coin de ta paupière,
Goutte à goutte, sans cesse et sur le même endroit,
Ont fait dans l'épaisseur de ta cuisse de pierre
Un creux où le bouvreuil trempe son aile et boit.

O symbole muet de l'humaine misère,
Niobé sans enfants, mère des sept douleurs,
Assise sur l'Athos ou bien sur le Calvaire,
Quel fleuve d'Amérique est plus grand que tes pleurs?

CARIATIDES

Un sculpteur m'a prêté l'œuvre de Michel-Ange,
La chapelle Sixtine et le grand Jugement ;
Je restai stupéfait à ce spectacle étrange
Et me sentis ployer sous mon étonnement.

Ce sont des corps tordus dans toutes les postures,
Des faces de lion avec des cols de bœuf,
Des chairs comme du marbre et des musculatures
A pouvoir d'un seul coup rompre un câble tout neuf.

Rien ne pèse sur eux, ni coupole ni voûtes,
Pourtant leurs nerfs d'acier s'épuisent en efforts,
La sueur de leurs bras semble pleuvoir en gouttes;
Qui donc les courbe ainsi puisqu'ils sont aussi forts?

C'est qu'ils portent un poids à fatiguer Alcide :
Ils portent ta pensée, ô maître, sur leurs dos;
Sous un entablement, jamais Cariatide
Ne tendit son épaule à de plus lourds fardeaux.

LA CHIMÈRE

Une jeune Chimère, aux lèvres de ma coupe,
Dans l'orgie, a donné le baiser le plus doux;
Elle avait les yeux verts, et jusque sur sa croupe
Ondoyait en torrent l'or de ses cheveux roux.

Des ailes d'épervier tremblaient à son épaule;
La voyant s'envoler, je sautai sur ses reins;
Et, faisant jusqu'à moi ployer son cou de saule,
J'enfonçai comme un peigne une main dans ses crins.

Elle se démenait, hurlante et furieuse,
Mais en vain. Je broyais ses flancs dans mes genoux;
Alors elle me dit d'une voix gracieuse,
Plus claire que l'argent : Maître, où donc allons-nous?

Par delà le soleil et par delà l'espace,
Où Dieu n'arriverait qu'après l'éternité;
Mais avant d'être au but ton aile sera lasse :
Car je veux voir mon rêve en sa réalité.

1837.

LA DIVA

On donnait à Favart *Mosé*. Tamburini
Le basso cantante, le ténor Rubini,
Devaient jouer tous deux dans la pièce; et la salle,
Quand on l'eut élargie et faite colossale,
Grande comme Saint-Charle ou comme la Scala,
N'aurait pu contenir son public ce soir-là.
Moi, plus heureux que tous, j'avais tout à connaître,
Et la voix des chanteurs et l'ouvrage du maître.
Aimant peu l'opéra, c'est hasard si j'y vais,
Et je n'avais pas vu le *Moïse* français;
Car notre idiome, à nous, rauque et sans prosodie,
Fausse toute musique; et la note hardie,
Contre quelque mot dur se heurtant dans son vol,
Brise ses ailes d'or et tombe sur le sol.
J'étais là, les deux bras en croix sur la poitrine,
Pour contenir mon cœur plein d'extase divine;
Mes artères chantant avec un sourd frisson,
Mon oreille tendue et buvant chaque son;
Attentif comme au bruit de la grêle fanfare
Un cheval ombrageux qui palpite et s'effare.
Toutes les voix criaient, toutes les mains frappaient,
A force d'applaudir les gants blancs se rompaient;
Et la toile tomba. C'était le premier acte.

Alors je regardai; plus nette et plus exacte,
A travers le lorgnon dans mes yeux moins distraits,
Chaque tête à son tour passait avec ses traits.
Certes, sous l'éventail et la grille dorée,
Roulant dans leurs doigts blancs la cassolette ambrée,
Au reflet des joyaux, au feu des diamants,
Avec leurs colliers d'or et tous leurs ornements,
J'en vis plus d'une belle et méritant éloge;
Du moins je le croyais, quand au fond d'une loge
J'aperçus une femme. Il me sembla d'abord,
La loge lui formant un cadre de son bord,
Que c'était un tableau de Titien ou Giorgione,
Moins la fumée antique et moins le vernis jaune,
Car elle se tenait dans l'immobilité,
Regardant devant elle avec simplicité,
La bouche épanouie en un demi-sourire,
Et comme un livre ouvert son front se laissant lire.
Sa coiffure était basse, et ses cheveux moirés
Descendaient vers sa tempe en deux flots séparés.
Ni plumes, ni rubans, ni gaze, ni dentelle;
Pour parure et bijoux, sa grâce naturelle;
Pas d'œillade hautaine ou de grand air vainqueur,
Rien que le repos d'âme et la bonté de cœur.
Au bout de quelque temps, la belle créature,
Se lassant d'être ainsi, prit une autre posture,
Le col un peu penché, le menton sur la main,
De façon à montrer son beau profil romain,
Son épaule et son dos aux tons chauds et vivaces,
Où l'ombre avec le clair flottaient par larges masses.
Tout perdait son éclat, tout tombait à côté
De cette virginale et sereine beauté;
Mon âme tout entière à cet aspect magique
Ne se souvenait plus d'écouter la musique,
Tant cette morbidezze et ce laisser-aller

Était chose charmante et douce à contempler,
Tant l'œil se reposait avec mélancolie
Sur ce pâle jasmin transplanté d'Italie.
Moins épris des beaux sons qu'épris des beaux contours,
Même au *parlar spiegar*, je regardais toujours;
J'admirais à part moi la gracieuse ligne
Du col se repliant comme le col d'un cygne,
L'ovale de la tête et la forme du front,
La main pure et correcte, avec le beau bras rond;
Et je compris pourquoi, s'exilant de la France,
Ingres fit si longtemps ses amours de Florence.
Jusqu'à ce jour j'avais en vain cherché le beau;
Ces formes sans puissance et cette fade peau
Sous laquelle le sang ne court que par la fièvre
Et que jamais soleil ne mordit de sa lèvre;
Ce dessin lâche et mou, ce coloris blafard,
M'avaient fait blasphémer la sainteté de l'art.
J'avais dit : L'art est faux, les rois de la peinture
D'un habit idéal revêtent la nature.
Ces tons harmonieux, ces beaux linéaments,
N'ont jamais existé qu'aux cerveaux des amants;
J'avais dit, n'ayant vu que la laideur française ·
Raphaël a menti comme Paul Véronèse!
Vous n'avez pas menti, non, maîtres; voilà bien
Le marbre grec doré par l'ambre italien,
L'œil de flamme, le teint passionnément pâle,
Blond comme le soleil sous son voile de hâle,
Dans la mate blancheur les noirs sourcils marqués,
Le nez sévère et droit, la bouche aux coins arqués,
Les ailes de cheveux s'abattant sur les tempes,
Et tous les nobles traits de vos saintes estampes.
Non, vous n'avez pas fait un rêve de beauté,
C'est la vie elle-même et la réalité.
Votre Madone est là; dans sa loge elle pose,

Près d'elle vainement l'on bourdonne et l'on cause;
Elle reste immobile et sous le même jour,
Gardant comme un trésor l'harmonieux contour.
Artistes souverains, en copistes fidèles,
Vous avez reproduit vos superbes modèles!
Pourquoi, découragé par vos divins tableaux,
Ai-je, enfant paresseux, jeté là mes pinceaux,
Et pris pour vous fixer le crayon du poëte,
Beaux rêves, obsesseurs de mon âme inquiète,
Doux fantômes bercés dans les bras du désir,
Formes que la parole en vain cherche à saisir?
Pourquoi, lassé trop tôt dans une heure de doute,
Peinture bien-aimée, ai-je quitté ta route?
Que peuvent tous nos vers pour rendre la beauté,
Que peuvent de vains mots sans dessin arrêté,
Et l'épithète creuse et la rime incolore?
Ah! combien je regrette et comme je déplore
De ne plus être peintre, en te voyant ainsi
A *Mosé*, dans ta loge, ô Julia Grisi!

1838.

APRÈS LE BAL

Adieu, puisqu'il le faut, adieu, belle nuit blanche,
Nuit d'argent, plus sereine et plus douce qu'un jour!
Ton page noir est là, qui, le poing sur la hanche,
Tient ton cheval en bride et t'attend dans la cour.

Aurora, dans le ciel que brunissaient tes voiles,
Entr'ouvre ses rideaux avec ses doigts rosés;
O nuit, sous ton manteau tout parsemé d'étoiles,
Cache tes bras de nacre au vent froid exposés.

Le bal s'en va finir. Renouez, heures brunes,
Sur vos fronts parfumés vos longs cheveux de jais.
N'entendez-vous pas l'aube aux rumeurs importunes
Qui halète à la porte et souffle son air frais!

Le bal est enterré. Cavaliers et danseuses,
Sur la tombe du bal jetez à pleines mains
Vos colliers défilés, vos parures soyeuses,
Vos blancs camélias et vos pâles jasmins.

Maintenant c'est le jour. La veille après le rêve;
La prose après les vers : c'est le vide et l'ennui;
C'est une bulle encor qui dans les mains nous crève,
C'est le plus triste jour de tous, c'est aujourd'hui.

O Temps! que nous voulons tuer et qui nous tues,
Vieux porte-faux, pourquoi vas-tu traînant le pied,
D'un pas lourd et boiteux, comme vont les tortues,
Quand sur nos fronts blêmis le spleen anglais s'assied?

Et lorsque le bonheur nous chante sa fanfare,
Vieillard malicieux, dis-moi, pourquoi cours-tu
Comme devant les chiens court un cerf qui s'effare,
Comme un cheval que fouille un éperon pointu?

Hier, j'étais heureux. J'étais! Mot doux et triste!
Le bonheur est l'éclair qui fuit sans revenir.
Hélas! et pour ne pas oublier qu'il existe,
Il le faut embaumer avec le souvenir.

J'étais; je ne suis plus; toute la vie humaine
Résumée en deux mots, de l'onde et puis du vent.
Mon Dieu! n'est-il donc pas de chemin qui ramène
Au bonheur d'autrefois regretté si souvent?

Derrière nous le sol se crevasse et s'effondre.
Nul ne peut retourner. Comme un maigre troupeau
Que l'on mène au boucher, ne pouvant plus le tondre,
La vieille Mob nous pousse à grand train au tombeau.

Certe, en mes jeunes ans, plus d'un bal doit éclore,
Plein d'or et de flambeaux, de parfums et de bruit,
Et mon cœur effeuillé peut refleurir encore;
Mais ce ne sera pas mon bal de l'autre nuit.

Car j'étais avec toi. Tous deux seuls dans la foule,
Nous faisant dans notre âme une chaste oasis,
Et, comme deux enfants au bord d'une eau qui coule,
Voyant onder le bal, l'un contre l'autre assis.

Je ne pouvais savoir, sous le satin du masque,
De quelle passion ta figure vivait,
Et ma pensée, au vol amoureux et fantasque,
Réalisait en toi tout ce qu'elle rêvait.

Je nuançais ton front des pâleurs de l'agate,
Je posais sur ta bouche un sourire charmant,
Et sur ta joue en fleur la pourpre délicate
Qu'en s'envolant au ciel laisse un baiser d'amant.

Et peut-être qu'au fond de ta noire prunelle
Une larme brillait au lieu d'éclair joyeux,
Et, comme sous la terre une onde qui ruisselle,
S'écoulait sous le masque invisible à mes yeux.

Peut-être que l'ennui tordait ta lèvre aride,
Et que chaque baiser avait mis sur ta peau,
Au lieu de marque rose, une tache livide
Comme on en voit aux corps qui sont dans le tombeau.

Car si la face humaine est difficile à lire,
Si déjà le front nu ment à la passion,
Qu'est-ce donc, quand le masque est double? Comment dire
Si vraiment la pensée est sœur de l'action?

Et cependant, malgré cette pensée amère,
Tu m'as laissé, cher bal, un souvenir charmant;
Jamais rêve d'été, jamais blonde chimère,
Ne m'ont entre leurs bras bercé plus mollement.

Je crois entendre encor tes rumeurs étouffées,
Et voir devant mes yeux, sous ta blanche lueur,
Comme au sortir du bain, les péris et les fées,
Luire des seins d'argent et des cols en sueur.

Et je sens sur ma bouche une amoureuse haleine,
Passer et repasser comme une aile d'oiseau,
Plus suave en odeur que n'est la marjolaine
Ou le muguet des bois au temps du renouveau.

O nuit! aimable nuit! sœur de Luna la blonde,
Je ne veux plus servir qu'une déesse au ciel,
Endormeuse des maux et des soucis du monde;
J'apporte à ta chapelle un pavot et du miel.

Nuit, mère des festins, mère de l'allégresse,
Toi qui prêtes le pan de ton voile à l'Amour,
Fais-moi, sous ton manteau, voir encore ma maîtresse,
Et je brise l'autel d'Apollo dieu du jour.

1834.

TOMBÉE DU JOUR

Le jour tombait, une pâle nuée
Du haut du ciel laissait nonchalamment,
Dans l'eau du fleuve à peine remuée,
Tremper les plis de son blanc vêtement.

La nuit parut, la nuit morne et sereine,
Portant le deuil de son frère le jour,
Et chaque étoile à son trône de reine,
En habits d'or s'en vint faire sa cour.

On entendait pleurer les tourterelles,
Et les enfants rêver dans leurs berceaux;
C'était dans l'air comme un frôlement d'ailes,
Comme le bruit d'invisibles oiseaux.

Le ciel parlait à voix basse à la terre;
Comme au vieux temps ils parlaient en hébreu,
Et répétaient un acte de mystère;
Je n'y compris qu'un seul mot : c'était Dieu.

1834.

LA DERNIERE FEUILLE

Dans la forêt chauve et rouillée
Il ne reste plus au rameau
Qu'une pauvre feuille oubliée,
Rien qu'une feuille et qu'un oiseau.

Il ne reste plus dans mon âme
Qu'un seul amour pour y chanter,
Mais le vent d'automne qui brame
Ne permet pas de l'écouter;

L'oiseau s'en va, la feuille tombe,
L'amour s'éteint, car c'est l'hiver.
Petit oiseau, viens sur ma tombe
Chanter, quand l'arbre sera vert!

1857.

LE TROU DU SERPENT

Au long des murs, quand le soleil y donne,
Pour réchauffer mon vieux sang engourdi,
Avec les chiens, auprès du lazzarone,
Je vais m'étendre à l'heure de midi.

Je reste là sans rêve et sans pensée,
Comme un prodigue à son dernier écu.
Devant ma vie, aux trois quarts dépensée,
Déjà vieillard et n'ayant pas vécu.

Je n'aime rien, parce que rien ne m'aime,
Mon âme usée abandonne mon corps;
Je porte en moi le tombeau de moi-même,
Et suis plus mort que ne sont bien des morts.

Quand le soleil s'est caché sous la nue,
Devers mon trou je me traîne en rampant,
Et jusqu'au fond de ma peine inconnue
Je me retire aussi froid qu'un serpent.

1834

LES VENDEURS DU TEMPLE

I

Il est par les faubourgs un ramas de maisons
Dont les murs verts ont l'air de suer des poisons,
Et dont les pieds baignés d'eau croupie et de boue
Passent en puanteur l'odeur de la gadoue.
Rien n'est plus triste à voir, dans ce vilain Paris,
Entre le ciel tout jaune et le pavé tout gris,
Que ne sont ces maisons laides et rechignées.
Les carreaux y sont faits de toiles d'araignées;
Le toit pleure toujours comme un œil chassieux;
Les murs, bâtis d'hier, semblent déjà tout vieux,
Pas un seul pan d'aplomb, pas une pierre égale,
Ils sont tous bourgeonnés, pleins de lèpre et de gale,
Pareils à des vieillards de débauche pourris,
Ruines sans grandeur et dignes de mépris.
Un bâton, comme un bras que la maigreur décharne,
Un lange sale au poing sort de chaque lucarne.
Ce ne sont sur le bord des fenêtres que pots,
Matelas à sécher, guenilles et drapeaux,
Si que chaque maison, dépassant ses murailles,
A l'air d'un ventre ouvert dont coulent les entrailles.

Des hommes vivent là, dans leur fange abrutis;
Leurs femmes mettent bas, et leur font des petits

Qui grouillent aussitôt sous les pieds de leurs pères,
Comme sous un fumier grouille un nœud de vipères.
Dans la plus noire ordure, au milieu des ruisseaux,
On les voit barboter, pareils à des pourceaux;
On les voit scrofuleux, noués et culs-de-jattes,
Comme un crapaud blessé qui saute sur trois pattes,
Descendre en trébuchant quelque roide escalier
Ou suivre tout en pleurs un coin de tablier.
D'autres, en vagissant d'une bouche flétrie,
Sucent une mamelle épuisée et tarie,
Et les mères s'en vont chantant d'une aigre voix
Un ignoble refrain en ignoble patois.
Quant aux hommes, ils sont partis à la maraude:
A peine verrez-vous quelque fiévreux qui rôde,
Le corps entortillé dans un pâle lambeau,
Plus jaune et plus osseux qu'un mort sous le tombeau.
Aucun soleil jamais ne dore ces fronts hâves,
Nul rayon ne descend en ces affreuses caves,
Et n'y jette à travers la noire humidité
Un blond fil de lumière aux chauds jours de l'été.
Une odeur de prison et de maladrerie,
Je ne sais quel parfum de vieille juiverie
Vous écœure en entrant et vous saisit au nez.
Des vivants comme nous sont pourtant condamnés
A respirer cet air aux miasmes méphitiques,
Ainsi qu'en exhalaient les Avernes antiques.
Les belles fleurs de mai ne s'ouvrent pas pour eux,
C'est pour d'autres qu'en juin les cieux se font plus bleus;
Ils sont déshérités de toute la nature,
Pour apanage ils n'ont que fange et pourriture.
Ces hommes, n'est-ce pas, ont le sort bien mauvais?
Tout malheureux qu'ils sont, moi pourtant je les hais,
Et si j'ai fait jaillir de ma sombre palette,
Avec ses tons boueux cette ébauche incomplète,

Certes, ce n'était pas dans le dessein pieux
De sécher votre bourse et de mouiller vos yeux.
Dieu merci ! je n'ai pas tant de philanthropie,
Et je dis anathème à cette race impie.

II

Entrez dans leurs taudis. Parmi tous ces haillons,
Vous verrez s'allumer de flamboyants rayons.
Moins l'aile et le bec d'aigle, ils sont en tout semblables
Aux avares griffons dont nous parlent les fables,
Et veillent accroupis, sans cligner leurs yeux verts,
Sur de gros monceaux d'or de fumier recouverts.
Pour y chercher de l'or ils vous fendraient le ventre;
Pour l'or ils perceraient la terre jusqu'au centre,
Ils iraient dans le ciel, de leurs marteaux hardis,
Arracher vos clous d'or, portes du paradis,
Et pour les faire fondre en leurs cavernes noires,
Anges et chérubins, ils vous prendraient vos gloires.

Non que l'or soit pour eux ce qu'il serait pour nous,
Un moyen d'imposer ses volontés à tous,
Et de faire fleurir sa libre fantaisie
Comme un lotus qui s'ouvre au chaud pays d'Asie.
L'or, ce n'est pas pour eux des châteaux au soleil,
Un voyage lointain sous un ciel plus vermeil,
Un sérail à choisir, de belles courtisanes
Baignant de noirs cheveux leurs tempes diaphanes,
Des coureurs de pur sang, une meute de chiens,
Une collection de grands maîtres anciens,
L'impérial tokay, côte à côte en sa cave,
Avec les pleurs de Christ sur leur natale lave.

L'or, ce n'est pas pour eux la clef de l'idéal,
L'anneau de Salomon, le talisman fatal,
Qui, forçant à venir les démons et les anges,
Fait les réalités de nos rêves étranges.
Ils aiment l'or pour l'or : c'est là leur passion;
Le seul bonheur pour eux, c'est la possession;
Comme un vieil impuissant aime une jeune fille,
Quoiqu'ils n'en fassent rien, ils aiment l'or qui brille.
Et voudraient sous leurs dents, pour grossir leur trésor,
Pouvoir, comme Midas, changer le pain en or.

Les choses de ce monde et les choses divines,
Les plus grands souvenirs, les plus saintes ruines,
Ils ne respectent rien et vont détruisant tout.
Ils jettent sans pitié dans le creuset qui bout,
Avec leurs cercueils peints et dorés, les momies
Des générations dans le temps endormies.
Ils brûlent le passé pour avoir ce peu d'or
Qu'aux plis de son manteau les ans laissaient encor.
Chandeliers de l'autel, vases du sacrifice,
Ouvrages merveilleux pleins d'art et de caprice,
Cadres et bas-reliefs aux fantasques dessins,
L'ange du tabernacle et les châsses des saints,
Les beaux lambris d'église et les stalles sculptées
Gisent au fond des cours à pleines charretées;
Pour cuire leur pâture ils n'ont pas d'autre bois
Que des débris d'autel et des morceaux de croix.
C'est un bûcher doré qui chauffe leur cuisine,
Cependant qu'accroupie au coin du feu Lésine,
Les yeux caves, le teint plus pâle qu'un citron,
Tourne un maigre brouet au fond d'un grand chaudron.
L'épine de son dos est collée à son ventre,
Son épaule est convexe et sa poitrine rentre,
Elle a des sourcils gris mêlés de longs poils blancs;

Comme un bissac de pauvre, à chacun de ses flancs
Sa mamelle s'allonge et passe la ceinture;
On peut compter les fils de sa robe de bure,
Et, quoiqu'elle soit riche à payer vingt palais,
Ses manches laissent voir ses coudes violets;
Elle claque du bec comme fait la cigogne,
Et, quand elle remue et vaque à sa besogne,
On entend ses os secs à chaque mouvement,
Comme un gond mal graissé, rendre un sourd grincement.

III

Ah! race de corbeaux, ignoble bande noire,
Hyènes du passé, vrais chacals de l'histoire,
C'est vous qui disputez, dans les tombeaux ouverts,
Pour prendre leur linceul, les trépassés aux vers,
Et qui ne laissez pas debout une colonne
Sur la fosse d'un siècle où pendre sa couronne.
Par la vie et la mort, par l'enfer et le ciel,
Par tout ce que mon cœur peut contenir de fiel,
Soyez maudits!
Jamais déluge de Barbares,
Ni Huns, ni Visigoths, ni Russes, ni Tartares,
Non, Genseric jamais, non, jamais Attila,
N'ont fait autant de mal que vous en faites là.
Quand ils eurent tué la ville aux sept collines,
Ils laissèrent au corps son linceul de ruines.
Ils détruisaient, car telle était leur mission,
Mais ne spéculaient pas sur leur destruction.

C'est vous qui perdez l'art et par qui les statues
Près de leurs piédestaux moisissent abattues!

Destructeurs endiablés, c'est vous dont le marteau
Laisse une cicatrice au front de tout château ;
C'est vous qui décoiffez toutes nos métropoles,
Et, comme on prend un casque, enlevez leurs coupoles;
Vous qui déshabillez les saintes et les saints,
Qui, pour avoir le plomb, cassez les vitraux peints
Et rompez les clochers, comme une jeune fille
Entre ses doigts distraits rompt une frêle aiguille;
C'est à cause de vous que l'on dit des Français :
Ils brisent leur passé : c'est un peuple mauvais.
Encor, si vous étiez la vieille bande noire!
Mais vous êtes venus bien après la victoire.
Vous becquetez le corps que d'autres ont tué;
Vous avez attendu que sa chair ait pué,
Avant que de tomber sur le géant à terre,
Vautours du lendemain! Dans le champ solitaire,
Par une nuit sans lune, où le firmament noir
N'avait pas un seul œil entr'ouvert pour vous voir,
Vous avez abattu votre vol circulaire
Et porté tout joyeux la charogne à votre aire.
Les bons et braves chiens, lorsque le cerf est mort,
S'en vont. Toute la meute arrive alors et mord,
Mêlant ses vils abois à la trompe de cuivre,
Le noble cerf dix cors, qu'à peine elle osait suivre;
Et les bassets trapus, arrivés les derniers,
Ont de plus gros morceaux que n'en ont les premiers.
Vous êtes les bassets. Vous mangez la curée
Par les chiens courageux aux lâches préparée.
Quand les guerriers ont fait, les goujats vont au corps,
Et dérobent l'argent dans les poches des morts.

O fille de Satan, ô toi, la vieille bande,
Comme ta mission, tu fus horrible et grande.
Je ne sais quelle rude et sombre majesté

Drape sinistrement ta monstruosité;
Une fauve auréole autour de toi rayonne
Et ton bonnet sanglant luit comme une couronne.
Des nerfs herculéens se tordent à tes bras;
L'airain, comme un gravier, se creuse sous ton pas;
Sur le marbre, en courant, tu laisses des empreintes,
Et le monde ébranlé craque dans tes étreintes.
C'est toi qui commenças ce périlleux duel
Du peuple avec le roi, de la terre et du ciel;
Et quand tu secouais, de tes mains insensées,
Les croix sur les clochers, si près de Dieu dressées,
On croyait que le Christ, par les pieds et le flanc,
En signe de douleur allait pleurer le sang;
On croyait voir s'ouvrir la bouche de sa plaie
Et reluire à son front une auréole vraie,
Et l'on fut bien surpris que ton bras et ton poing,
Après l'avoir frappé, ne se séchassent point.
Tout le monde attendait un grand coup de tonnerre,
Comme au saint vendredi quand l'on baise la terre;
On ignorait comment Dieu prendrait tout cela,
Et quel foudre il gardait à ces insultes-là.
Nulle voix ne sortit du fond du tabernacle,
Le ciel pour se venger ne fit aucun miracle;
Et, comme dans les bois fait un essaim d'oiseaux,
Les anges effarés quittèrent leurs arceaux;
Mais tu ne savais pas si dans les nefs désertes
Tu n'allais pas trouver, avec leurs plumes vertes,
Leur œil de diamant et leurs lances de feu,
A cheval sur l'éclair, les milices de Dieu.
La première et sans peur tu mis la main sur l'arche,
Et tes enfants perdus allèrent droit leur marche,
Sans savoir si le sol tout d'un coup sous leurs pas
En entonnoir d'enfer ne se creuserait pas.
Tu fus la poésie et l'idéal du crime;

Tu détrônais Jésus de son gibet sublime,
Comme Louis Capet de son fauteuil de roi.
La vieille monarchie avec la vieille foi
Râlait entre tes bras, toute bleue et livide,
Comme autrefois Antée aux bras du grand Alcide.
Et le Christ et le roi, sous tes puissants efforts,
Du trône et de l'autel tous deux sont tombés morts.
Au seul bruit de tes pas les noires basiliques
Tremblotaient de frayeur sous leurs chapes gothiques;
Leurs genoux de granit sous elles se ployaient,
Les tarasques sifflaient, les guivres aboyaient;
Le dragon se tordant au bout de la gouttière
Tâchait de dégager ses ailerons de pierre;
Les anges et les saints pleuraient dans les vitraux;
Les morts, se retournant au fond de leurs tombeaux,
Demandaient: «Qu'est-ce donc?» à leurs voisins plus blêmes,
Et les cloches des tours se brisaient d'elles-mêmes.
Quand tu manquais de rois à jeter à tes chiens,
Tu forçais Saint-Denis à te rendre les siens;
Tu descendais sans peur sous les funèbres porches.
Les spectres, éblouis aux lueurs de tes torches,
Fuyaient échevelés en poussant des clameurs.
Troublés dans leur sommeil, tous ces pâles dormeurs,
Rêvant d'éternité, pensaient l'heure venue,
Où le Christ doit juger les hommes sur sa nue;
Et, quand tu soulevais de ton doigt curieux
Leur paupière embaumée afin de voir leurs yeux,
Certes ils pouvaient croire à ton rire sauvage,
A l'air fauve et cruel de ton hideux visage,
Qu'ils étaient bien damnés, et qu'un diable d'enfer
Venait les emporter dans ses griffes de fer.
L'épouvante crispait leur bouche violette,
Ils joignaient, pour prier, leurs deux mains de squelette,
Mais tu les retuais sans plus sentir d'effroi

Que pour guillotiner un véritable roi.
Tes rêves n'étaient pas hantés de noirs fantômes;
Toutes les sommités, têtes de rois et dômes,
Devaient fatalement tomber sous ton marteau,
Et tu n'avais pas plus de remords qu'un couteau;
Tu n'étais que le bras de la nouvelle idée,
Et le sang comme l'eau, sur ta robe inondée,
Coulait et te faisait une pourpre à ton tour.
O tueuse de rois, souveraine d'un jour!
Tes forfaits étaient noirs et grands comme l'abime,
Mais tu gardais au moins la majesté du crime,
Mais tu ne grattais pas la dorure des croix,
Et, si tu profanais les cadavres des rois,
C'était pour te venger et non pas pour leur prendre
Les anneaux de leurs doigts ni pour les aller vendre!

A UN JEUNE TRIBUN

Ami, vous avez beau, dans votre austérité,
N'estimer chaque objet que par l'utilité,
Demander tout d'abord à quoi tendent les choses
Et les analyser dans leurs fins et leurs causes;
Vous avez beau vouloir vers ce pôle commun
Comme l'aiguille au nord faire tourner chacun;
Il est dans la nature, il est de belles choses,
Des rossignols oisifs, de paresseuses roses,
Des poëtes rêveurs et des musiciens
Qui s'inquiètent peu d'être bons citoyens,
Qui vivent au hasard et n'ont d'autre maxime,
Sinon que tout est bien pourvu qu'on ait la rime,
Et que les oiseaux bleus, penchant leurs cols pensifs,
Écoutent le récit de leurs amours naïfs.
Il est de ces esprits qu'une façon de phrase,
Un certain choix de mots tient un jour en extase,
Qui s'enivrent de vers comme d'autres de vin
Et qui ne trouvent pas que l'art soit creux et vain.
D'autres seront épris de la beauté du monde
Et du rayonnement de la lumière blonde;
Ils resteront des mois assis devant des fleurs,
Tâchant de s'imprégner de leurs vives couleurs;
Un air de tête heureux, une forme de jambe,

Un reflet qui miroite, une flamme qui flambe,
Il ne leur faut pas plus pour les faire contents.
Qu'importent à ceux-là les affaires du temps
Et le grave souci des choses politiques?
Quand ils ont vu quels plis font vos blanches tuniques,
Et comment sont coupés vos cheveux blonds ou bruns,
Que leur font vos discours, magnanimes tribuns?
Vos discours sont très-beaux, mais j'aime mieux des roses.
Les antiques Vénus, aux gracieuses poses,
Que l'on voit, étalant leur sainte nudité,
Réaliser en marbre un rêve de beauté,
Ont plus fait, à mon sens, pour le bonheur du monde,
Que tous ces vains travaux où votre orgueil se fonde;
Restez assis plutôt que de perdre vos pas.
Le lis ne file pas et ne travaille pas;
Il lui suffit d'avoir la blancheur éclatante,
Il jette son parfum et cela le contente.
Dans sa coupe il réserve aux voyageurs du ciel
Une perle de pluie, une goutte de miel,
Et la sylphide, au bal d'Obéron invitée,
Se taille dans sa feuille une robe argentée.
Qui de vous osera lui dire : Paresseux!
Parce qu'il ne fait pas de chemises pour ceux
Qui, grelottant de froid, et les chairs toutes rouges,
Se cachent en hiver sous la paille des bouges,
Et qu'il ne pétrit pas de ses doigts blancs du pain
A tous les malheureux qui vont criant la faim?
Qui donc dira cela, que toute chose belle,
Femme, musique ou fleur, ne porte pas en elle
Et son enseignement et sa moralité?
Comment pourrons-nous croire à la Divinité
Si nous n'écoutons pas le rossignol qui chante,
Si nous n'en voyons pas une preuve touchante
Dans la suave odeur qu'envoie au ciel, le soir,

La fleur de la vallée avec son encensoir?
Qui douterait de Dieu devant de belles femmes?
Ah! veillons sur nos cœurs et fermons bien nos âmes,
Laissons tourner le monde et les choses aller;
Sans que nous la poussions, la terre peut rouler,
Et nous pouvons fort bien retirer notre épaule,
Sans faire choir le ciel et déranger le pôle.
Se croire le pivot de la création
Est une erreur commune à toute ambition;
L'on est persuadé qu'on est indispensable
Et l'on ne pèse pas le poids d'un grain de sable
Aux balances d'airain des grands événements.
L'on tombe chaque jour en des étonnements
A voir quel peu d'écume au torrent de l'abîme
Fait un homme jeté de la plus haute cime,
Et comme en peu de temps, pour grand qu'il ait passé,
Par le premier qui vient on le voit remplacé.
Nos agitations ne laissent pas de trace:
C'est la bulle sur l'eau qui crève et qui s'efface;
En vain l'on se roidit. Toujours, d'un flot égal,
Le fleuve à travers tout court au gouffre fatal,
Et dans l'éternité mystérieuse et noire
Entraîne ce gravier que l'on nomme l'histoire.
Quand votre nom serait creusé dans le rocher,
L'intarissable flot qui semble le lécher,
Ainsi qu'un chien soumis qui veut flatter son maître,
De sa langue d'azur le fera disparaître,
Et, si profondément qu'ait fouillé le ciseau,
Le rocher à coup sûr durera moins que l'eau.
Et vous, mon jeune ami, tête sereine et blonde,
A la fleur de vos ans pourquoi tenter une onde
Qui jamais n'a rendu le vaisseau confié?
Où retrouverez-vous le temps sacrifié,
Et ce qu'a de votre âme emporté sur son aile

Des révolutions la tempête éternelle?
Pourquoi, tout en sueur, sous le soleil de plomb,
Le siroco soufflant, suivre un chemin si long,
Et traverser à pied ce grand désert de prose,
Quand le ciel est d'un bleu d'outremer, quand la rose
Offre candidement sa bouche à vos baisers,
A l'âge où les bonheurs sont tellement aisés,
Que c'en est un déjà d'être au monde et de vivre?
De ses parfums ambrés le printemps vous enivre,
La fleur aux doux yeux bleus vous lorgne avec amour;
Les oiseaux de leurs nids vous donnent le bonjour,
Et la fée amoureuse, afin de vous séduire,
Se baigne devant vous dans la source, et fait luire
A travers les roseaux, sous le flot argentin,
Son épaule de nacre et son dos de satin.
Mais, sourd à tout cela comme un anachorète,
Vous foulez sans pitié la pauvre violette;
La fée en soupirant rattache ses cheveux,
Rouge d'avoir pour rien fait les premiers aveux,
Et reprend tristement ses habits sur les branches.
Si vous aviez voulu, quatre licornes blanches
Au pays d'Avalun vous auraient emporté;
Dans les tourelles d'or d'un palais enchanté
Vous auriez vu passer votre vie en doux rêves :
Mais non; sur les cailloux, sur le sable des grèves,
Sur les éclats de verre et les tessons cassés,
A travers les débris des trônes renversés,
Vous avez préféré, faussant votre nature,
Pieds nus et dans la nuit, marcher à l'aventure;
Vous avez oublié les sentiers d'autrefois,
Et vous ne suivez plus la rêverie au bois :
Tout ce qui vous charmait vous semble choses vaines;
Vous fermez votre oreille au babil des fontaines,
Et diriez volontiers : Silence! au rossignol.

Le front tout soucieux et penché vers le sol,
Vous passez sans répondre au gai salut des merles.
Où donc est-il ce temps où vous comptiez les perles
Et les beaux diamants aux éclairs diaprés
Que répand le matin sur le velours des prés?
Avec un soin plus grand que pour des pierres fines,
Vous enleviez aux fleurs les gouttes argentines;
Vous preniez pour cordon un brin de ce fil blanc
Que la Vierge des cieux laisse choir en filant,
Et vous en composiez, enfantines merveilles,
Des colliers à trois rangs et des pendants d'oreilles.
Quel crime ont donc commis ces chers coquelicots,
Qui, passant leur front rouge entre les blés égaux,
Au revers du sillon, de leurs petites langues,
Vous faisaient autrefois de si belles harangues?
De votre négligence ils sont tout attristés
Et se plaignent au vent de n'être plus chantés.
C'est en vain que juillet les convie à sa fête;
Ainsi que des vieillards ils vont courbant la tête,
Et s'ils pouvaient noircir ils se mettraient en deuil.
Les bluets désolés ont tous la larme à l'œil,
Car ils vous pensent mort et ne peuvent pas croire
Que vous ayez perdu si vite la mémoire
Des entretiens naïfs et des charmants amours
Que vous aviez ensemble au midi des beaux jours!
Ami, vous étiez fait pour chanter sous le hêtre,
Comme le doux berger que Mantoue a vu naître,
La blonde Amaryllis en couplets alternés.
De sauvages odeurs vos vers tout imprégnés
Sentent le serpolet, le thym et la framboise;
A vos molles chansons le bouvreuil s'apprivoise,
Et, tout émerveillé, du sommeil des ormeaux
Descend de branche en branche et vient sur vos pipeaux.
Ne faites pas sortir le tonnerre des Gracques

D'une bouche formée aux chants élégiaques;
Laissez cette besogne aux orateurs braillards,
Qui, le pied sur la borne et les cheveux épars,
Jurent à six gredins, tout grouillants de vermine,
Qu'ils ont vraiment sauvé Rome de la ruine.
Rome se sauvera toute seule très-bien;
Ses destins sont écrits et nous n'y ferons rien.
Qui pourrait enrayer la fortune et sa roue?
Que le char de l'État s'enfonce dans la boue,
Ou, par les rangs pressés de ce bétail humain,
S'ouvre, en les écrasant, un plus large chemin,
Nous trouverons toujours dans l'ombre et sur la mousse
Quelque petit sentier, par une pente douce,
Regagnant le sommet d'un coteau séparé,
D'où l'œil se perd au fond d'un lointain azuré;
Et nous attendrons là que notre jour arrive,
Voyant de haut la mer se briser à la rive,
Et les vaisseaux là-bas palpiter sous le vent.
La Mort n'a pas besoin que l'on aille au-devant;
Marchands, hommes de guerre, orateurs et poëtes,
La Mort, de tout cela, fait de pareils squelettes;
Pour sa gerbe elle prend l'épi comme la fleur,
Et ne respecte rien, ni forme ni couleur;
Elle va, du coupant de sa courbe faucille,
Jetant bas le vieillard avec la jeune fille;
Elle fauche le champ de l'un à l'autre bout,
Et dans son grenier noir elle serre le tout.
A quoi bon s'efforcer jusques à perdre haleine,
Courir à droite, à gauche, et prendre tant de peine,
Quand peut-être le fer, près de notre sillon,
Se balance et fait luire un sinistre rayon?
Quelle chose est utile en ce monde où nous sommes?
Et, quand la vieille a mis en tas ses gerbes d'hommes,
Qui peut dire lequel était Napoléon

Ou l'obscur amoureux des roses du vallon?
Qui le décidera? L'existence est un songe
Où rien n'est sûr, sinon que le même ver ronge
Le corps du citoyen utile et positif
Et le corps du rêveur et du poëte oisif.
Entre la fleur qui s'ouvre et le cerveau qui pense,
Entre néant et rien quelle est la différence?

CHOC DE CAVALIERS

Hier il m'a semblé (sans doute j'étais ivre)
Voir sur l'arche d'un pont un choc de cavaliers
Tout cuirassés de fer, tout imbriqués de cuivre,
Et caparaçonnés de harnois singuliers.

Des dragons accroupis grommelaient sur leurs casques,
Des Méduses d'airain ouvraient leurs yeux hagards
Dans leurs grands boucliers aux ornements fantasques,
Et des nœuds de serpents écaillaient leurs brassards.

Par moment, du rebord de l'arcade géante,
Un cavalier blessé perdant son point d'appui,
Un cheval effaré tombait dans l'eau béante,
Gueule de crocodile entr'ouverte sous lui.

C'était vous, mes désirs, c'était vous, mes pensées,
Qui cherchiez à forcer le passage du pont,
Et vos corps tout meurtris sous leurs armes faussées,
Dorment ensevelis dans le gouffre profond.

LE POT DE FLEURS

Parfois un enfant trouve une petite graine,
Et tout d'abord, charmé de ses vives couleurs,
Pour la planter, il prend un pot de porcelaine
Orné de dragons bleus et de bizarres fleurs.

Il s'en va. La racine en couleuvres s'allonge,
Sort de terre, fleurit et devient arbrisseau;
Chaque jour, plus avant, son pied chevelu plonge
Tant qu'il fasse éclater le ventre du vaisseau.

L'enfant revient; surpris, il voit la plante grasse
Sur les débris du pot brandir ses verts poignards;
Il la veut arracher, mais la tige est tenace;
Il s'obstine, et ses doigts s'ensanglantent aux dards.

Ainsi germa l'amour dans mon âme surprise;
Je croyais ne semer qu'une fleur de printemps:
C'est un grand aloès dont la racine brise
Le pot de porcelaine aux dessins éclatants.

LE SPHINX

Dans le Jardin Royal où l'on voit les statues,
Une Chimère antique entre toutes me plaît;
Elle pousse en avant deux mamelles pointues,
Dont le marbre veiné semble gonflé de lait.

Son visage de femme est le plus beau du monde;
Son col est si charnu que vous l'embrasseriez;
Mais, quand on fait le tour, on voit sa croupe ronde,
On s'aperçoit qu'elle a des griffes à ses pieds.

Les jeunes nourrissons qui passent devant elle
Tendent leurs petits bras et veulent avec cris
Coller leur bouche ronde à sa dure mamelle;
Mais, quand ils l'ont touchée, ils reculent surpris,

C'est ainsi qu'il en est de toutes nos chimères:
La face en est charmante et le revers bien laid.
Nous leur prenons le sein, mais ces mauvaises mères
N'ont pas pour notre lèvre une goutte de lait.

PENSÉE DE MINUIT

Une minute encor, madame, et cette année,
Commencée avec vous, avec vous terminée,
  Ne sera plus qu'un souvenir.
Minuit : voilà son glas que la pendule sonne,
Elle s'en est allée en un lieu d'où personne
  Ne peut la faire revenir :

Quelque part, loin, bien loin, par delà les étoiles.
Dans un pays sans nom, ombreux et plein de voiles,
  Sur le bord du néant jeté ;
Limbes de l'impalpable, invisible royaume
Où va ce qui n'a pas de corps ni de fantôme,
  Ce qui n'est rien ayant été ;

Où va le son, où va le souffle, où va la flamme,
La vision qu'en rêve on perçoit avec l'âme,
  L'amour de notre cœur chassé ;
La pensée inconnue éclose en notre tête ;
L'ombre qu'en s'y mirant dans la glace on projette ;
  Le présent qui se fait passé ;

Un à-compte d'un an pris sur les ans qu'à vivre
Dieu veut bien nous prêter; une feuille du livre
Tournée avec le doigt du temps;
Une scène nouvelle à rajouter au drame,
Un chapitre de plus au roman dont la trame
S'embrouille d'instants en instants;

Un autre pas de fait dans cette route morne,
De la vie et du temps, dont la dernière borne,
Proche ou lointaine, est un tombeau;
Où l'on ne peut poser le pied qu'il ne s'enfonce;
Où de votre bonheur toujours à chaque ronce
Derrière vous reste un lambeau.

Du haut de cette année avec labeur gravie,
Me tournant vers ce moi qui n'est plus dans ma vie
Qu'un souvenir presque effacé,
Avant qu'il ne se plonge au sein de l'ombre noire,
Je contemple un moment, des yeux de la mémoire,
Le vaste horizon du passé.

Ainsi le voyageur, du haut de la colline,
Avant que tout à fait le versant qui s'incline
Ne les dérobe à son regard,
Jette un dernier coup d'œil sur les campagnes bleues
Qu'il vient de parcourir, comptant combien de lieues
Il a fait depuis son départ.

Mes ans évanouis à mes pieds se déploient
Comme une plaine obscure où quelques points chatoient
D'un rayon de soleil frappés:
Sur les plans éloignés qu'un brouillard d'oubli cache,
Une époque, un détail nettement se détache
Et revit à mes yeux trompés.

Ce qui fut moi jadis m'apparaît : silhouette
Qui ne ressemble plus au moi qu'elle répète;
Portrait sans modèle aujourd'hui ;
Spectre dont le cadavre est vivant ; ombre morte
Que le passé ravit au présent qu'il emporte;
Reflet dont le corps s'est enfui.

J'hésite en me voyant devant moi reparaître,
Hélas ! et j'ai souvent peine à me reconnaître
Sous ma figure d'autrefois.
Comme un homme qu'on met tout à coup en présence
De quelque ancien ami dont l'âge et dont l'absence
Ont changé les traits et la voix.

Tant de choses depuis, par cette pauvre tête,
Ont passé ! dans cette âme et ce cœur de poëte,
Comme dans l'aire des aiglons,
Tant d'œuvres que couva l'aile de ma pensée
Se débattent, heurtant leur coquille brisée
Avec leurs ongles déjà longs !

Je ne suis plus le même : âme et corps, tout diffère;
Hors le nom, rien de moi n'est resté ; mais qu'y faire ?
Marcher en avant, oublier.
On ne peut sur le temps reprendre une minute,
Ni faire remonter un grain après sa chute
Au fond du fatal sablier.

La tête de l'enfant n'est plus dans cette tête
Maigre, décolorée, ainsi que me l'ont faite
L'étude austère et les soucis.
Vous n'en trouveriez rien sur ce front qui médite
Et dont quelque tourmente intérieure agite
Comme deux serpents les sourcils.

Ma joue était sans plis, toute rose, et ma lèvre
Aux coins toujours arqués riait; jamais la fièvre
N'en avait noirci le corail.
Mes yeux, vierges de pleurs, avaient des étincelles
Qu'ils n'ont plus maintenant, et leurs claires prunelles
Doublaient le ciel dans leur émail.

Mon cœur avait mon âge, il ignorait la vie;
Aucune illusion, amèrement ravie,
Jeune, ne l'avait rendu vieux;
Il s'épanouissait à toute chose belle,
Et, dans cette existence encor pour lui nouvelle,
Le mal était bien, le bien mieux.

Ma poésie, enfant à la grâce ingénue,
Les cheveux dénoués, sans corset, jambe nue,
Un brin de folle avoine en main,
Avec son collier fait de perles de rosée,
Sa robe prismatique au soleil irisée,
Allait chantant par le chemin.

Et puis l'âge est venu qui donne la science,
J'ai lu Werther, René, son frère d'alliance;
Ces livres, vrais poisons du cœur,
Qui déflorent la vie et nous dégoûtent d'elle,
Dont chaque mot vous porte une atteinte mortelle;
Byron et son don Juan moqueur.

Ce fut un dur réveil : ayant vu que les songes
Dont je m'étais bercé n'étaient que des mensonges,
Les croyances, des hochets creux,
Je cherchai la gangrène au fond de tout, et, comme
Je la trouvai toujours, je pris en haine l'homme,
Et je devins bien malheureux.

La pensée et la forme ont passé comme un rêve.
Mais que fait donc le temps de ce qu'il nous enlève?
    Dans quel coin du chaos met-il
Ces aspects oubliés comme l'habit qu'on change,
Tous ces moi du même homme? et quel royaume étrange
    Leur sert de patrie ou d'exil?

Dieu seul peut le savoir; c'est un profond mystère;
Nous le saurons peut-être à la fin, car la terre
    Que la pioche jette au cercueil
Avec sa sombre voix explique bien des choses;
Des effets, dans la tombe, on comprend mieux les causes.
    L'éternité commence au seuil.

L'on voit... Mais veuillez bien me pardonner, madame,
De vous entretenir de tout cela. Mon âme,
    Ainsi qu'un vase trop rempli,
Déborde, laissant choir mille vagues pensées,
Et ces ressouvenirs d'illusions passées
    Rembrunissent mon front pâli.

Eh! que vous fait cela, dites-vous, tête folle,
De vous inquiéter d'une ombre qui s'envole?
    Pourquoi donc vouloir retenir,
Comme un enfant mutin, sa mère par la robe,
Ce passé qui s'en va? De ce qu'il vous dérobe
    Consolez-vous par l'avenir.

Regardez; devant vous l'horizon est immense.
C'est l'aube de la vie, et votre jour commence;
    Le ciel est bleu, le soleil luit.
La route de ce monde est pour vous une allée,
Comme celle d'un parc, pleine d'ombre et sablée:
    Marchez où le temps vous conduit.

Que voulez-vous de plus? tout vous rit, l'on vous aime.
Oh! vous avez raison, je me le dis moi-même,
    L'avenir devrait m'être cher;
Mais c'est en vain, hélas! que votre voix m'exhorte :
Je rêve, et mon baiser à votre front avorte,
    Et je me sens le cœur amer.

LA CHANSON DE MIGNON

Ange de poésie, ô vierge blanche et blonde,
Tu me veux donc quitter et courir par le monde?
Toi qui, voyant passer du seuil de la maison
Les nuages du soir sur le rouge horizon,
Contente d'admirer leurs beaux reflets de cuivre,
Ne t'es jamais surprise à les désirer suivre;
Toi, même au ciel d'été, par le jour le plus bleu,
Frileuse Cendrillon, tapie au coin du feu,
Quel grand désir te prend, ô ma folle hirondelle!
D'abandonner le nid et de déployer l'aile?

Ah! restons tous les deux près du foyer assis,
Restons; je te ferai, petite, des récits,
Des contes merveilleux, à tenir ton oreille
Ouverte avec ton œil tout le temps de la veille.
Le vent râle et se plaint comme un agonisant;
Le dogue réveillé hurle au bruit du passant;
Il fait froid : c'est l'hiver; la grêle à grand bruit fouett
Les carreaux palpitants; la rauque girouette
Comme un hibou criaille au bord du toit pointu.
Où veux-tu donc aller?

O mon maître, sais-tu
La chanson que Mignon chante à Wilhelm dans Gœthe?

« Ne la connais-tu pas la terre du poëte,
La terre du soleil où le citron mûrit,
Où l'orange aux tons d'or dans les feuilles sourit?
C'est là, maître, c'est là qu'il faut mourir et vivre,
C'est là qu'il faut aller, c'est là qu'il me faut suivre.

« Restons, enfant, restons : ce beau ciel toujours bleu,
Cette terre sans ombre et ce soleil de feu,
Brûleraient ta peau blanche et ta chair diaphane.
La pâle violette au vent d'été se fane;
Il lui faut la rosée et le gazon épais,
L'ombre de quelque saule, au bord d'un ruisseau frais;
C'est une fleur du Nord, et telle est sa nature.
Fille du Nord comme elle, ô frêle créature!
Que ferais-tu là-bas sur le sol étranger?
Ah! la patrie est belle et l'on perd à changer.
Crois-moi, garde ton rêve.

« Italie! Italie!
Si riche et si dorée, oh! comme ils t'ont salie!
Les pieds des nations ont battu tes chemins;
Leur contact a limé tes vieux angles romains,
Les faux dilettanti s'érigeant en artistes,
Les riches ennuyés et les rimeurs touristes,
Les petits lords Byrons fondent de toutes parts
Sur ton cadavre à terre, ô mère des Césars!
Ils s'en vont mesurant la colonne et l'arcade;
L'un se pâme au rocher et l'autre à la cascade:
Ce sont, à chaque pas, des admirations,
Des yeux levés en l'air et des contorsions.
Au moindre bloc informe et dévoré de mousse,
Au moindre pan de mur où le lentisque pousse,
On pleure d'aise, on tombe en des ravissements,
A faire de pitié rire les monuments.

L'un avec son lorgnon, collant le nez aux fresques,
Tâche de trouver beaux tes damnés gigantesques,
O pauvre Michel-Ange, et cherche en son cahier
Pour savoir si c'est là qu'il doit s'extasier ;
L'autre, plus amateur de ruines antiques,
Ne rêve que frontons, corniches et portiques,
Baise chaque pavé de la Via-Lata,
Ne croit qu'en Jupiter et jure par Vesta.
De mots italiens fardant leurs rimes blêmes,
Ceux-ci vont arrangeant leur voyage en poëmes,
Et sur de grands tableaux font de petits sonnets :
Artistes et dandys, roturiers, baronnets,
Chacun te tire aux dents, belle Italie antique,
Afin de remporter un pan de ta tunique !

« Restons, car au retour on court risque souvent
De ne retrouver plus son vieux père vivant,
Et votre chien vous mord, ne sachant plus connaître
Dans l'étranger bruni celui qui fut son maître :
Les cœurs qui vous étaient ouverts se sont fermés,
D'autres en ont la clef, et, dans vos mieux aimés,
Il ne reste de vous qu'un vain nom qui s'efface.
Lorsque vous revenez vous n'avez plus de place :
Le monde où vous viviez s'est arrangé sans vous,
Et l'on a divisé votre part entre tous.
Vous êtes comme un mort qu'on croit au cimetière,
Et qui, rompant un soir le linceul et la bière,
Retourne à sa maison croyant trouver encor
Sa femme tout en pleurs et son coffre plein d'or ;
Mais sa femme a déjà comblé la place vide,
Et son or est aux mains d'un héritier avide ;
Ses amis sont changés, en sorte que le mort,
Voyant qu'il a mal fait et qu'il est dans son tort,
Ne demandera plus qu'à rentrer sous la terre

Pour dormir sans réveil dans son lit solitaire.
C'est le monde. Le cœur de l'homme est plein d'oubli :
C'est une eau qui remue et ne garde aucun pli.
L'herbe pousse moins vite aux pierres de la tombe
Qu'un autre amour dans l'âme, et la larme qui tombe
N'est pas séchée encor, que la bouche sourit,
Et qu'aux pages du cœur un autre nom s'écrit.

« Restons pour être aimés, et pour qu'on se souvienne
Que nous sommes au monde ; il n'est amour qui tienne
Contre une longue absence : oh ! malheur aux absents !
Les absents sont des morts et, comme eux, impuissants.
Dès qu'aux yeux bien aimés votre vue est ravie,
Rien ne reste de vous qui prouve votre vie ;
Dès que l'on n'entend plus le son de votre voix,
Que l'on ne peut sentir le toucher de vos doigts,
Vous êtes mort ; vos traits se troublent et s'effacent
Au fond de la mémoire, et d'autres les remplacent.
Pour qu'on lui soit fidèle il faut que le ramier
Ne quitte pas le nid et vive au colombier.
Restons au colombier. Après tout, notre France
Vaut bien ton Italie, et, comme dans Florence,
Rome, Naple ou Venise, on peut trouver ici
De beaux palais à voir et des tableaux aussi.
Nous avons des donjons, de vieilles cathédrales
Aussi haut que Saint-Pierre élevant leurs spirales ;
Notre-Dame tendant ses deux grands bras en croix,
Saint-Severin dardant sa flèche entre les toits,
Et la Sainte-Chapelle aux minarets mauresques,
Et Saint-Jacques hurlant sous ses monstres grotesques ;
Nous avons de grands bois et des oiseaux chanteurs,
Des fleurs embaumant l'air de divines senteurs,
Des ruisseaux babillards dans de belles prairies,
Où l'on peut suivre en paix ses chères rêveries ;

Nous avons, nous aussi, des fruits blonds comme miel,
Des archipels d'argent aux flots de notre ciel,
Et ce qui ne se trouve en aucun lieu du monde,
Ce qui vaut mieux que tout, ô belle vagabonde,
Le foyer domestique, ineffable en douceurs,
Avec la mère au coin et les petites sœurs,
Et le chat familier qui se joue et se roule,
Et, pour hâter le temps quand goutte à goutte il coule,
Quelques anciens amis causant de vers et d'art,
Qui viennent de bonne heure et ne s'en vont que tard. »

1833

ROMANCE

I

Au pays où se fait la guerre
Mon bel ami s'en est allé ;
Il semble à mon cœur désolé
Qu'il ne reste que moi sur terre!
En partant, au baiser d'adieu,
Il m'a pris mon âme à ma bouche.
Qui le tient si longtemps, mon Dieu !
Voilà le soleil qui se couche,
Et moi, toute seule en ma tour,
J'attends encore son retour.

II

Les pigeons, sur le toit roucoulent,
Roucoulent amoureusement
Avec un son triste et charmant ;
Les eaux sous les grands saules coulent.
Je me sens tout près de pleurer ;
Mon cœur comme un lis plein s'épanche,

Et je n'ose plus espérer.
Voici briller la lune blanche,
Et moi, toute seule en ma tour,
J'attends encore son retour.

III

Quelqu'un monte à grands pas la rampe:
Serait-ce lui, mon doux amant?
Ce n'est pas lui, mais seulement
Mon petit page avec ma lampe.
Vents du soir, volez, dites-lui
Qu'il est ma pensée et mon rêve,
Toute ma joie et mon ennui.
Voici que l'aurore se lève,
Et moi, toute seule en ma tour,
J'attends encore son retour.

LE SPECTRE DE LA ROSE

Soulève ta paupière close
Qu'effleure un songe virginal;
Je suis le spectre d'une rose
Que tu portais hier au bal.
Tu me pris encore emperlée
Des pleurs d'argent de l'arrosoir,
Et parmi la fête étoilée
Tu me promenas tout le soir.

O toi qui de ma mort fus cause,
Sans que tu puisses le chasser,
Toute la nuit mon spectre rose
A ton chevet viendra danser.
Mais ne crains rien, je ne réclame
Ni messe ni *De profundis;*
Ce léger parfum est mon âme,
Et j'arrive du paradis.

Mon destin fut digne d'envie :
Pour avoir un trépas si beau,
Plus d'un aurait donné sa vie,
Car j'ai ta gorge pour tombeau,

Et sur l'albâtre où je repose
Un poëte avec un baiser
Écrivit : Ci-gît une rose
Que tous les rois vont jalouser.

1837.

LAMENTO

LA CHANSON DU PÊCHEUR

Ma belle amie est morte :
Je pleurerai toujours ;
Sous la tombe elle emporte
Mon âme et mes amours.
Dans le ciel, sans m'attendre,
Elle s'en retourna;
L'ange qui l'emmena
Ne voulut pas me prendre.
Que mon sort est amer!
Ah! sans amour, s'en aller sur la mer!

La blanche créature
Est couchée au cercueil.
Comme dans la nature
Tout me paraît en deuil!
La colombe oubliée
Pleure et songe à l'absent;
Mon âme pleure et sent
Qu'elle est dépareillée.
Que mon sort est amer!
Ah! sans amour, s'en aller sur la mer!

Sur moi la nuit immense
S'étend comme un linceul;
Je chante ma romance
Que le ciel entend seul.
Ah! comme elle était belle
Et comme je l'aimais!
Je n'aimerai jamais
Une femme autant qu'elle.
Que mon sort est amer!
Ah! sans amour, s'en aller sur la mer!

DÉDAIN

Une pitié me prend quand à part moi je songe
A cette ambition terrible qui nous ronge
De faire parmi tous reluire notre nom,
De ne voir s'élever par-dessus nous personne,
D'avoir vivant encor le nimbe et la couronne,
D'être salué grand comme Gœthe ou Byron.

Les peintres jusqu'au soir courbés sur leurs palettes,
Les amphions frappant leurs claviers, les poëtes,
Tous les blêmes rêveurs, tous les croyants de l'art,
Dans ces noms éclatants et saints sur tous les autres,
Prennent un nom pour Dieu, dont ils se font apôtres,
Un de vos noms, Shakspear, Michel-Ange ou Mozart !

C'est là le grand souci qui tous, tant que nous sommes,
Dans cet âge mauvais, austères jeunes hommes,
Nous fait le teint livide et nous cave les yeux ;
La passion du beau nous tient et nous tourmente,
La séve sans issue au fond de nous fermente,
Et de ceux d'aujourd'hui bien peu deviendront vieux.

De ces frêles enfants, la terreur de leur mère,
Qui s'épuisent en vain à suivre leur chimère,

Combien déjà sont morts! combien encor mourront!
Combien au beau moment, gloire, ô froide statue,
Gloire que nous aimons et dont l'amour nous tue,
Pâles, sur ton épaule ont incliné le front!

Ah! chercher sans trouver et suer sur un livre,
Travailler, oublier d'être heureux et de vivre;
Ne pas avoir une heure à dormir au soleil,
A courir dans les bois sans arrière-pensée;
Gémir d'une minute au plaisir dépensée,
Et faner dans sa fleur son beau printemps vermeil!

Jeter son âme au vent et semer sans qu'on sache
Si le grain sortira du sillon qui le cache,
Et si jamais l'été dorera le blé vert;
Faire comme ces vieux qui vont plantant des arbres,
Entassant des trésors et rassemblant des marbres,
Sans songer qu'un tombeau sous leurs pieds est ouvert!

Et pourtant chacun n'a que sa vie en ce monde,
Et pourtant du cercueil la nuit est bien profonde;
Ni lune, ni soleil: c'est un sommeil bien long;
Le lit est dur et froid; les larmes que l'on verse,
La terre les boit vite, et pas une ne perce,
Pour arriver à vous, le suaire et le plomb.

Dieu nous comble de biens, notre mère Nature
Rit amoureusement à chaque créature;
Le spectacle du ciel est admirable à voir;
La nuit a des splendeurs qui n'ont pas de pareilles;
Des vents tout parfumés nous chantent aux oreilles:
Vivre est doux, et pour vivre il ne faut que vouloir.

Pourquoi ne vouloir pas? Pourquoi? pour que l'on dise
Quand vous passez: « C'est lui! » Pour que dans une église,

Saint-Denis, Westminster, sous un pavé noirci,
On vous couche à côté de rois que le ver mange,
N'ayant pour vous pleurer qu'une figure d'ange
Et cette inscription : « Un grand homme est ici. »

En vérité c'est tout. — O néant ! ô folie !
Vouloir qu'on se souvienne alors que tout oublie.
Vouloir l'éternité lorsque l'on n'a qu'un jour !
Rêver, chercher le beau, fonder une mémoire,
Et forger un par un les rayons de sa gloire,
Comme si tout cela valait un mot d'amour !

1833.

CE MONDE-CI ET L'AUTRE

Vos premières saisons à peine sont écloses,
Enfant, et vous avez déjà vu plus de choses
Qu'un vieillard qui trébuche au seuil de son tombeau.
Tout ce que la nature a de grand et de beau,
Tout ce que Dieu nous fit de sublimes spectacles,
Les deux mondes ensemble avec tous leurs miracles...
Que n'avez-vous pas vu ? les montagnes, la mer,
La neige et les palmiers, le printemps et l'hiver,
L'Europe décrépite et la jeune Amérique ;
Car votre peau cuivrée aux ardeurs du tropique,
Sous le soleil en flamme et les cieux toujours bleus,
S'est faite presque blanche à nos étés frileux.
Votre enfance joyeuse a passé comme un rêve,
Dans la verte savane et sur la blonde grève ;
Le vent vous apportait des parfums inconnus ;
Le sauvage Océan baisait vos beaux pieds nus,
Et, comme une nourrice, au seuil de sa demeure,
Chante et jette un hochet au nouveau-né qui pleure,
Quand il vous voyait triste, il poussait devant vous
Ses coquilles de moire et son murmure doux
Pour vous laisser passer, jam-roses et lianes
Écartaient dans les bois leurs rideaux diaphanes ;

Les tamaniers en fleur vous prêtaient des abris;
Vous aviez pour jouer des nids de colibris ;
Les papillons dorés vous éventaient de l'aile,
L'oiseau-mouche valsait avec la demoiselle;
Les magnolias penchaient la tête en souriant,
La fontaine au flot clair s'en allait babillant;
Les bengalis coquets, se mirant à son onde,
Vous chantaient leur romance, et, seule et vagabonde,
Vous marchiez sans savoir par les petits chemins,
Un refrain à la bouche et des fleurs dans les mains !
Aux heures du midi, nonchalante créole,
Vous aviez le hamac et la sieste espagnole,
Et la bonne négresse aux dents blanches qui rit,
Chassant les moucherons d'auprès de votre lit.
Vous aviez tous les biens, heureuse créature,
La belle liberté dans la belle nature,
Et puis un grand désir d'inconnu vous a pris,
Vous avez voulu voir et la France et Paris.
La brise a du vaisseau fait onder la bannière,
Le vieux monstre Océan, secouant sa crinière
Et courbant devant vous sa tête de lion,
Sur son épaule bleue, avec soumission,
Vous a jusques aux bords de la France vantée,
Sans rugir une fois, fidèlement portée.
Après celles de Dieu, les merveilles de l'art
Ont étonné votre âme avec votre regard.
Vous avez vu nos tours, nos palais, nos églises,
Nos monuments tout noirs et nos coupoles grises,
Nos beaux jardins royaux, où, de Grèce venus,
Étrangers comme vous, frissonnent les dieux nus,
Notre ciel morne et froid, notre horizon de brume,
Où chaque maison dresse une gueule qui fume.
Quel spectacle pour vous, ô fille du soleil,
Vous toute brune encor de son baiser vermeil.

La pluie a ruisselé sur vos vitres jaunies,
Et, triste entre vos sœurs au foyer réunies,
En entendant pleurer les bûches dans le feu,
Vous avez regretté l'Amérique au ciel bleu,
Et la mer amoureuse avec ses tièdes lames
Qui se bordent d'argent et chantent sous les rames ;
Les beaux lataniers verts, les palmiers chevelus,
Les mangliers traînant leurs bras irrésolus ;
Toute cette nature orientale et chaude,
Où chaque herbe flamboie et semble une émeraude,
Et vous avez souffert, votre cœur a saigné,
Vos yeux se sont levés vers ce ciel gris baigné
D'une vapeur étrange et d'un brouillard de houille,
Vers ces arbres chargés d'un feuillage de rouille,
Et vous avez compris, pâle fleur du désert,
Que loin du sol natal votre arome se perd,
Qu'il vous faut le soleil et la blanche rosée
Dont vous étiez là-bas toute jeune arrosée ;
Les baisers parfumés des brises de la mer,
La place libre au ciel, l'espace et le grand air ;
Et, pour s'y renouer, l'hymne saint des poëtes
Au fond de vous trouva des fibres toutes prêtes ;
Au chœur mélodieux votre voix put s'unir ;
Le prisme du regret dorant le souvenir
De cent petits détails, de mille circonstances,
Les vers naissaient en foule et se groupaient par stances.
Chaque larme furtive échappée à vos yeux
Se condensait en perle, en joyaux précieux ;
Dans le rhythme profond, votre jeune pensée
Brillait plus savamment, chaque jour enchâssée ;
Vous avez pénétré les mystères de l'art,
Aussi, tout éplorée, avant votre départ,
Pour vous baiser au front, la belle poésie
Vous a parmi vos sœurs avec amour choisie ;

Pour dire votre cœur vous avez une voix.
Entre deux univers Dieu vous laissait le choix ;
Vous avez pris de l'un, heureux sort que le vôtre !
De quoi vous faire aimer et regretter dans l'autre

1835.

VERSAILLES

SONNET

Versailles, tu n'es plus qu'un spectre de cité ;
Comme Venise au fond de son Adriatique,
Tu traînes lentement ton corps paralytique,
Chancelant sous le poids de ton manteau sculpté.

Quel appauvrissement ! quelle caducité !
Tu n'es que surannée et tu n'es pas antique,
Et nulle herbe pieuse au long de ton portique
Ne grimpe pour voiler ta pâle nudité.

Comme une délaissée à l'écart, sous ton arbre,
Sur ton sein douloureux croisant tes bras de marbre,
Tu guettes le retour de ton royal amant

Le rival du soleil dort sous son monument ;
Les eaux de tes jardins à jamais se sont tues,
Et tu n'auras bientôt qu'un peuple de statues.

1837.

LA CARAVANE

SONNET

La caravane humaine au Sahara du monde,
Par ce chemin des ans qui n'a pas de retour,
S'en va traînant le pied, brûlée aux feux du jour,
Et buvant sur ses bras la sueur qui l'inonde.

Le grand lion rugit et la tempête gronde ;
A l'horizon fuyard, ni minaret, ni tour ;
La seule ombre qu'on ait, c'est l'ombre du vautour,
Qui traverse le ciel cherchant sa proie immonde.

L'on avance toujours, et voici que l'on voit
Quelque chose de vert que l'on se montre au doigt :
C'est un bois de cyprès, semé de blanches pierres.

Dieu, pour vous reposer, dans le désert du temps,
Comme des oasis, a mis les cimetières :
Couchez-vous et dormez, voyageurs haletants

DESTINÉE

SONNET

Comme la vie est faite ! et que le train du monde
Nous pousse aveuglément en des chemins divers !
Pareil au Juif maudit, l'un, par tout l'univers,
Promène sans repos sa course vagabonde ;

L'autre, vrai docteur Faust, baigné d'ombre profonde,
Auprès de sa croisée étroite, à carreaux verts,
Poursuit de son fauteuil quelques rêves amers,
Et dans l'âme sans fond laisse filer la sonde.

Eh bien ! celui qui court sur la terre était né
Pour vivre au coin du feu : le foyer, la famille,
C'était son vœu ; mais Dieu ne l'a pas couronné.

Et l'autre, qui n'a vu du ciel que ce qui brille
Par le trou du volet, était le voyageur.
Ils ont passé tous deux à côté du bonheur.

NOTRE-DAME

I

Las de ce calme plat, où, d'avance fanées,
Comme une eau qui s'endort, croupissent nos années ;
Las d'étouffer ma vie en un salon étroit,
Avec de jeunes fats et des femmes frivoles
Échangeant sans profit de banales paroles ;
Las de toucher toujours mon horizon du doigt,

Pour me refaire au grand et me rélargir l'âme,
Ton livre dans ma poche, aux tours de Notre-Dame,
Je suis allé souvent, Victor,
A huit heures, l'été, quand le soleil se couche,
Et que son disque fauve, au bord des toits qu'il touche,
Flotte comme un gros ballon d'or.

Tout chatoie et reluit ; le peintre et le poëte
Trouvent là des couleurs pour charger leur palette,
Et des tableaux ardents à vous brûler les yeux ;
Ce ne sont que saphirs, cornalines, opales,
Tons à faire trouver Rubens et Titien pâles ;
Ithuriel répand son écrin dans les cieux.

Cathédrales de brume aux arches fantastiques,
Montagnes de vapeurs, colonnades, portiques,
Par la glace de l'eau doublés ;
La brise qui s'en joue et déchire leurs franges
Imprime, en les roulant, mille formes étranges
Aux nuages échevelés.

Comme pour son bonsoir, d'une plus riche teinte
Le jour qui fuit revêt la cathédrale sainte,
Ébauchée à grands traits à l'horizon de feu ;
Et les jumelles tours, ces cantiques de pierre,
Semblent les deux grands bras que la ville en prière,
Avant de s'endormir, élève vers son Dieu.

Ainsi que sa patronne, à sa tête gothique
La vieille église attache une gloire mystique
Faite avec les splendeurs du soir ;
Les roses des vitraux en rouges étincelles
S'écaillent brusquement, et comme des prunelles
S'ouvrent toutes rondes pour voir.

La nef épanouie, entre ses côtes minces,
Semble un crabe géant faisant mouvoir ses pinces.
Une araignée énorme, ainsi que des réseaux
Jetant au front des tours, au flanc noir des murailles,
En fils aériens, en délicates mailles,
Ses tulles de granit, ses dentelles d'arceaux.

Aux losanges de plomb du vitrail diaphane,
Plus frais que les jardins d'Alcine ou de Morgane,
Sous un chaud baiser de soleil,
Bizarrement peuplés de monstres héraldiques,
Éclosent tout d'un coup cent parterres magiques
Aux fleurs d'azur et de vermeil.

Légendes d'autrefois, merveilleuses histoires
Écrites dans la pierre, enfers et purgatoires
Dévotement taillés par de naïfs ciseaux ;
Piédestaux du portail, qui pleurent leurs statues,
Par les hommes et non par le temps abattues,
Licornes, loups-garous, chimériques oiseaux ;

Dogues hurlant au bout des gouttières, tarasques,
Guivres et basilics, dragons et nains fantasques,
Chevaliers vainqueurs de géants,
Faisceaux de piliers lourds, gerbes de colonnettes,
Myriades de saints roulés en collerettes
Autour des trois porches béants,

Lancettes, pendentifs, ogives, trèfles grêles
Où l'arabesque folle accroche ses dentelles
Et son orfévrerie ouvrée à grand travail,
Pignons troués à jour, flèches déchiquetées,
Aiguilles de corbeaux et d'anges surmontées.
La cathédrale luit comme un bijou d'émail !

II

Mais qu'est-ce que cela ? Lorsque l'on a dans l'ombre
Suivi l'escalier svelte aux spirales sans nombre,
Et qu'on revoit enfin le bleu,
Le vide par-dessus et par-dessous l'abîme,
Une crainte vous prend, un vertige sublime
A se sentir si près de Dieu !

Ainsi que, sous l'oiseau qui s'y perche, une branche,
Sous vos pieds, qu'elle fuit, la tour frissonne et penche,
Le ciel ivre chancelle et valse autour de vous,

L'abîme ouvre sa gueule, et l'esprit du vertige,
Vous fouettant de son aile, en ricanant voltige
Et fait au front des tours trembler les garde-fous.

Les combles anguleux, avec leurs girouettes,
Découpent, en passant, d'étranges silhouettes
Au fond de votre œil ébloui,
Et dans le gouffre immense où le corbeau tournoie,
Bête apocalyptique, en se tordant aboie
Paris éclatant, inouï !

Oh ! le cœur vous en bat : dominer de ce faîte,
Soi, chétif et petit, une ville ainsi faite ;
Pouvoir d'un seul regard embrasser ce grand tout;
Debout, là-haut, plus près du ciel que de la terre,
Comme l'aigle planant, voir au sein du cratère,
Loin, bien loin, la fumée et la lave qui bout !

De la rampe, où le vent par les trèfles arabes,
En se jouant, redit les dernières syllabes
De l'hosanna du séraphin,
Voir s'agiter là-bas, parmi les brumes vagues,
Cette mer de maisons dont les toits sont les vagues ;
L'entendre murmurer sans fin !

Que c'est grand ! que c'est beau ! les frêles cheminées,
De leurs turbans fumeux en tout temps couronnées,
Sur le ciel de safran tracent leurs profils noirs,
Et la lumière oblique aux arêtes hardies,
Jetant de tous côtés de riches incendies,
Dans la moire du fleuve enchâsse cent miroirs

Comme en un bal joyeux un sein de jeune fille
Aux lueurs des flambeaux s'illumine et scintille
Sous les bijoux et les a'ours,

Aux lueurs du couchant l'eau s'allume, et la Seine
Berce plus de joyaux, certes, que jamais reine
        N'en porte à son col les grands jours.

Des aiguilles, des tours, des coupoles, des dômes
Dont les fronts ardoisés luisent comme des heaumes,
Des murs écartelés d'ombre et de clair, des toits
De toutes les couleurs, des résilles de rues,
Des palais étouffés où comme des verrues
S'accrochent des étaux et des bouges étroits!

Ici, là, devant vous, derrière, à droite, à gauche.
Des maisons! des maisons! le soir vous en ébauche
        Cent mille avec un trait de feu!
Sous le même horizon, Tyr, Babylone et Rome,
Prodigieux amas, chaos fait de main d'homme
        Qu'on pourrait croire fait par Dieu!

III

Et cependant, si beau que soit, ô Notre-Dame,
Paris ainsi vêtu de sa robe de flamme,
Il ne l'est seulement que du haut de tes tours,
Quand on est descendu tout se métamorphose,
Tout s'affaisse et s'éteint : plus rien de grandiose,
Plus rien, excepté toi, qu'on admire toujours.

Car les anges du ciel, du reflet de leurs ailes,
Dorent de tes murs noirs les ombres solennelles,
        Et le Seigneur habite en toi.
Monde de poésie, en ce monde de prose,
A ta vue, on se sent battre au cœur quelque chose,
        L'on est pieux et plein de foi!

Aux caresses du soir, dont l'or te damasquine,
Quand tu brilles au fond de ta place mesquine,
Comme sous un dais pourpre un immense ostensoir,
A regarder d'en bas ce sublime spectacle,
On croit qu'entre tes tours, par un soudain miracle,
Dans le triangle saint, Dieu se va faire voir.

Comme nos monuments à tournure bourgeoise
Se font petits devant ta majesté gauloise,
Gigantesque sœur de Babel !
Près de toi, tout là-haut, nul dôme, nulle aiguille ;
Les faîtes les plus fiers ne vont qu'à ta cheville,
Et ton vieux chef heurte le ciel.

Qui pourrait préférer, dans son goût pédantesque,
Aux plis graves et droits de ta robe dantesque
Ces pauvres ordres grecs qui se meurent de froid,
Ces Panthéons bâtards, décalqués dans l'école,
Antique friperie empruntée à Vignole,
Et dont aucun, dehors, ne sait se tenir droit?

O vous, maçons du siècle, architectes athées,
Cervelles, dans un moule uniforme jetées,
Gens de la règle et du compas,
Bâtissez des boudoirs pour des agents de change,
Et des huttes de plâtre à des hommes de fange ;
Mais des maisons pour Dieu, non pas !

Parmi les palais neufs, les portiques profanes,
Les Parthénons coquets, églises courtisanes,
Avec leurs frontons grecs sur leurs piliers latins,
Les maisons sans pudeur de la ville païenne,
On dirait à te voir, Notre-Dame chrétienne,
Une matrone chaste au milieu de catins !

1831

MAGDALENA

J'entrai dernièrement dans une vieille église ;
La nef était déserte, et sur la dalle grise
Les feux du soir, passant par les vitraux dorés,
Voltigeaient et dansaient, ardemment colorés.
Comme je m'en allais, visitant les chapelles,
Avec tous leurs festons et toutes leurs dentelles,
Dans un coin du jubé j'aperçus un tableau
Représentant un Christ qui me parut très-beau.
On y voyait saint Jean, Madeleine et la Vierge ;
Leurs chairs, d'un ton pareil à la cire de cierge,
Les faisaient ressembler, sur le fond sombre et noir,
A ces fantômes blancs qui se dressent le soir
Et vont croisant les bras sous leurs draps mortuaires :
Leurs robes à plis droits, ainsi que des suaires,
S'allongeaient tout d'un jet de leur nuque à leurs pieds
Ainsi faits, l'on eût dit qu'ils fussent copiés,
Dans le Campo-Santo, sur quelque fresque antique
D'un vieux maître pisan, artiste catholique,
Tant l'on voyait reluire autour de leur beauté
Le nimbe rayonnant de la mysticité,
Et tant l'on respirait dans leur humble attitude
Les parfums onctueux de la béatitude.

Sans doute que c'était l'œuvre d'un Allemand,
D'un élève d'Holbein, mort bien obscurément,
A vingt ans, de misère et de mélancolie,
Dans quelque bourg de Flandre, au retour d'Italie;
Car ses têtes semblaient, avec leur blanche chair,
Un rêve de soleil par une nuit d'hiver.

Je restai bien longtemps dans la même posture,
Pensif, à contempler cette pâle peinture;
Je regardais le Christ sur son infâme bois,
Pour embrasser le monde ouvrant les bras en croix.
Ses pieds meurtris et bleus et ses deux mains clouées,
Ses chairs par les bourreaux à coups de fouet trouées,
La blessure livide et béante à son flanc;
Son front d'ivoire où perle une sueur de sang;
Son corps blafard rayé par des lignes vermeilles,
Me faisaient naître au cœur des pitiés nonpareilles,
Et mes yeux débordaient en des ruisseaux de pleurs
Comme dut en verser la mère des douleurs.
Dans l'outremer du ciel les chérubins fidèles
Se lamentaient en chœur, la face sous leurs ailes,
Et l'un d'eux recueillait, un ciboire à la main,
Le pur sang de la plaie où boit le genre humain;
La sainte Vierge, au bas, regardait, pauvre mère!
Son divin Fils en proie à l'agonie amère;
Madeleine et saint Jean, sous les bras de la croix,
Mornes, échevelés, sans soupirs et sans voix,
Plus dégouttant de pleurs qu'après la pluie un arbre,
Étaient debout, pareils à des piliers de marbre.

C'était, certe, un spectacle à faire réfléchir,
Et je sentis mon cou, comme un roseau fléchir
Sous le vent que faisait l'aile de ma pensée,
Avec le chant du soir vers le ciel élancée.
Je croisai gravement mes deux bras sur mon sein,

Et je pris mon menton dans le creux de ma main,
Et je me dis : « O Christ ! tes douleurs sont trop vives ;
Après ton agonie au jardin des Olives,
Il fallait remonter près de ton Père, au ciel,
Et nous laisser, à nous, l'éponge avec le fiel ;
Les clous percent ta chair, et les fleurons d'épines
Entrent profondément dans tes tempes divines.
Tu vas mourir, toi, Dieu ! comme un homme. La mort
Recule épouvantée à ce sublime effort ;
Elle a peur de sa proie, elle hésite à la prendre,
Sachant qu'après trois jours il la lui faudra rendre,
Et qu'un ange viendra, qui, radieux et beau,
Lèvera de ses mains la pierre du tombeau ;
Mais tu n'en as pas moins souffert ton agonie,
Adorable victime entre toutes bénie ;
Mais tu n'en as pas moins, avec les deux voleurs,
Étendu tes deux bras sur l'arbre de douleurs.
O rigoureux destin ! une pareille vie
D'une pareille mort si promptement suivie !
Pour tant de maux soufferts, tant d'absinthe et de fiel !
Où donc est le bonheur, le vin doux et le miel ?
La parole d'amour pour compenser l'injure,
Et la bouche qui donne un baiser par blessure ?
Dieu lui-même a besoin, quand il est blasphémé,
Pour nous bénir encor de se sentir aimé,
Et tu n'as pas, Jésus, traversé cette terre,
N'ayant jamais pressé sur ton cœur solitaire
Un cœur sincère et pur, et fait ce long chemin
Sans avoir une épaule où reposer ta main,
Sans une âme choisie où répandre avec flamme
Tous les trésors d'amour enfermés dans ton âme. »

Ne vous alarmez pas, esprits religieux,
Car l'inspiration descend toujours des cieux,

Et mon ange gardien, quand vint cette pensée,
De son bouclier d'or ne l'apas repoussée.
C'est l'heure de l'extase où Dieu se laisse voir,
L'Angelus éploré tinte aux cloches du soir :
Comme aux bras de l'amant une vierge pâmée,
L'encensoir d'or exhale une haleine embaumée ;
La voix du jour s'éteint ; les reflets des vitraux,
Comme des feux follets, passent sur les tombeaux,
Et l'on entend courir, sous les ogives frêles,
Un bruit confus de voix et de battements d'ailes;
La foi descend des cieux avec l'obscurité;
L'orgue vibre ; l'écho répond : Éternité !
Et la blanche statue, en sa couche de pierre,
Rapproche ses deux mains et se met en prière.
Comme un captif brisant les portes du cachot,
L'âme du corps s'échappe et s'élance si haut,
Qu'elle heurte, en son vol, au détour d'un nuage,
L'étoile échevelée et l'archange en voyage;
Tandis que la raison, avec son pied boîteux,
La regarde d'en bas se perdre dans les cieux.
C'est à cette heure-là que les divins poètes
Sentent grandir leur front et deviennent prophètes.
O mystère d'amour ! ô mystère profond !
Abîme inexplicable où l'esprit se confond !
Qui de nous osera, philosophe ou poëte,
Dans cette sombre nuit plonger avant la tête ?
Quelle langue assez haute et quel cœur assez pur,
Pour chanter dignement tout ce poëme obscur ?
Qui donc écartera l'aile blanche et dorée
Dont un ange abritait cette amour ignorée ?
Qui nous dira le nom de cette autre Éloa ?
Et quelle âme, ô Jésus, à t'aimer se voua ?
Murs de Jérusalem, vénérables décombres,
Vous qui les avez vus et couverts de vos ombres,

O palmiers du Carmel ! ô cèdres du Liban !
Apprenez-nous qui donc il aimait mieux que Jean ?
Si vos troncs vermoulus et si vos tours minées
Dans leur écho fidèle ont, depuis tant d'années,
Parmi les souvenirs des choses d'autrefois,
Conservé leur mémoire et le son de leur voix,
Parlez et dites-nous, ô forêts ! ô ruines !
Tout ce que vous savez de ces amours divines
Dites quels purs éclairs dans leurs yeux reluisaient,
Et quels soupirs ardents de leurs cœurs s'élançaient !
Et toi, Jourdain, réponds, sous les berceaux de palmes,
Quand la lune trempait ses pieds dans tes eaux calmes,
Et que le ciel semait sa face de plus d'yeux
Que n'en traîne après lui le paon tout radieux,
Ne les as-tu pas vus sur les fleurs et les mousses
Glisser en se parlant avec des voix plus douces
Que les roucoulements des colombes de mai,
Que le premier aveu de celle que j'aimai ;
Et dans un pur baiser, symbole du mystère,
Unir la terre au ciel et le ciel à la terre ?

Les échos sont muets, et le flot du Jourdain
Murmure sans répondre et passe avec dédain ;
Les morts de Josaphat, troublés dans leur silence,
Se tournent sur leur couche, et le vent frais balance
Au milieu des parfums, dans les bras du palmier,
Le chant du rossignol et le nid du ramier.
Frère, mais voyez donc comme la Madeleine
Laisse sur son col blanc couler à flots d'ébène
Ses longs cheveux en pleurs, et comme ses beaux yeux
Mélancoliquement se tournent vers les cieux !
Qu'elle est belle ! Jamais, depuis Ève la blonde,
Une telle beauté n'apparut sur le monde,
Son front est si charmant, son regard est si doux,

Que l'ange qui la garde, amoureux et jaloux,
Quand le désir craintif rôde et s'approche d'elle,
Fait luire son épée et le chasse à coups d'aile.

O pâle fleur d'amour éclose au paradis,
Qui répands tes parfums dans nos déserts maudits,
Comment donc as-tu fait, ô fleur ! pour qu'il te reste
Une couleur si fraîche, une odeur si céleste ?
Comment donc as-tu fait, pauvre sœur du ramier,
Pour te conserver pure au cœur de ce bourbier?
Quel miracle du ciel, sainte prostituée,
Que ton cœur, cette mer si souvent remuée,
Des coquilles du bord et du limon impur
N'ait pas, dans l'ouragan, souillé ses flots d'azur,
Et qu'on ait toujours vu sous leur manteau limpide
La perle blanche au fond de ton âme candide !
C'est que tout cœur aimant est réhabilité,
Qu'il vous vient une autre âme, et que la pureté
Qui remontait au ciel redescend et l'embrasse,
Comme à sa sœur coupable une sœur qui fait grâce ;
C'est qu'aimer c'est pleurer, c'est croire, c'est prier ;
C'est que l'amour est saint et peut tout expier.
Mon grand peintre ignoré, sans en savoir les causes,
Dans ton sublime instinct tu comprenais ces choses ;
Tu fis de ses yeux noirs ruisseler plus de pleurs,
Tu gonflas son beau sein de plus hautes douleurs ;
La voyant si coupable et prenant pitié d'elle,
Pour qu'on lui pardonnât, tu l'as faite plus belle,
Et ton pinceau pieux, sur le divin contour
A promené longtemps ses baisers pleins d'amour.
Elle est plus belle encor que la vierge Marie,
Et le prêtre à genoux, qui soupire et qui prie,
Dans sa pieuse extase hésite entre les deux,
Et ne sait pas laquelle est la reine des cieux.

O sainte pécheresse ! ô grande repentante !
Madeleine, c'est toi que j'eusse, pour amante,
Dans mes rêves choisie, et toute la beauté,
Tout le rayonnement de la virginité
Montrant sur son front blanc la blancheur de son âme,
Ne sauraient m'émouvoir, ô femme vraiment femme,
Comme font tes soupirs et les pleurs de tes yeux,
Ineffable rosée à faire envie aux cieux !
Jamais lys de Saron, divine courtisane,
Mirant aux eaux des lacs sa robe diaphane,
N'eut un plus pur éclat ni de plus doux parfums ;
Ton beau front inondé de tes longs cheveux bruns
Laisse voir, au travers de ta peau transparente,
Le rêve de ton âme et ta pensée errante,
Comme un globe d'albâtre éclairé par dedans !
Ton œil est un foyer dont les rayons ardents
Sous la cendre des cœurs ressuscitent les flammes ;
O la plus amoureuse entre toutes les femmes !
Les séraphins du ciel à peine ont dans leur cœur
Plus d'extase divine et de sainte langueur ;
Et tu pourrais couvrir de ton amour profonde
Comme d'un manteau d'or la nudité du monde !
Toi seule sais aimer comme il faut qu'il le soit
Celui qui t'a marquée au front avec le doigt,
Celui dont tu baignais les pieds de myrrhe pure,
Et qui pour s'essuyer avait ta chevelure ;
Celui qui t'apparut au jardin, pâle encor
D'avoir dormi sa nuit dans le lit de la mort,
Et, pour te consoler, voulut que la première
Tu le visses rempli de gloire et de lumière.

En faisant ce tableau, Raphaël inconnu,
N'est-ce pas ? ce penser comme à moi t'est venu,
Et que ta rêverie a sondé ce mystère

Que je voudrais pouvoir à la fois dire et taire ?
O poëtes ! allez prier à cet autel,
A l'heure où le jour baisse, à l'instant solennel,
Quand d'un brouillard d'encens la nef est toute pleine.
Regardez le Jésus et puis la Madeleine ;
Plongez-vous dans votre âme, et rêvez au doux bruit
Que font en s'éployant les ailes de la nuit ;
Peut-être un chérubin détaché de la toile,
A vos yeux, un moment, soulèvera le voile,
Et dans un long soupir l'orgue murmurera
L'ineffable secret que ma bouche taira.

CHANT DU GRILLON

I

Souffle, bise ! tombe à flots, pluie !
Dans mon palais tout noir de suie,
Je ris de la pluie et du vent ;
En attendant que l'hiver fuie,
Je reste au coin du feu, rêvant.

C'est moi qui suis l'esprit de l'âtre !
Le gaz, de sa langue bleuâtre,
Lèche plus doucement le bois ;
La fumée, en filet d'albâtre,
Monte et se contourne à ma voix.

La bouilloire rit et babille ;
La flamme aux pieds d'argent sautille
En accompagnant ma chanson ;
La bûche de duvet s'habille ;
La séve bout dans le tison,

Le soufflet au râle asthmatique
Me fait entendre sa musique ;

Le tourne-broche aux dents d'acier
Mêle au concerto domestique
Le tic-tac de son balancier.

Les étincelles réjouies,
En étoiles épanouies,
Vont et viennent, croisant dans l'air
Les salamandres éblouies,
Au ricanement grêle et clair.

Du fond de ma cellule noire,
Quand Berthe vous conte une histoire,
Le Chaperon ou *l'Oiseau bleu*,
C'est moi qui soutiens sa mémoire,
C'est moi qui fais taire le feu.

J'étouffe le bruit monotone
Du rouet qui grince et bourdonne;
J'impose silence au matou ;
Les heures s'en vont, et personne
N'entend le timbre du coucou.

Pendant la nuit et la journée,
Je chante sous la cheminée ;
Dans mon langage de grillon
J'ai, des rebuts de son aînée,
Souvent consolé Cendrillon.

Le renard glapit dans le piége ;
Le loup, hurlant de faim, assiége
La ferme au milieu des grands bois;
Décembre met, avec sa neige,
Des chemises blanches aux toits.

Allons, fagot, pétille et flambe;
Courage! farfadet ingambe,
Saute, bondis plus haut encor;
Salamandre, montre ta jambe,
Lève en dansant ton jupon d'or.

Quel plaisir? prolonger sa veille,
Regarder la flamme vermeille
Prenant à deux bras le tison,
A tous les bruits prêter l'oreille,
Entendre vivre la maison!

Tapi dans sa niche bien chaude,
Sentir l'hiver qui pleure et rôde,
Tout blême et le nez violet,
Tâchant de s'introduire en fraude
Par quelque fente du volet!

Souffle, bise! tombe à flots, pluie!
Dans mon palais tout noir de suie,
Je ris de la pluie et du vent;
En attendant que l'hiver fuie
Je reste au coin du feu, rêvant.

II

Regardez les branches,
Comme elles sont blanches!
Il neige des fleurs.
Riant dans la pluie,
Le soleil essuie
Les saules en pleurs,

Et le ciel reflète
Dans la violette
Ses pures couleurs.

La nature en joie
Se pare et déploie
Son manteau vermeil.
Le paon, qui se joue,
Fait tourner en roue
Sa queue au soleil.
Tout court, tout s'agite,
Pas un lièvre au gîte ;
L'ours sort du sommeil,

La mouche ouvre l'aile,
Et la demoiselle
Aux prunelles d'or,
Au corset de guêpe,
Dépliant son crêpe,
A repris l'essor.
L'eau gaîment babille,
Le goujon frétille :
Un printemps encor !

Tout se cherche et s'aime ;
Le crapaud lui-même,
Les aspics méchants,
Toute créature,
Selon sa nature :
La feuille a des chants ;
Les herbes résonnent,
Les buissons bourdonnent ;
C'est concert aux champs.

Moi seul je suis triste.
Qui sait si j'existe,
Dans mon palais noir?
Sous la cheminée,
Ma vie enchaînée
Coule sans espoir.
Je ne puis, malade,
Chanter ma ballade
Aux hôtes du soir.

Si la brise tiède
Au vent froid succède,
Si le ciel est clair,
Moi, ma cheminée
N'est illuminée
Que d'un pâle éclair;
Le cercle folâtre
Abandonne l'âtre :
Pour moi c'est l'hiver.

Sur la cendre grise,
La pincette brise
Un charbon sans feu.
Adieu les paillettes,
Les blondes aigrettes!
Pour six mois adieu
La maîtresse bûche,
Où sous la peluche
Sifflait le gaz bleu!

Dans ma niche creuse,
Ma patte boiteuse
Me tient en prison.
Quand l'insecte rôde,

Comme une émeraude,
Sous le vert gazon,
Moi seul je m'ennuie ;
Un mur, noir de suie,
Est mon horizon.

ABSENCE

Reviens, reviens, ma bien-aimée;
Comme une fleur loin du soleil,
La fleur de ma vie est fermée
Loin de ton sourire vermeil.

Entre nos cœurs tant de distance!
Tant d'espace entre nos baisers!
O sort amer ! ô dure absence!
O grands désirs inapaisés !

D'ici là-bas, que de campagnes,
Que de villes et de hameaux,
Que de vallons et de montagnes,
A lasser le pied des chevaux!

Au pays qui me prend ma belle,
Hélas ! si je pouvais aller ;
Et si mon corps avait une aile
Comme mon âme pour voler!

Par-dessus les vertes collines,
Les montagnes au front d'azur,

Les champs rayés et les ravines,
J'irais d'un vol rapide et sûr.

Le corps ne suit pas la pensée ;
Pour moi, mon âme, va tout droit,
Comme une colombe blessée,
S'abattre au rebord de ton toit.

Descends dans sa gorge divine,
Blonde et fauve comme de l'or,
Douce comme un duvet d'hermine,
Sa gorge, mon royal trésor ;

Et dis, mon âme, à cette belle :
« Tu sais bien qu'il compte les jours,
O ma colombe ! à tire d'aile,
Retourne au nid de nos amours. »

AU SOMMEIL

HYMNE ANTIQUE

Sommeil, fils de la nuit et frère de la mort,
Écoute-moi, Sommeil : lasse de sa veillée,
La lune, au fond du ciel, ferme l'œil et s'endort,
Et son dernier rayon, à travers la feuillée,
Comme un baiser d'adieu glisse amoureusement
Sur le front endormi de son bleuâtre amant.
Par la porte d'ivoire et la porte de corne,
Les songes vrais ou faux de l'Érèbe envolés
Peuplent seuls l'univers silencieux et morne ;
Les cheveux de la nuit, d'étoiles d'or mêlés,
Au long de son dos brun pendent tout débouclés ;
Le vent même retient son haleine, et les mondes,
Fatigués de tourner sur leurs muets pivots,
S'arrêtent assoupis et suspendent leurs rondes.
O jeune homme charmant, couronné de pavots,
Qui, tenant sur la main une patère noire,
Pleine d'eau du Léthé, chaque nuit nous fait boire,
Mieux que le doux Bacchus, l'oubli de nos travaux ;
Enfant mystérieux, hermaphrodite étrange,
Où la vie au trépas s'unit et se mélange,
Et qui n'a de tous deux que ce qu'ils ont de beau ;

Douce transition de la lumière à l'ombre,
Du repos à la mort et du lit au tombeau ;
Sous les épais rideaux de ton alcôve sombre,
Du fond de ta caverne inconnue au soleil,
Je t'implore à genoux, écoute-moi, Sommeil !
Je t'aime, ô doux Sommeil ! et je veux à ta gloire,
Avec l'archet d'argent, sur la lyre d'ivoire,
Chanter des vers plus doux que le miel de l'Hybla ;
Pour t'apaiser je veux tuer le chien obscène,
Dont le rauque aboîment si souvent te troubla,
Et verser l'opium sur ton autel d'ébène.
Je te donne le pas sur Phœbus-Apollon,
Et pourtant c'est un dieu jeune, sans barbe et blond,
Un dieu tout rayonnant aussi beau qu'une fille.
Je te préfère même à la blanche Vénus,
Lorsque, sortant des eaux, le pied sur sa coquille,
Elle fait au grand air baiser ses beaux seins nus,
Et laisse aux blonds anneaux de ses cheveux de soie
Se suspendre l'essaim des zéphyrs ingénus ;
Même au jeune Iacchus, le doux père de joie,
A l'ivresse, à l'amour, à tout, divin Sommeil.

Tu seras bienvenu, soit que l'aurore blonde
Lève du doigt le pan de son rideau vermeil,
Soit que les chevaux blancs qui traînent le soleil
Enfoncent leurs naseaux et leur poitrail dans l'onde,
Soit que la nuit dans l'air peigne ses noirs cheveux.
Sous les arceaux muets de la grotte profonde,
Où les songes légers mènent sans bruit leur ronde,
Reçois bénignement mon encens et mes vœux,
Sommeil, dieu triste et doux, consolateur du monde !

TERZA RIMA

Quand Michel-Ange eut peint la chapelle Sixtine,
Et que de l'échafaud, sublime et radieux,
Il fut redescendu dans la cité latine,

Il ne pouvait baisser ni les bras ni les yeux,
Ses pieds ne savaient pas comment marcher sur terre;
Il avait oublié le monde dans les cieux.

Trois grands mois il garda cette attitude austère,
On l'eût pris pour un ange en extase devant
Le saint triangle d'or, au moment du mystère.

Frère, voilà pourquoi les poëtes, souvent,
Buttent à chaque pas sur les chemins du monde;
Les yeux fichés au ciel ils s'en vont en rêvant.

Les anges secouant leur chevelure blonde,
Penchent leur front sur eux et leur tendent les bras,
Et les veulent baiser avec leur bouche ronde.

Eux marchent au hasard et font mille faux pas,
Ils cognent les passants, se jettent sous les roues,
Ou tombent dans des puits qu'ils n'aperçoivent pas.

Que leur font les passants, les pierres et les boues?
Ils cherchent dans le jour le rêve de leurs nuits,
Et le jeu du désir leur empourpre les joues.

Ils ne comprennent rien aux terrestres ennuis,
Et, quand ils ont fini leur chapelle Sixtine,
Ils sortent rayonnants de leurs obscurs réduits.

Un auguste reflet de leur œuvre divine
S'attache à leur personne et leur dore le front,
Et le ciel qu'ils ont vu dans leurs yeux se devine.

Les nuits suivront les jours et se succèderont,
Avant que leurs regards et leurs bras ne s'abaissent,
Et leurs pieds, de longtemps, ne se raffermiront.

Tous nos palais sous eux s'éteignent et s'affaissent;
Leur âme, à la coupole où leur œuvre reluit,
Revole, et ce ne sont que leurs corps qu'ils nous laissent.

Notre jour leur paraît plus sombre que la nuit:
Leur œil cherche toujours le ciel bleu de la fresque,
Et le tableau quitté les tourmente et les suit.

Comme Buonarotti, le peintre gigantesque,
Ils ne peuvent plus voir que les choses d'en haut,
Et que le ciel de marbre où leur front touche presque.

Sublime aveuglement? magnifique défaut!

MONTÉE SUR LE BROCKEN

Lorsque l'on est monté jusqu'au nid des aiglons,
Et que l'on voit, sous soi, les plus fiers mamelons
Se fondre et s'effacer au flanc de la montagne,
Et, comme un lac, bleuir tout au fond la campagne,
On s'aperçoit enfin qu'on grimperait mille ans,
Tant que la chair tiendrait à vos talons sanglants,
Sans approcher du ciel qui toujours se recule,
Et qu'on n'est, après tout, qu'un Titan ridicule.
On n'est plus dans le monde, on n'est pas dans les cieux,
Et des fantômes vains dansent devant vos yeux.
Le silence est profond ; la chanson de la terre
Ne vient pas jusqu'à vous, et la voix du tonnerre,
Qui roule sous vos pieds, semble le bâillement
Du Brocken, ennuyé de son désœuvrement.
Votre cri, sans trouver d'écho qui le répète,
S'éteint subitement sous la voûte muette ;
C'est un calme sinistre ; on n'entend pas encor
Les violes d'amour et les cithares d'or,
Car le ciel est bien haut et l'échelle est petite.
Votre guide, effrayé, redescend et vous quitte,
Et, roulant une larme au fond de son œil bleu,
La dernière des fleurs vous jette son adieu.

La neige cependant descend silencieuse,
Et, sous ses fils d'argent, la lune soucieuse
Apparaît à côté d'un soleil sans rayons;
Le ciel est tout rayé de ses pâles sillons,
Et la mort, dans ses doigts, tordant ce fil qui tombe,
Vous tisse un blanc linceul pour votre froide tombe.

LE PREMIER RAYON DE MAI

Hier j'étais à table avec ma chère belle,
Ses deux pieds sur les miens, assis en face d'elle,
Dans sa petite chambre, ainsi que dans leur nid
Deux ramiers bienheureux que le bon Dieu bénit.
C'était un bruit charmant de verres, de fourchettes,
Comme des becs d'oiseaux picotant les assiettes,
De sonores baisers et de propos joyeux.
L'enfant, pour être à l'aise et régaler mes yeux,
Avait ouvert sa robe, et sous la toile fine
On voyait les trésors de sa blanche poitrine ;
Comme les seins d'Isis aux contours ronds et purs,
Ses beaux seins se dressaient, étincelants et durs,
Et, comme sur des fleurs des abeilles posées,
Sur leurs pointes tremblaient des lumières rosées.
Un rayon de soleil, le premier du printemps,
Dorait, sur son col brun, de reflets éclatants
Quelques cheveux follets, et, de mille paillettes
D'un verre de cristal allumant les facettes,
Enchâssait un rubis dans la pourpre du vin.
Oh ! le charmant repas ! oh ! le rayon divin !
Avec un sentiment de joie et de bien-être
Je regardais l'enfant, le verre et la fenêtre;

L'aubépine de mai me parfumait le cœur,
Et, comme la saison, mon âme était en fleur;
Je me sentais heureux et plein de folle ivresse,
De penser qu'en ce siècle, envahi par la presse,
Dans ce Paris bruyant et sale à faire peur,
Sous le règne fumeux des bateaux à vapeur,
Malgré les députés, la Charte et les ministres,
Les hommes du progrès, les cafards et les cuistres,
On n'avait pas encor supprimé le soleil,
Ni dépouillé le vin de son manteau vermeil,
Que la femme était belle et toujours désirable,
Et qu'on pouvait encor, les coudes sur la table,
Auprès de sa maîtresse, ainsi qu'aux premiers jours,
Célébrer le printemps, le vin et les amours.

LE LION DU CIRQUE

Tout beau, fauve grondeur, demeure dans ton antre :
Il n'est pas temps encor ; couche-toi sur le ventre ;
De ta queue aux crins roux flagelle-toi les flancs ;
Comme un sphinx accroupi dans les sables brûlants,
Sur l'oreiller velu de tes pattes croisées,
Pose ton mufle énorme, aux babines froncées,
Dors et prends patience, ô lion du désert !
Demain, César le veut, de ton cachot ouvert,
Demain tu sauteras dans la pleine lumière,
Au beau milieu du Cirque, aux yeux de Rome entière,
Et de tous les côtés les applaudissements
Répondront comme un chœur à tes grommèlements
On te tient en réserve une vierge chrétienne,
Plus blanche mille fois que la Vénus païenne ;
Tu pourras à loisir, de tes griffes de fer,
Rayer ce dos d'ivoire et cette belle chair ;
Tu boiras ce sang pur, vermeil comme la rose :
Ne frotte plus ton nez contre la grille close ;
Songe, sous ta crinière, au plaisir de ronger
Un beau corps tout vivant, et de pouvoir plonger
Dans le gouffre béant de ta gueule qui fume
Une tête où déjà l'auréole s'allume.

Le belluaire ainsi gourmande son lion,
Et le lion fait trêve à sa rébellion.

Mais toi, sauvage amour, qui, la prunelle en flamme,
Rugis affreusement dans l'antre de mon âme,
Je n'ai pas de victime à promettre à ta faim,
Ni d'esclave chrétienne à te jeter demain ;
Tâche de t'apaiser, ou je m'en vais te clore
Dans un lieu plus profond et plus sinistre encore.
A quoi bon te débattre et grincer et hurler ?
Le temps n'est pas venu de te démuseler.
En attendant le jour de revoir la lumière,
Silencieusement à l'angle d'une pierre,
Ou contre les barreaux de ton noir souterrain,
Aiguise le tranchant de tes ongles d'airain.

LAMENTO

Connaissez-vous la blanche tombe
Où flotte avec un son plaintif
    L'ombre d'un if?
Sur l'if, une pâle colombe,
Triste et seule, au soleil couchant,
    Chante son chant ;

Un air maladivement tendre,
A la fois charmant et fatal,
    Qui vous fait mal,
Et qu'on voudrait toujours entendre ;
Un air, comme en soupire aux cieux
    L'ange amoureux.

On dirait que l'âme éveillée
Pleure sous terre à l'unisson
    De la chanson,
Et du malheur d'être oubliée
Se plaint dans un roucoulement
    Bien doucement.

Sur les ailes de la musique
On sent lentement revenir
    Un souvenir ;

Une ombre de forme angélique
Passe dans un rayon tremblant,
En voile blanc.

Les belles de nuit, demi-closes,
Jettent leur parfum faible et doux
Autour de vous,
Et le fantôme aux molles poses
Murmure en vous tendant les bras:
Tu reviendras?

Oh! jamais plus, près de la tombe
Je n'irai, quand descend le soir
Au manteau noir,
Écouter la pâle colombe
Chanter sur la branche de l'if
Son chant plaintif!

BARCAROLLE

Dites, la jeune belle,
Où voulez-vous aller?
La voile ouvre son aile,
La brise va souffler!

L'aviron est d'ivoire,
Le pavillon de moire,
Le gouvernail d'or fin;
J'ai pour lest une orange,
Pour voile une aile d'ange,
Pour mousse un séraphin.

Dites, la jeune belle,
Où voulez-vous aller?
La voile ouvre son aile,
La brise va souffler!

Est-ce dans la Baltique,
Sur la mer Pacifique,
Dans l'île de Java?
Ou bien dans la Norwége,
Cueillir la fleur de neige,
Ou la fleur d'Angsoka?

Dites, la jeune belle,
Où voulez-vous aller ?
La voile ouvre son aile,
La brise va souffler !

Menez-moi, dit la belle,
A la rive fidèle
Où l'on aime toujours.
— Cette rive, ma chère,
On ne la connaît guère
Au pays des amours.

TRISTESSE

Avril est de retour.
La première des roses,
De ses lèvres mi-closes,
Rit au premier beau jour;
La terre bienheureuse
S'ouvre et s'épanouit;
Tout aime, tout jouit.
Hélas! j'ai dans le cœur une tristesse affreuse.

Les buveurs en gaîté,
Dans leurs chansons vermeilles,
Célèbrent sous les treilles
Le vin et la beauté;
La musique joyeuse,
Avec leur rire clair
S'éparpille dans l'air.
Hélas! j'ai dans le cœur une tristesse affreuse.

En déshabillés blancs,
Les jeunes demoiselles
S'en vont sous les tonnelles
Au bras de leurs galants;

La lune langoureuse
Argente leurs baisers
Longuement appuyés.
Hélas ! j'ai dans le cœur une tristesse affreuse.

Moi, je n'aime plus rien,
Ni l'homme, ni la femme,
Ni mon corps, ni mon âme,
Pas même mon vieux chien.
Allez dire qu'on creuse,
Sous le pâle gazon,
Une fosse sans nom.
Hélas ! j'ai dans le cœur une tristesse affreuse.

QUI SERA ROI?

I

BÉHÉMOT

Moi, je suis Béhémot, l'éléphant, le colosse.
Mon dos prodigieux, dans la plaine, fait bosse
Comme le dos d'un mont.
Je suis une montagne animée et qui marche;
Au déluge, je fis presque chavirer l'arche,
Et, quand j'y mis le pied, l'eau monta jusqu'au pont.

Je porte, en me jouant, des tours sur mon épaule;
Les murs tombent broyés sous mon flanc qui les frôle
Comme sous un bélier.
Quel est le bataillon que d'un choc je ne rompe?
J'enlève cavaliers et chevaux dans ma trompe,
Et je les jette en l'air sans plus m'en soucier!

Les piques, sous mes pieds, se couchent comme l'herbe:
Je jette à chaque pas, sur la terre, une gerbe
De blessés et de morts.
Au cœur de la bataille, aux lieux où la mêlée
Rugit plus furieuse et plus échevelée,
Comme un mortier sanglant, je vais gâchant les corps.

Les flèches font sur moi le pétillement grêle
Que par un jour d'hiver font les grains de la grêle
Sur les tuiles d'un toit,
Les plus forts javelots, qui faussent les cuirasses,
Effleurent mon cuir noir sans y laisser de traces,
Et par tous les chemins je marche toujours droit.

Quand devant moi je trouve un arbre, je le casse ;
A travers les bambous, je folâtre et je passe
Comme un faon dans les blés.
Si je rencontre un fleuve en route, je le pompe,
Je dessèche son urne avec ma grande trompe,
Et laisse sur le sec ses hôtes écaillés.

Mes défenses d'ivoire éventreraient le monde,
Je porterais le ciel et sa coupole ronde
Tout aussi bien qu'Atlas.
Rien ne me semble lourd ; pour soutenir le pôle,
Je pourrais lui prêter ma rude et forte épaule.
Je le remplacerai quand il sera trop las !

II

Quand Béhémot eut dit jusqu'au bout sa harangue,
Léviathan, ainsi, répondit en sa langue :

III

LÉVIATHAN

Taisez-vous, Béhémot, je suis Léviathan,
Comme un enfant mutin je fouette l'Océan
Du revers de ma large queue.

Mes vieux os sont plus durs que des barres d'airain,
Aussi Dieu m'a fait roi de l'univers marin,
Seigneur de l'immensité bleue.

Le requin endenté d'un triple rang de dents,
Le dauphin monstrueux aux longs fanons pendants,
Le kraken qu'on prend pour une île,
L'orque immense et difforme et le lourd cachalot,
Tout le peuple squammeux qui laboure le flot,
Du cétacé jusqu'au nautile ;

Le grand serpent de mer et le poisson Macar,
Les baleines du pôle à l'œil rond et hagard,
Qui soufflent l'eau par la narine,
Le triton fabuleux, la sirène aux chants clairs,
Sur le flanc d'un rocher peignant ses cheveux verts
Et montrant sa blanche poitrine ;

Les oursons étoilés et les crabes hideux,
Comme des coutelas agitant autour d'eux
L'arsenal crochu de leurs pinces;
Tous, d'un commun accord, m'ont reconnu pour roi.
Dans leurs antres profonds ils se cachent d'effroi
Quand je visite mes provinces.

Pour l'œil qui peut plonger au fond du gouffre noir,
Mon royaume est superbe et magnifique à voir :
Des végétations étranges,
Éponges, polypiers, madrépores, coraux,
Comme dans les forêts, s'y courbent en arceaux,
S'y découpent en vertes franges.

Le frisson de mon dos fait trembler l'Océan,
Ma respiration soulève l'ouragan

Et se condense en noirs nuages;
Le souffle impétueux de mes larges naseaux
Fait, comme un tourbillon, couler bas les vaisseaux
Avec les pâles équipages.

Ainsi vous avez tort de tant faire le fier
Pour avoir une peau plus dure que le fer
Et renversé quelque muraille;
Ma gueule vous pourrait engloutir aisément.
Je vous ai regardé, Béhémot, et vraiment
Vous êtes de petite taille.

L'empire revient donc à moi, prince des eaux,
Qui mène chaque soir les difformes troupeaux
Paître dans les moites campagnes;
Moi témoin du déluge et des temps disparus;
Moi qui noyai jadis avec mes flots accrus
Les grands aigles sur les montagnes!

IV

Léviathan se tut et plongea sous les flots;
Ses flancs ronds reluisaient comme de noirs îlots.

V

L'OISEAU ROCK

Là-bas, tout là-bas, il me semble
Que j'entends quereller ensemble
Béhémot et Léviathan;
Chacun des deux rivaux aspire,

Ambition folle! à l'empire
De la terre et de l'Océan.

Eh quoi! Léviathan l'énorme
S'assoirait, majesté difforme,
Sur le trône de l'univers!
N'a-t-il pas ses grottes profondes,
Son palais d'azur sous les ondes?
N'est-il pas roi des peuples verts?

Béhémot, dans sa patte immonde,
Veut prendre le sceptre du monde
Et se poser en souverain.
Béhémot, avec son gros ventre,
Veut faire venir à son antre
L'univers terrestre et marin!

La prétention est étrange
Pour ces deux pétrisseurs de fange,
Qui ne sauraient quitter le sol.
C'est moi, l'oiseau Rock, qui dois être
De ce monde seigneur et maître,
Et je suis roi de par mon vol.

Je pourrais dans ma forte serre
Prendre la boule de la terre
Avec le ciel pour écusson.
Créez deux mondes : je me flatte
D'en tenir un dans chaque patte,
Comme les aigles du blason.

Je nage en plein dans la lumière,
Et ma prunelle sans paupière
Regarde en face le soleil.
Lorsque par les airs je voyage,

Mon ombre, comme un grand nuage,
Obscurcit l'horizon vermeil.

Je cause avec l'étoile bleue
Et la comète à pâle queue ;
Dans la lune je fais mon nid ;
Je perche sur l'arc d'une sphère ;
D'un coup de mon aile légère
Je fais le tour de l'infini.

VI

L'HOMME

Léviathan, je vais, malgré les deux cascades
Qui de tes noirs évents jaillissent en arcades,
La mer qui se soulève à tes reniflements,
Et les glaces du pôle et tous les éléments,
Monté sur une barque entr'ouverte et disjointe,
T'enfoncer dans le flanc une mortelle pointe ;
Car il faut un peu d'huile à ma lampe le soir,
Quand le soleil s'éteint et qu'on n'y peut plus voir.
Béhémot, à genoux ! que je pose la charge
Sur ta croupe arrondie et ton épaule large !
Je ne suis pas ému de ton énormité ;
Je ferai de tes dents quelque hochet sculpté,
Et je te couperai tes immenses oreilles,
Avec leurs plis pendants, à des drapeaux pareilles,
Pour en orner ma toque et gonfler mon chevet.
Oiseau Rock, prête-moi ta plume et ton duvet,
Mon plomb s'aura t'atteindre, et, l'aile fracassée,
Sans pouvoir achever la courbe commencée,
Des sommités du ciel, à mes pieds, sur le roc,
Tu tomberas tout droit orgueilleux oiseau Rock !

COMPENSATION

Il naît sous le soleil de nobles créatures
Unissant ici-bas tout ce qu'on peut rêver,
Corps de fer, cœur de flamme, admirables natures.

Dieu semble les produire afin de se prouver ;
Il prend, pour les pétrir, une argile plus douce,
Et souvent passe un siècle à les parachever.

Il met, comme un sculpteur, l'empreinte de son pouce
Sur leurs fronts rayonnant de la gloire des cieux,
Et l'ardente auréole en gerbe d'or y pousse.

Ces hommes-là s'en vont, calmes et radieux,
Sans quitter un instant leur pose solennelle,
Avec l'œil immobile et le maintien des dieux.

Leur moindre fantaisie est une œuvre éternelle,
Tout cède devant eux ; les sables inconstants
Gardent leurs pas empreints, comme un airain fidèle.

Ne leur donnez qu'un jour ou donnez-leur cent ans,
L'orage ou le repos, la palette ou le glaive :
Ils mèneront à bout leurs destins éclatants.

Leur existence étrange est le réel du rêve;
Ils exécuteront votre plan idéal,
Comme un maître savant le croquis d'un élève.

Vos désirs inconnus, sous l'arceau triomphal
Dont votre esprit en songe arrondissait la voûte,
Passent assis en croupe au dos de leur cheval.

D'un pied sûr, jusqu'au bout ils ont suivi la route
Où, dès les premiers pas, vous vous êtes assis,
N'osant prendre une branche au carrefour du doute.

De ceux-là chaque peuple en compte cinq ou six,
Cinq ou six tout au plus, dans les siècles prospères,
Types toujours vivants dont on fait des récits.

Nature avare, ô toi, si féconde en vipères,
En serpents, en crapauds tout gonflés de venins,
Si prompte à repeupler tes immondes repaires,

Pour tant d'animaux vils, d'idiots et de nains,
Pour tant d'avortements et d'œuvres imparfaites,
Tant de monstres impurs échappés de tes mains,

Nature, tu nous dois encor bien des poëtes!

CHINOISERIE

Ce n'est pas vous, non, madame, que j'aime,
Ni vous non plus, Juliette, ni vous,
Ophélia, ni Béatrix, ni même
Laure la blonde, avec ses grands yeux doux.

Celle que j'aime, à présent, est en Chine;
Elle demeure avec ses vieux parents,
Dans une tour de porcelaine fine,
Au fleuve Jaune, où sont les cormorans.

Elle a des yeux retroussés vers les tempes,
Un pied petit à tenir dans la main,
Le teint plus clair que le cuivre des lampes,
Les ongles longs et rougis de carmin.

Par son treillis elle passe sa tête,
Que l'hirondelle, en volant, vient toucher,
Et, chaque soir, aussi bien qu'un poëte,
Chante le saule et la fleur du pêcher.

SONNET

Pour veiner de son front la pâleur délicate,
Le Japon a donné son plus limpide azur;
La blanche porcelaine est d'un blanc bien moins pur
Que son col transparent et ses tempes d'agate.

Dans sa prunelle humide un doux rayon éclate;
Le chant du rossignol près de sa voix est dur,
Et, quand elle se lève à notre ciel obscur,
On dirait de la lune en sa robe d'ouate.

Ses yeux d'argent bruni roulent moelleusement;
Le caprice a taillé son petit nez charmant;
Sa bouche a des rougeurs de pêche et de framboise;

Ses mouvements sont pleins d'une grâce chinoise,
Et près d'elle on respire autour de sa beauté
Quelque chose de doux comme l'odeur du thé.

A DEUX BEAUX YEUX

Vous avez un regard singulier et charmant;
Comme la lune au fond du lac qui la reflète,
Votre prunelle, où brille une humide paillette,
Au coin de vos doux yeux roule languissamment.

Ils semblent avoir pris ses feux au diamant;
Ils sont de plus belle eau qu'une perle parfaite,
Et vos grands cils émus, de leur aile inquiète
Ne voilent qu'à demi leur vif rayonnement.

Mille petits amours à leur miroir de flamme
Se viennent regarder et s'y trouvent plus beaux,
Et les désirs y vont rallumer leurs flambeaux.

Ils sont si transparents qu'ils laissent voir votre âme.
Comme une fleur céleste au calice idéal
Que l'on apercevrait à travers un cristal.

LE THERMODON

I

J'ai, dans mon cabinet, une bataille énorme
Qui s'agite et se tord comme un serpent difforme,
Et dont l'étrange aspect arrête l'œil surpris;
On dirait qu'on entend, avec un sourd murmure,
La gravure sonner comme une vieille armure,
Et le papier muet semble jeter des cris.

Un pont par où se rue une foule en démence,
Arc-en-ciel de carnage, ouvre sa courbe immense,
Et d'un cadre de pierre entoure le tableau;
A travers l'arche on voit une ville enflammée,
D'où montent, en tournant, de longs flots de fumée
Dont le rouge reflet brille et tremble sur l'eau.

Une barque, pareille à la barque des ombres,
Glisse sinistrement au dos des vagues sombres,
Portant, triste fardeau, des vaincus et des morts;
Une averse de sang pleut des têtes coupées;
Des mains par l'agonie éperdument crispées,
Avec leurs doigts noueux s'accrochent à ses bords.

Pour recevoir le corps, mort ou vivant, qui tombe,
Le grand fleuve a toujours toute prête une tombe;
Il le berce un moment, et puis il l'engloutit;
Les flots toujours béants, de leurs gueules voraces,
Dévorent cavaliers, chevaux, casques, cuirasses,
Tout ce que le combat jette à leur appétit.

Ici c'est un cheval qui s'effare et se cabre,
Et se fait, dans sa chute, une blessure, au sabre
Qu'un mourant tient encor dans son poing fracassé;
Plus loin, c'est un carquois plein de flèches, qui verse
Ses dards en pluie aiguë, et dont chaque trait perce
Un cadavre déjà de cent coups traversé.

C'est un rude combat! chevelures, crinières,
Panaches et cimiers, enseignes et bannières,
Au souffle des clairons volent échevelés;
Les lances, ces épis de la moisson sanglante,
S'inclinent à leur vent en tranche étincelante,
Comme sous une pluie on voit pencher des blés.

Les glaives dentelés font d'affreuses morsures;
Le poignard altéré, plongeant dans les blessures,
Comme dans une coupe, y boit à flots le sang;
Et les épieux, rompant les armes les plus fortes,
Pour le ciel ou l'enfer ouvrent de larges portes
Aux âmes qui des corps sortent en rugissant.

Quelle férocité de dessin et de touche!
Quelle sauvagerie et quelle ardeur farouche!
Qui signa ce poëme étrange et véhément?
C'est toi, maître suprême, à la main turbulente,
Peintre au nom rouge, roi de la couleur brûlante,
Divin Néerlandais, Michel-Ange flamand!

C'est toi, Rubens, c'est toi dont la rage sublime
Pencha cette bataille au bord de cet abîme,
Qui joignis ses deux bouts comme un bracelet d'or,
Et lui mis pour camée un beau groupe de femmes
Si blanches, que le fleuve aux triomphantes lames
S'apaise et n'ose pas les submerger encor!

II

Car ce sont, ô pitié? des femmes, des guerrières
Que la mêlée étreint de ses mains meurtrières.
    Sous l'armure une gorge bat;
Les écailles d'airain couvrent des seins d'ivoire,
Où, nourrisson cruel, la mort pâle vient boire
    Le lait empourpré du combat.

Regardez! regardez! les chevelures blondes
Coulent en ruisseaux d'or se mêler sous les ondes
    Aux cheveux glauques des roseaux.
Voyez ces belles chairs, plus pures que l'albâtre,
Où, dans la blancheur mate, une veine bleuâtre
    Circule en transparents réseaux.

Hélas! sur tous ces corps à la teinte nacrée,
La mort a déjà mis sa pâleur azurée;
    Ils n'ont de rose que le sang.
Leurs bras abandonnés trempent, les mains ouvertes,
Dans la vase du fleuve, entre les algues vertes,
    Où l'eau les soulève en passant.

Le cheval de bataille à la croupe tigrée,
Secouant dans les cieux sa crinière effarée,
    Les foule avec ses durs sabots;

Et le lâche vainqueur, dans sa rage brutale,
Sur leur ventre appuyant sa poudreuse sandale,
Tire à lui leurs derniers lambeaux.

Bientôt du haut des monts les vautours au col chauve,
Les corbeaux vernissés, les aigles à l'œil fauve,
L'orfraie au regard clandestin,
Les loups se balançant sur leurs échines maigres,
Les renards, les chakals, accourront, tout allègres,
Prendre leur part au grand festin.

Ce splendide banquet réparera leurs jeûnes.
O misère! ô douleur! tous ces corps frais et jeunes,
Ces beaux seins d'un si pur contour,
Faits pour les chauds baisers d'une amoureuse bouche,
Fouillés par le museau de l'hyène farouche,
Piqués par le bec du vautour!

Cessez de vains efforts, ô braves amazones!
A quoi vous sert d'avoir, ainsi que des Bellones,
Le casque grec empanaché,
La cuirasse de fer, de clous d'or étoilée,
Si votre main trop faible, au fort de la mêlée,
Lâche votre glaive ébréché?

Votre armure faussée, entre ces bras robustes,
Comme un mince carton s'aplatit sur ces bustes
Où le poil pousse en plein terrain;
Avec ces forts lutteurs, les plus puissantes armes,
O guerrières! seraient les appas et les charmes
Cachés sous vos corsets d'airain.

S'ils n'étaient repoussés par les rudes écailles,
Par les mailles d'acier qui hérissent vos tailles,
Les bras se suspendraient autour;

Si vous aviez voulu, douce et modeste gloire,
Vous auriez sans combat remporté la victoire,
    Car la force cède à l'amour.

Penchez-vous sur le col de vos promptes cavales,
Qui volent, de la brise et de l'éclair rivales;
    Fuyez sans vous tourner pour voir,
Et ne vous arrêtez qu'en des retraites sûres
Où se trouve un flot clair pour laver vos blessures,
    Et du gazon pour vous asseoir!

III

C'est la nécessité! c'est la règle fatale!
Toujours l'esprit le cède à la force brutale;
Et quand la passion, aux beaux élans divins,
Avec le positif veut en venir aux mains,
Ardente, et n'écoutant que le feu qui l'anime,
Engage le combat sur le pont de l'abîme,
Elle ne peut tenir avec ses mains d'enfant
Contre ces grands chevaux à forme d'éléphant,
Cabrés et renversés sur leurs énormes croupes,
Contre ces forts guerriers et ces robustes troupes
Aux bras durs et noueux comme des chênes verts,
Aux musculeux poitrails de buffle recouverts;
Toujours le pied lui manque, et, de flèches criblée,
Elle tombe en hurlant dans l'onde flagellée,
Où son corps va trouver les caïmans du fond.
Cependant les vainqueurs, sur la crête du pont,
Sans donner une plainte aux victimes noyées,
Passent, tambours battants, enseignes déployées.
Cette planche, gravée en six cartons divers
Par Lucas Vostermann, d'après Rubens d'Anvers,

Femmes au cœur hautain, pâles cariatides,
Qui ployez à regret des têtes moins timides
Sous le fronton pesant des devoirs et des lois,
Et qui vous refusez à porter votre croix,
De votre destinée est l'effrayant symbole,
Et je l'y vois écrite en sombre parabole.
Comme vous autrefois, folles de liberté,
Des femmes au grand cœur, à la mâle beauté,
Se brûlèrent un sein, et mirent à la place
La Méduse sculptée au cœur de la cuirasse ;
Elles laissèrent là l'aiguille et les fuseaux,
La navette qui court à travers les réseaux,
Les travaux de la femme et les soins du ménage,
Pour la lance et l'épée, instruments de carnage ;
Négligeant la parure, et n'ayant pour se voir
Qu'un bouclier d'airain, fauve et louche miroir,
Au Thermodon, qu'enjambe un pont d'une seule arche,
Leur troupe rencontra la grande armée en marche,
Ce fut un choc terrible, et sur le pont, longtemps,
Incertaine marée, on vit les combattants,
Les chevelures d'or ou bien les têtes brunes,
Femmes, soldats, suivant leurs diverses fortunes,
Pousser et repousser leur flux et leur reflux,
Et longtemps la victoire aux pieds irrésolus,
Mesurant le terrain et supputant les pertes,
Erra d'un camp à l'autre avec ses palmes vertes.
De fatigue à la fin, les bras frêles et blancs
Laissèrent, tout meurtris, choir leurs glaives sanglants,
Trop faibles ouvriers pour de si fortes âmes,
Et dans l'eau, jusqu'au soir, il plut des corps de femmes !

ÉLÉGIE

J'ai fait une remarque hier en te quittant.
Sans doute j'ai mal vu ; mais quand on aime tant
On a peur ; on se fait avec la moindre chose
Un sujet de tourments. On veut savoir la cause
De chaque effet. Un mot, un geste, une ombre, un rien,
La plus folle chimère, un souvenir ancien
Qui dormait dans un coin du cœur et qui s'éveille,
Tout vous effraie. On dit qu'infortune pareille
Ne s'est pas encor vue et que l'on en mourra ;
L'on n'en meurt pas ; demain peut-être on en rira.
Vous veniez pour vous plaindre : un baiser, un sourire,
Et vous ne savez plus ce que vous veniez dire.
Quand tu liras ces vers, sans doute tu diras
Que mon idée est folle et tu m'embrasseras,
Et puis, j'oublîrai tout, excepté que je t'aime
Et que je t'aimerai toujours. Fais-en de même.
Or, voici ma remarque ; il m'a semblé cela.
Je voudrais oublier toutes ces choses-là ;
Mais je ne puis. Hier tu paraissais distraite,
Et ce n'est pas ainsi, certes, que Juliette
Laisse aller Roméo qui part. En ce moment
Où mon âme pâmée à chaque embrassement

S'élançait sur ta bouche au-devant de ton âme,
Où ma prunelle en pleurs baignait ma joue en flamme,
Où mon cœur éperdu, sur ton cœur qu'il cherchait,
Vibrait comme une lyre au toucher de l'archet,
Où mes deux bras noués, comme ceux d'un avare
Qui tient son or et craint qu'un larron s'en empare,
Te tenaient enfermée et t'enchaînaient à moi,
Toi, tu ne disais rien; tu n'écoutais pas, toi;
Mes baisers s'éteignaient sur ta lèvre glacée;
Je ne te sentais pas sentir; ta main pressée
N'entendait pas la mienne et ne répondait rien.
J'étais là, devant toi, comme un musicien,
Tourmentant le clavier d'un clavecin sans cordes.
O mon âme! pourquoi faut-il, quand tu débordes,
Comme un lis rempli d'eau que le vent fait pencher,
Que l'âme où tout en pleurs tu voudrais t'épancher
Se ferme et te repousse, et te laisse répandre
Tes plus divins parfums sans en vouloir rien prendre!
J'ai cherché vainement pourquoi cette froideur,
Après tant de baisers vivants et pleins d'ardeur,
Après tant de serments et de douces paroles,
Tant de soupirs d'ivresse et de caresses folles;
Je n'ai rien pu trouver autre chose, sinon
Qu'on était fou d'avoir au fond du cœur un nom
Que l'on ne dira pas, et que c'était chimère
D'aimer une autre femme au monde que sa mère.
Rousseau dit quelque part : — Regardez votre amant
Au sortir de vos bras. — Il a raison vraiment.
Lorsque, le désir mort, naît la mélancolie,
Que l'amour satisfait se recueille et s'oublie,
Comme au sein de sa mère un enfant qui s'endort,
Que l'ennui vient d'entrer et que le plaisir sort,
Le moment est venu de regarder en face
L'amant qu'on s'est choisi. Quoi qu'il dise ou qu'il fasse,

Vous lirez sur son front son amour tel qu'il est.
Le mot sans doute est beau, mais ce qui m'en déplaît,
C'est qu'il s'adresse à l'homme et non pas à la femme.
Quand le corps assouvi laisse en paix régner l'âme,
Qu'on s'écoute penser et qu'on entend son cœur,
Et que dans la maîtresse on embrasse la sœur,
La première lassée est la femme. La honte
D'avoir été vaincue au fond d'elle surmonte
Le bonheur d'être aimée; elle hait son amant,
Comme on hait un vainqueur, et, certe, en ce moment
Les choses sont ainsi; s'il est quelqu'un au monde
Qu'elle haïsse bien et de haine profonde,
C'est lui, car c'est son maître et son seigneur; il peut
Divulguer tout; il peut la perdre s'il le veut;
Il ne le voudra pas, mais il le peut. La crainte
A remplacé l'amour; une froide contrainte
Succède aux beaux élans de folle liberté.
Adieu l'enivrement, le rire et la gaîté.
La femme se repent et l'homme se repose:
Il a touché son but, il a gagné sa cause;
C'est le triomphateur, le vainqueur, le César,
Qui, la couronne au front, au-devant de son char,
Malgré tout son amour, s'il peut la prendre vive,
Traînera sans pitié Cléopâtre captive.
Aspic, dresse ton col tout gonflé de venin:
Sors du panier de fleurs, siffle et mords ce beau sein.
César attend dehors! il lui faut Cléopâtre
Pour suivre le triomphe et paraître au théâtre;
Il faut que sur leurs bancs les chevaliers romains
Disent: — Heureux César! et lui battent des mains.
La femme sait cela, que de reine et maîtresse
Elle devient esclave, et que son pouvoir cesse;
Mais le sceptre qu'hier, dans l'oubli du plaisir,
Elle a laissé tomber, aujourd'hui le désir

Le lui remet en main et la fait souveraine.
Il faut que son amant à ses genoux se traîne
Et lui baise les pieds et demande pardon.
Mais elle maintenant, froide et sans abandon,
Avec un double fil nouant son nouveau masque,
Ainsi qu'un chevalier à l'abri sous son casque,
Guette à couvert l'instant où, faible et désarmé,
Se livre à son poignard l'amant qu'on croit aimé.
Mon ange, n'est-ce pas qu'une telle pensée
N'eût pas dû me venir et doit être chassée,
Et que je suis bien fou de douter d'un amour
Dont personne ne doute, et prouvé chaque jour?
J'ai tort; mais que veux-tu? ces angoisses si vives,
Ces haines, ces retours et ces alternatives,
Ces désespoirs mortels suivis d'espoirs charmants,
C'est l'amour, c'est ainsi que vivent les amants.
Cette existence-là, c'est la mienne, la nôtre;
Telle qu'elle est, pourtant, je n'en voudrais pas d'autre.
On est bien malheureux; mais pour un tel malheur
Les heureux volontiers changeraient leur bonheur.
Aimer ! ce mot-là seul contient toute la vie.
Près de l'amour que sont les choses qu'on envie?
Trésors, sceptres, lauriers, qu'est tout cela, mon Dieu!
Comme la gloire est creuse et vous contente peu!
L'amour seul peut combler les profondeurs de l'ame,
Et toute ambition meurt aux bras d'une femme!

LA BONNE JOURNÉE

Ce jour, je l'ai passé ployé sur mon pupitre,
Sans jeter une fois l'œil à travers la vitre.
Par Apollo! cent vers! je devrais être las;
On le serait à moins; mais je ne le suis pas.
Je ne sais quelle joie intime et souveraine
Me fait le regard vif et la face sereine;
Comme après la rosée une petite fleur,
Mon front se lève en haut avec moins de pâleur;
Un sourire d'orgueil sur mes lèvres rayonne,
Et mon souffle pressé plus fortement résonne.
J'ai rempli mon devoir comme un brave ouvrier.
Rien ne m'a pu distraire; en vain mon lévrier,
Entre mes deux genoux posant sa longue tête,
Semblait me dire: — En chasse! en vain d'un air de fête
Le ciel tout bleu dardait, par le coin du carreau,
Un filet de soleil jusque sur mon bureau;
Près de ma pipe, en vain, ma joyeuse bouteille
M'étalait son gros ventre et souriait vermeille;
En vain ma bien-aimée, avec son beau sein nu,
Se penchait en riant de son rire ingénu,
Sur mon fauteuil gothique, et dans ma chevelure

Répandait les parfums de son haleine pure.
Sourd comme saint Antoine à la tentation,
J'ai poursuivi mon œuvre avec religion,
L'œuvre de mon amour qui, mort, me fera vivre,
Et ma journée ajoute un feuillet à mon livre.

L'HIPPOPOTAME

L'hippopotame au large ventre
Habite aux Jungles de Java,
Où grondent, au fond de chaque antre,
Plus de monstres qu'on n'en rêva.

Le boa se déroule et siffle,
Le tigre fait son hurlement,
Le buffle en colère renifle,
Lui dort ou paît tranquillement.

Il ne craint ni kriss ni zagaies,
Il regarde l'homme sans fuir,
Et rit des balles des cipayes
Qui rebondissent sur son cuir.

Je suis comme l'hippopotame :
De ma conviction couvert,
Forte armure que rien n'entame,
Je vais sans peur par le désert.

VILLANELLE RHYTHMIQUE

Quand viendra la saison nouvelle,
Quand auront disparu les froids,
Tous les deux nous irons, ma belle,
Pour cueillir le muguet au bois;
Sous nos pieds égrenant les perles
Que l'on voit au matin trembler,
Nous irons écouter les merles
Siffler.

Le printemps est venu, ma belle,
C'est le mois des amants béni,
Et l'oiseau, satinant son aile,
Dit des vers au rebord du nid.
Oh! viens donc sur le banc de mousse,
Pour parler de nos beaux amours,
Et dis-moi de ta voix si douce:
Toujours!

Loin, bien loin, égarant nos courses,
Faisons fuir le lapin caché,
Et le daim au miroir des sources

Admirant son grand bois penché,
Puis, chez nous, tout joyeux, tout aises,
En panier enlaçant nos doigts,
Revenons rapportant des fraises
Des bois.

LE SOMMET DE LA TOUR

Lorsque l'on veut monter aux tours des cathédrales,
On prend l'escalier noir qui roule ses spirales,
Comme un serpent de pierre au ventre d'un clocher.

L'on chemine d'abord dans une nuit profonde,
Sans trèfle de soleil et de lumière blonde,
Tâtant le mur des mains, de peur de trébucher;

Car les hautes maisons voisines de l'église
Vers le pied de la tour versent leur ombre grise,
Qu'un rayon lumineux ne vient jamais trancher.

S'envolant tout à coup, les chouettes peureuses
Vous flagellent le front de leurs ailes poudreuses,
Et les chauves-souris s'abattent sur vos bras :

Les spectres, les terreurs qui hantent les ténèbres,
Vous frôlent en passant de leurs crêpes funèbres;
Vous les entendez geindre et chuchoter tout bas.

A travers l'ombre on voit la chimère accroupie
Remuer, et l'écho de la voûte assoupie
Derrière votre pas suscite un autre pas.

Vous sentez à l'épaule une pénible haleine,
Un souffle intermittent, comme d'une âme en peine
Qu'on aurait éveillée et qui vous poursuivrait;

Et si l'humidité fait, des yeux de la voûte,
Larmes du monument, tomber l'eau goutte à goutte,
Il semble qu'on dérange une ombre qui pleurait.

Chaque fois que la vis, en tournant, se dérobe,
Sur la dernière marche un dernier pli de robe,
Irritante terreur, brusquement disparaît.

Bientôt le jour, filtrant par les fentes étroites,
Sur le mur opposé trace des lignes droites,
Comme une barre d'or sur un écusson noir.

L'on est déjà plus haut que les toits de la ville,
Édifices sans nom, masse confuse et vile,
Et par les arceaux gris le ciel bleu se fait voir.

Les hiboux disparus font place aux tourterelles,
Qui lustrent au soleil le satin de leurs ailes
Et semblent roucouler des promesses d'espoir.

Des essaims familiers perchent sur les tarasques,
Et, sans se rebuter de la laideur des masques,
Dans chaque bouche ouverte un oiseau fait son nid.

Les guivres, les dragons et les formes étranges
Ne sont plus maintenant que des figures d'anges,
Séraphiques gardiens taillés dans le granit,

Qui depuis huit cents ans, pensives sentinelles,
Dans leurs niches de pierre, appuyés sur leurs ailes,
Montent leur faction qui jamais ne finit.

Vous débouchez enfin sur une plate-forme,
Et vous apercevez, ainsi qu'un monstre énorme,
La Cité grommelante, accroupie alentour.

Comme un requin, ouvrant ses immenses mâchoires,
Elle mord l'horizon de ses mille dents noires,
Dont chacune est un dôme, un clocher, une tour.

A travers le brouillard, de ses naseaux de plâtre,
Elle souffle dans l'air son haleine bleuâtre,
Que dore par flocons un chaud reflet de jour.

Comme sur l'eau qui bout monte et chante l'écume,
Sur la ville toujours plane une ardente brume,
Un bourdonnement sourd fait de cent bruits confus.

Ce sont les tintements et les grêles volées
Des cloches, de leurs voix sonores ou fêlées,
Chantant à plein gosier dans leurs beffrois touffus;

C'est le vent dans le ciel et l'homme sur la terre;
C'est le bruit des tambours et des clairons de guerre,
Ou des canons grondeurs sonnant sur leurs affûts;

C'est la rumeur des chars, dont la prompte lanterne
File comme une étoile à travers l'ombre terne,
Emportant un heureux aux bras de son désir;

Le soupir de la vierge au balcon accoudée,
Le marteau sur l'enclume et le fait sur l'idée,
Le cri de la douleur ou le chant du plaisir.

Dans cette symphonie au colossal orchestre,
Que n'écrira jamais musicien terrestre,
Chaque objet fait sa note impossible à saisir.

Vous pensiez être en haut ; mais voici qu'une aiguille,
Où le ciel découpé par dentelles scintille,
Se présente soudain devant vos pieds lassés.

Il faut monter encor, dans la mince tourelle,
L'escalier qui serpente en spirale plus frêle,
Se pendant aux crampons de loin en loin placés.

Le vent, d'un air moqueur, à vos oreilles siffle,
La goule étend sa griffe et la guivre renifle,
Le vertige alourdit vos pas embarrassés.

Vous voyez loin de vous, comme dans des abîmes
S'aplanir les clochers et les plus hautes cimes,
Des aigles les plus fiers vous dominez l'essor.

Votre sueur se fige à votre front en nage;
L'air trop vif vous étouffe : allons, enfant, courage !
Vous êtes près des cieux ; allons, un pas encor !

Et vous pourrez toucher, de votre main surprise,
L'archange colossal que fait tourner la brise,
Le saint Michel géant qui tient un glaive d'or;

Et si, vous accoudant sur la rampe de marbre,
Qui palpite au grand vent, comme une branche d'arbre,
Vous dirigez en bas un œil moins effrayé,

Vous verrez la campagne à plus de trente lieues,
Un immense horizon, bordé de franges bleues,
Se déroulant sous vous comme un tapis rayé;

Les carrés de blé d'or, les cultures zébrées,
Les plaques de gazon de troupeaux noirs tigrées;
Et, dans le sainfoin rouge, un chemin blanc frayé;

Les cités, les hameaux, nids semés dans la plaine,
Et, partout où se groupe une famille humaine,
Un clocher vers le ciel comme un doigt s'allongeant.

Vous verrez dans le golfe, aux bras des promontoires,
La mer se diaprer et se gaufrer de moires,
Comme un kandjiar turc damasquiné d'argent;

Les vaisseaux, alcyons balancés sur leurs ailes,
Piquer l'azur lointain de blanches étincelles
Et croiser en tous sens leur vol intelligent.

Comme un sein plein de lait gonflant leurs voiles rondes,
Sur la foi de l'aimant, ils vont chercher des mondes,
Des rivages nouveaux sur de nouvelles mers :

Dans l'Inde, de parfums, d'or et de soleil pleine,
Dans la Chine bizarre, aux tours de porcelaine,
Chimérique pays peuplé de dragons verts;

Ou vers Otaïti, la belle fleur des ondes,
De ses longs cheveux noirs tordant les perles blondes,
Comme une autre Vénus, fille des flots amers;

A Ceylan, à Java, plus loin encor peut-être,
Dans quelque île déserte et dont on se rend maître,
Vers une autre Amérique échappée à Colomb.

Hélas! et vous aussi, sans crainte, ô mes pensées,
Livrant aux vents du ciel vos ailes empressées,
Vous tentez un voyage aventureux et long.

Si la foudre et le nord respectent vos antennes,
Des pays inconnus et des îles lointaines
Que rapporterez-vous? de l'or, ou bien du plomb?..

La spirale soudain s'interrompt et se brise.
Comme celui qui monte au clocher de l'église,
Me voici maintenant au sommet de ma tour.

J'ai planté le drapeau tout au haut de mon œuvre.
Ah! que depuis longtemps, pauvre et rude manœuvre,
Insensible à la joie, à la vie, à l'amour,

Pour garder mon dessin avec ses lignes pures,
J'émousse mon ciseau contre des pierres dures,
Élevant à grand'peine une assise par jour!

Pendant combien de mois suis-je resté sous terre,
Creusant comme un mineur ma fouille solitaire,
Et cherchant le roc vif pour mes fondations!

Et pourtant le soleil riait sur la nature;
Les fleurs faisaient l'amour et toute créature
Livrait sa fantaisie au vent des passions.

Le printemps dans les bois faisait courir la séve,
Et le flot, en chantant, venait baiser la grève;
Tout n'était que parfum, plaisir, joie et rayons!

Patient architecte, avec mes mains pensives
Sur mes piliers trapus inclinant mes ogives,
Je fouillais sous l'église un temple souterrain.

Puis l'église elle-même, avec ses colonnettes,
Qui semble, tant elle a d'aiguilles et d'arêtes,
Un madrépore immense, un polypier marin;

Et le clocher hardi, grand peuplier de pierre,
Où gazouillent, quand vient l'heure de la prière
Avec les blancs ramiers, des nids d'oiseaux d'airain.

Du haut de cette tour à grand'peine achevée,
Pourrai-je t'entrevoir, perspective rêvée,
Terre de Chanaan où tendait mon effort?

Pourrai-je apercevoir la figure du monde,
Les astres dans le ciel accomplissant leur ronde,
Et les vaisseaux quittant et regagnant le port?

Si mon clocher passait seulement de la tête
Les toits et les tuyaux de la ville, ou le faîte
De ce donjon aigu qui du brouillard ressort;

S'il était assez haut pour découvrir l'étoile
Que la colline bleue avec son dos me voile,
Le croissant qui s'écorne au toit de la maison;

Pour voir, au ciel de smalt, les flottantes nuées
Par le vent du matin mollement remuées,
Comme un troupeau de l'air secouer leur toison;

Et la gloire, la gloire, astre et soleil de l'âme,
Dans un océan d'or, avec le globe en flamme,
Majestueusement monter à l'horizon!

TABLE

POÉSIES, 1830-1832 [1]. — ALBERTUS, 1832

[1] Nous avons pensé que les bibliophiles accueilleraient, comme un renseignement précieux, l'indication du classement de l'édition de 1845 Nous l'avons donc placée à cette table, entre parenthèse.

POÉSIES DIVERSES, 1833-1838

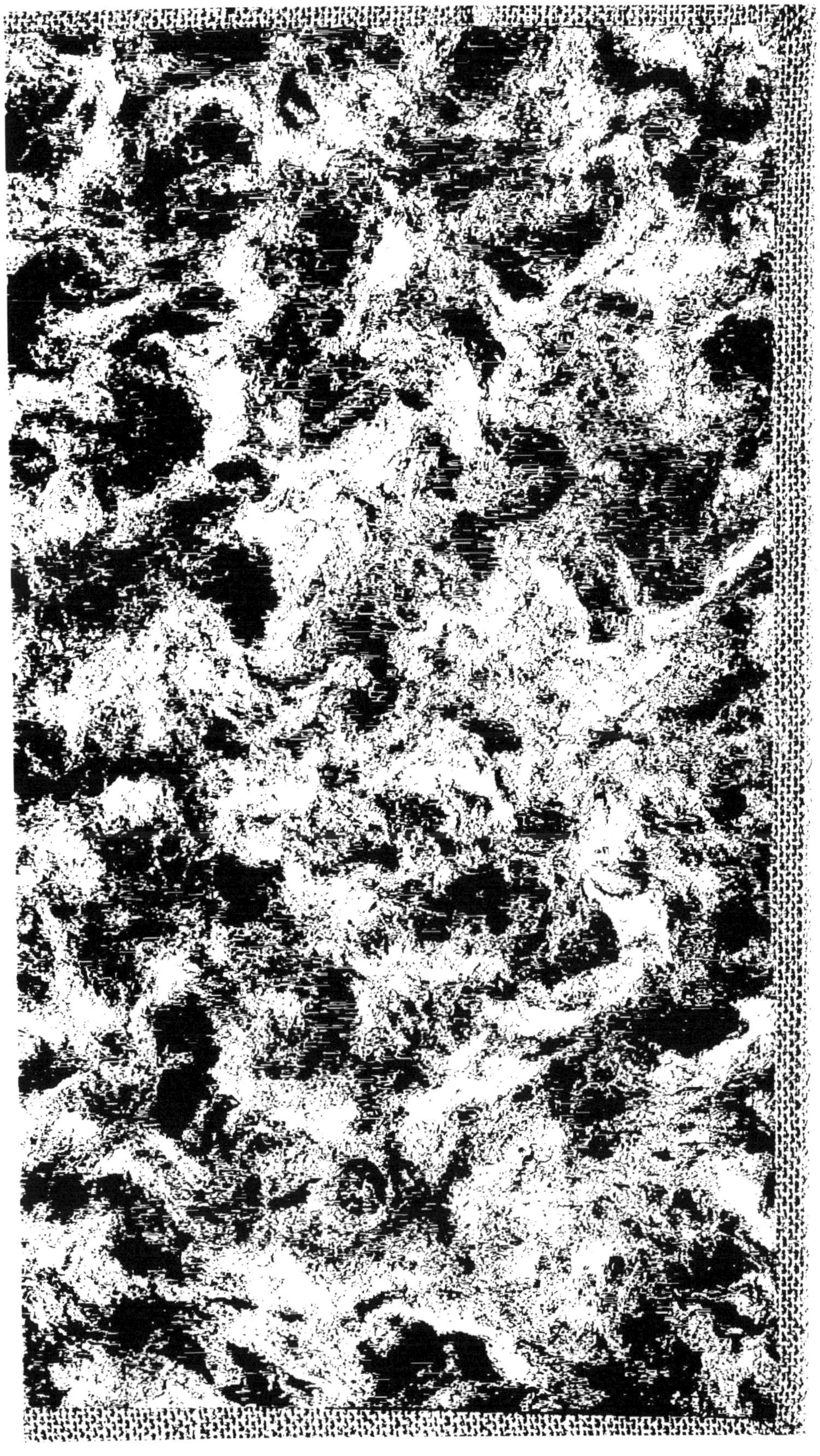

Made at Bielany Wrocławskie, Poland
2021-04-28
http://www.print-info.eu/

73565797R00217